读者丛书
DUZHE CONGSHU
读 者
签约作家
精品选粹

与尔同消无尽夏

明前茶自选集

明前茶◎著

读者出版传媒股份有限公司
甘肃人民出版社

图书在版编目（CIP）数据

与尔同消无尽夏 : 明前茶自选集 / 明前茶著. --
兰州 : 甘肃人民出版社, 2021.6
ISBN 978-7-226-05706-3

Ⅰ. ①与… Ⅱ. ①明… Ⅲ. ①散文集－中国－当代
Ⅳ. ①I267

中国版本图书馆CIP数据核字(2021)第103725号

出 版 人：刘永升
总 策 划：刘永升　李树军　宁　恢
项目统筹：高茂林　王　祎　李青立
策划编辑：高茂林
责任编辑：王建华
封面设计：今亮後聲 HOPESOUND 2580590616@qq.com · 核漫　欧阳倩文

与尔同消无尽夏：明前茶自选集

明前茶　著

甘肃人民出版社出版发行
（730030　兰州市读者大道 568 号）
北京金特印刷有限责任公司印刷

开本 889 毫米×1194 毫米　1/32　印张 10.75　插页 2　字数 240 千
2021 年 7 月第 1 版　2021 年 7 月第 1 次印刷
印数：1~20 000

ISBN 978-7-226-05706-3　　　定价：48.00 元

目录

第一辑　世情素描

归乡，定时发作之瘾 / 003
我记得球台有多长 / 007
门把手上的干菜 / 010
爷爷的礼物 / 013
向往的生活 / 016
侠　义 / 020
天　井 / 022
接　站 / 024
不敢拆看 / 027
单身盾牌 / 030
接孙鄙视链 / 033
咖啡的香气 / 036
漫长的告别，亦是相聚 / 039
自律与律他 / 045
告别后的相聚 / 048
何种选择才治愈 / 052
真的猛士敢于面对休闲苦境 / 055
快闪的滋味 / 058
食堂生态最微妙 / 061
山火的启示 / 064
考前功夫在“调弦” / 067
找到自得其乐的缝隙 / 069
住在地铁尽头的日子 / 073
借个火吧 / 076
宠物医院众生相 / 080
人人都爱邻里中心 / 084
朋友圈里的 W 女士 / 087
假发进行曲 / 090
办公室的“午休工程” / 093
相亲团里还有谁 / 096
洗衣进行曲 / 099
来，干了这碗早点 / 102
成为差旅好手 / 105
伴宴的人在等谁 / 108
致密的二胎生活 / 111
辞职的理由 / 115

第二辑　七彩人生

买吉他去 / 121
青春时节的蛤蜊盛宴 / 124
一碗鱼头面的江湖自由 / 127
4 点 35 分的夕阳 / 130
所求无非一间琴房 / 133
母　亲 / 136
琴声永相随 / 139
原野上的柴火饭 / 142
邮轮故事 / 145
成长的蜕变 / 148
割漆人的教子之道 / 151
单脚跳跃，命运也不能羁绊 / 154
业余养蜂人 / 159
末班车上 / 162
大山深处，给小丫的无差别关爱 / 165
领路人探照的路，还很长 / 169
大年初一值班记 / 172
千里驰骋好归家 / 176
另类同学会 / 179
伍大妈的树 / 182

第三辑　风物之美

手风琴之歌 / 187
人生四十当复焙 / 191
绣球的魔术 / 193
溱潼鱼圆 / 196
一路葵花 / 199
稻田里的现代舞 / 202
抢救彝族老绣 / 205
西瓜沉浮录 / 209
离家万里，“粽”有亲缘 / 213
门前的一平方米空档 / 216
给大山绣花边 / 219
坐看日落 / 223
垛田上的菊海 / 226

第四辑 百业滋味

竹艺的极致 / 231

皮影忘年情 / 234

候鸟守护人 / 237

心弦如丝做利坯 / 240

有一天，叶落归根 / 243

一张捞纸帘的诞生 / 246

一把油纸伞的情缘 / 249

与青砂器绑牢一世缘 / 252

方向盘上，留下了你的手温 / 255

烧鹅店里的孩子 / 259

夜半，授粉人在行动 / 263

曹婆婆的面 / 266

绣娘的蜕变 / 269

乡村医生 / 272

篾匠的生计 / 275

千锤百炼一张纸 / 278

采茶女的四月 / 281

澡堂里的众生相 / 284

误会造就编剧 / 287

乡厨驾到 / 290

拉坯师傅老冯 / 293

嗓音与琴音 / 297

第五辑 缘深缘浅

何时诗又成为必需品 / 301

挽手踩藕去 / 305

音乐相伴，阴云就将消散 / 311

携手相伴 / 315

困城之外，还你欠下的这份情 / 319

父亲的课堂 / 323

和家人照相 / 327

晋升为精神伴侣 / 331

与父同消无尽夏 / 334

第一辑

世情素描

归乡，定时发作之瘾

到了快 50 岁这年，他才意识到，到了人生壮阔丰沛又苍茫无奈的中年，归乡去寻找少年时代的记忆与安慰，是否已经成了很多人定时发作的瘾？至少对他的家族来说，一定如此。

1992 年春节，他还是一个 25 岁的毛头小伙子，刚刚领了女友见过家人，在厨房里做菜的父亲就压低嗓门对他说：跟你女朋友请三天假，陪老爸回浙西去，到祖坟上去上香。

父子俩临行前进行了疯狂采购。父亲兜底动用了私房钱，为族里的远亲近友买了大量礼物，再与儿子肩扛手提带回老家。父亲采购了大量奶粉、酸梅粉、红糖、圆珠笔、铅笔盒、袜子，甚至还有七八块毛涤面料。父亲依照婶婶嫂子们的个头高矮，裁剪衣料，期待她们隐藏在皱纹深处的笑意——这样一来，在裁缝那里量体裁衣，她们就能在儿子的婚礼上，穿上一条笔挺的西装裤，加一件精悍的小外套了。

父亲坚持说，所有的计划都是瞒着母亲的，然而，这么多奇怪的“年货”堆放在家里，母亲会不知情？他觉得，母亲只是对父亲突发的思乡病，持纵容态度而已。

1992年，归乡的路并不好走。他记得他们先是坐了火车，又换乘通往乡镇的中巴，最后又坐了民间私自揽客的小巴，才大包小包地来到父亲少年时代生活过的古村落。

他们在这个偏僻的古村里逗留了三天。这三天，怎么形容父子俩的境遇呢？在25岁的小伙子眼里，那真是“归者饶有意，迎者颇淡然”的三天。父亲的叔伯婶娘，半百发小，昔日邻居带着有限度的热情聚拢来，来见他们三十多年未见的“陈家老二”，见一见传说中的“陈家两代大学生”。他们的客套中包含小心翼翼的试探，热情中带着一丝不知来意的忐忑。有的人以为父亲是为索要祖屋的继承权而归来，听得父亲并无此意，显而易见松了口气。有的人又满怀期待，以为父亲有能量将自己在家赋闲的儿子带去省城，找到体面的工作，见父亲面有难色，立刻挂下脸来。还有的族人当了多年的村干部，拐弯抹角地开口，期待父亲为村委会拉些赞助。很不好意思，父亲作为研究院的工程师，也没有那么充沛的能量，于是，乡亲族人前来领受父亲带去的礼物时，脸上的感念变得十分稀薄。甚至有一位身高只有一米五的婶子，当场质问父亲为什么要带衣料来：“你们城里人不是早就流行穿现成的衣服了么?”

他颇为同情地转过头去看父亲，生怕乡亲族人的尖刻将在父亲脸上留下尴尬，然而，并没有！那几日，父亲只有一半的灵魂留在现实中，他另一半的意念，已经进入了他自己也不明白的时空交错的小径。父亲已经不再是他熟识的那个循规蹈矩的工程师，那个朴素拘谨的中年人，他与乡人一起喝酒、吃肉、痛说往事，为已经过去的时光笑出眼泪。作为陪同的儿子，他不免为父亲的各种失态满怀尴尬，他觉得父亲来得不值，但他心里也有个倔强的声音在说：也许父亲觉得是值的，唯有这三天，他脱去了一切束缚，成为陈家老二。

父亲回家后没来由地病了一场，又查不出病因，让母亲急得够呛。他劝母亲不必着急，他说父亲就像一棵经历了久旱的树，忽然又遭遇了一场情感的暴雨一样，他这两天出现的各种不适，只是一时被“淹了根”。

母亲惊讶地瞥了儿子一眼，像在奇怪一个工科生怎么会说出如此“人文”的比喻。

25 年飞快地过去了，他也成了鬓发花白的中年人。这两年，他少年时生活过的贵州山洼频繁地入梦来。那里，是父母遵照当时的中央指示，长途跋涉去“支援三线建设”、度过青春岁月的地方。他出生在那里，吃过那里的大食堂，住过那里的红砖房，在澡堂外面偷窥过烧煤的大锅炉。他磕破了膝盖在温柔的厂医手中上过碘伏药水，看电影要翻过三道山梁，去一趟县里的新华书店要在拖拉机上颠簸 5 小时。在 18 岁之前，他的梦想就是逃离这蛮荒之地，回江浙老家去！他的确通过考学离开了，而且 30 多年没有回去。

然而，怎么解释他如今经常梦见的那些红砖房，那些腌菜坛，那些结出迷你地雷般种子的一丛一丛的晚饭花？时间是多么隐秘的酵母，它将你曾经厌弃的，发酵成你最留恋的。

听说当年上过学的子弟中学，行将撤停并转之后，他迫不及待地带着女儿出发了。他在闺女的脸上，看到了 25 年前自己的困惑、讪笑与些微不耐烦。他懒得去教诲她。他确信自己今日的归乡感触，将如一粒坚硬的种子，种在女儿年轻的心中，等待二三十年后的意外苏醒。

我记得球台有多长

入住养老院以后，母亲依旧没有从失智的阴影中走出来，她每天坐在养老院的入口大厅里，像个孩子盼着家人归来一样，朝入口处张望。那里，已经被工作人员仔细地挂上了厚厚的棉门帘。有人进门的时候，棉帘子会被高高掀起，然后，抢先进门的，往往是一个硕大的摩托头盔，或者一个高高捧在手上的保温饭桶。

是的，你猜得对，我已经在母亲身边了，我已经来了多时，然而，她并没有认出我来，她依旧在焦虑地张望，在每一下门帘的掀动下经历期待与失望，她在找寻她的女儿，或者她的故友。

有时，她把我认作养老院的护工阿姨，有时，她把我认作院里的厨师大婶，有时，她把我认作前来慰问的志愿者。她抱怨我穿得太素净："你都不换漂亮裙子，隔会儿怎么上台表演啊。"

她模模糊糊地感觉到我可以信赖。她可以把脚伸出来，放心地让我剪趾甲；她任由我帮她剪头发，修出一个男孩般的鬓角；她也不反对我随意打开她的面霜盖子，在她的鼻头上点上冰凉的一坨，为了让她安心，我在自己的鼻头上也点上一坨。这个滑稽的举动惹得她笑了，我替她抹开脸上的“雪花膏”，不知为什么，我伤心起来，为了这熟稔又陌生的感觉，为了这近在咫尺的亲密与疏离。我们成为母女快 50 年了，疾病是暗夜里默默涌动的洋流，你看不清它的方向，然而，它把妈妈逐渐带离了我。它让母亲手脚冰凉，孤苦无依；它让我使劲儿伸出双臂，也够不到她。

我多么期待有一个回头潮，能把她带近些，再带近些。让她认出我，哪怕只有十分钟。

我去母亲的老相册里找线索。想当年，我母亲不但是舞蹈高手，还是运动健将。她有整整一本照片，详尽地记录了她在 22 岁到 28 岁之间，代表厂乒乓球队四处征战的辉煌纪录。照片上的母亲，英姿飒爽地穿着球衣短裤，露着两条紧实有力的大长腿。她与伙伴们对着镜头欢笑，乌黑的大眼睛里全是对未来的亮晶晶的渴望。母亲曾经对我说，她 26 岁那年还拿过区乒乓球比赛的女子组冠军，当年，这一战绩可以特许订三个月牛奶，并且可以领取 20 斤宝贵的全国粮票。要知道，去外地比赛，如果没有全国粮票，那么，见到美味的上海生煎包，你有钱也只能蹲一边咽口水去。

我的脑海里像划亮了一根火柴……我可以尝试在妈妈面前打乒乓，唤醒她的一部分青春记忆。我跟养老院院长建议组织一场乒乓球赛，由我和工作人员来打，让老人们围观。没有球台，我们把四张老人吃饭的八仙桌拼到一起，没有球网，院长出主意，让所有工作人员把自己的不锈钢饭盒排在“球台”中间，充当球网。

我与院长助理小周开始你推我挡地热身击球。养老院还真有几副现成的乒乓球拍，因为托球行走是老人们的康复训练之一。当然，我已经 20 多年没打过球了，抽杀已经基本没可能，侧身回球差点闪到腰，推挡也会接二连三地下网，白色的小球敲得饭盒当当响。

我完全落在下风，因为打乒乓需要高度专注，而我，还要分神去观察母亲的反应。

不过几分钟，老太太就高举右手，作出叫停的姿势，我配合地问："咋啦，教练?"

老妈严肃地说："这位队员，你怎么能在这种球台上打球? 他们欺负你！球台太短啦!"她招手让我俯近身，耳语一般地说："我的枕套里藏了 600 块钱，我女儿给我的，她可是个好人，我看你也是个好人，就是太能凑合了，这么短的球台难怪你老是接不着球呢。看着都替你着急。你快去拿着这钱，买一张真正好样儿的球台吧!"

门把手上的干菜

借着手机的亮光开门时，忽见我家的门把手上吊着一只小布袋，伸手进去，布袋里是一把硬挣挣的干菜，散发出浓烈的香气。我就知道，对门的靳大妈从老家回来了。

靳大妈是 6 年前从沂蒙山区到南京，来帮女儿女婿带外孙的。我们的相识，源自她老人家有一天在我家门上系的布条儿。说实在话，那天回来见到布条儿我出了一身冷汗，以为是小偷来踩点留下的记号，立刻解开布条儿扔掉。谁知，第二天一早，靳大妈女儿叩开了我的门，与我商议能不能留着那布条儿。

“为啥?”

“那是我妈好几次找不到自家家门后，特意做的标记。”

“那她也不能在我家门上系布条呀。”

靳大妈女儿有点不好意思，“有时，妈妈下了楼，才反应过来，口袋里的布条儿忘了系在自家门上。可她上楼后又有点迷糊，这精装修的楼房里，连防盗门都一模一样。自家房门靠左还是靠右？这才闹出了乌龙。”

我笑了，想想，又有一点辛酸。这个小细节说出了60岁的大妈，为了儿孙，不得不在花甲之年，来到城里挤住单元房的心态——她就像一尾咸水鱼溯流而上，游进了淡水里。她是那么紧张惶恐，茫然无措，却不想因此增加儿女的负疚感，于是，她独自吞咽着各种不适，装出了一副从容不迫的样儿。

来了以后，靳大妈不只负责带娃，她还偷空把沂蒙山区的某些生活习性带到了南京。而且，可能是“布条事件”让老人觉察到我是个可以唠嗑的人，于是，她经常邀请我去她家，看她拾掇的各种吃食，临了，还要给我带一点尝尝。

夏天，她自己做酱。不知从哪里找来了出土文物一般的小酱缸儿，风吹日晒50天，酱香四溢，酱缸上面是一层清亮的酱油。

秋天，她要自己做柿饼，把黄亮的柿子皮刨去，柿子蒂上系棉线，拴在阳台的竹竿上，如一盏盏的小灯笼。她又忙于烘烤毛豆荚——准备一个细细的铁篦子，架在炭火上，用微红的炭火把洗净晒干的毛豆荚，慢慢烘出香味来。

初冬，她更忙了，要腌菜，要腌肉，要做风鸡腊肠，要把几十斤的红萝卜一个一个切成八瓣儿，用粗棉线串起来，如巨大的红白相间的花环，晾晒在阳台上。

于是，从隔壁阳台上吹过来的风，有时带着酱味，有时带着咸咸的肉油味儿，有时带着扑鼻的辣萝卜味儿。

靳大妈的女婿是我单位同事，一直对岳母如此操劳又扰邻，很有微词。他对我苦笑：“城里谁吃那么多风鸡腊肉啊，每次老妈做出来，我要在朋友圈里遍寻吃货，央告人家收下，光是快递费就贴掉不少。”

女婿是城里长大的，他并不明白那铁篦子上烤着的，不是毛豆荚，而是寂寞；那阳台的竹竿上吹晾的，不是柿饼儿，而是吹不到家乡的风，踏不到家乡泥土的孤独。

幸而，靳大妈的女儿理解老妈，每到 10 月底，当女儿的再忙，也要请了年假，买了火车票，送老妈回老家一趟。

靳大妈的老伴儿还在沂蒙山区，儿子儿媳、姑姑、婶子，都在那苍茫的大地上等着她呢。靳大妈与女儿，搭乘高铁、汽车，最后搭乘果农的小皮卡回到村里，回到她一砖一瓦盖起来的家，一进家门，就看到满院子的大丽花因为没有人力打理，长得像半人多高的杂草，开的花朵如此纤薄苍凉，靳大妈的眼泪一下子就下来了。

团聚只有一个星期，因为女儿的假期只有这么长。靳大妈从早到晚不停地劳作，晒好了干菜，收拾了瓜果攀缘的藤架，替老头子的棉袄重续了厚实的新棉花，又给她心爱的花儿搭了一个小暖棚。她仿佛要把家里的一景一物都装进心里，她似乎是做了长长远远住在老家的打算，其实，她是带着告别的心情在做这一切。

靳大妈平静地回到了城里，她不能让女儿为难。她只是在熟识邻居的门把手上，拴上一小把干菜，宣告她的归来。不，也许不是归来，是这个年岁要咬紧牙关去承受的漂泊。

爷爷的礼物

1979 年，我 6 岁，其时父母因为一纸调令远赴贵州工作，而奶奶正在照料叔叔家刚出生的孩子，万般无奈之下，父母将我托付给舅舅与舅妈暂且抚养。

那是我第一次远离父母的关照，入住一个陌生的家，坚硬的忐忑俘虏了我，我变得沉默寡言，谨小慎微。我唯一感到自由的日子，是星期天学校放了假，我好到三里路外的爷爷家去。

其时爷爷已经退休十年。他在大家庭中保持着不可亲近的威严，也保持着退休男人特有的无力感。奶奶、叔叔、婶婶都忙于工作、带娃和家务，自然无暇顾及一位工作了 40 年的老爷子回到家中，只有一台老唱机，一张报纸相伴的落寞。而在这种落寞中，爷爷对我每周一次的到访，大约也是隐隐期盼的吧。

我一到爷爷家，就去替他拿《参考消息》。在 20 世纪 70 年代末，退休后还能订阅这份报纸，近乎一种政治待遇，需要一辈子没有犯过错误，并在行政上达到一定级别才可以。爷爷有这个资格是他退休后特别引以为傲的事。我经常听他与叔叔在饭桌上争论国际形势。我隐隐觉得，爷爷有这样不同流俗的思想，与那张薄薄的报纸相关。

而爷爷居然把取报纸的任务交给了我，我内心十分欢喜，当然，一路之上我表现得无比庄重。我庄重地穿过两条春天开满蔷薇花的小弄堂，庄重地走过三座桥，穿过米店、面条作坊、小学校与隆隆轰鸣的纺织厂，到达区委，拿到《参考消息》，再原路回来。

爷爷并不表扬我为他做的这些事，可我分明感觉到，他原先像冰山一样厚实凛冽的外表下，有一线暖流在酥酥地流动。

他终于允许我在他放唱片的时候，坐在他的近旁。他有一台旧唱机，在阁楼上保存了十年，直到这一年，爷爷才敢拿出来听。仅有的十几张唱片，多数是贝多芬和莫扎特的。当时我对古典音乐一无所知，只是觉得当庞大的、百感交集的音律如海涛一般轰鸣时，爷爷脸上的表情令人震惊。有一回，他听得老泪纵横，像是忘了身边还有我这个人。我吃惊极了，按奶奶的话说，爷爷是多么心硬的一个人，家里三个孙儿孙女出生时他都出差在外，大儿子支边也没见他有何动容，他为啥要听着唱片就哭起来呢？

这恐怕是爷爷无法用言语表达的秘密。

有一天，我将独自返回舅舅家时，爷爷起身说：正好我也要出门散步，我们一起走吧。

那是我第一次与这位发茬雪白的老人一同走路。我兴奋又困惑，不知道爷爷要与我谈什么，也不知道爷爷什么时候要与我分手折返。要知道，非年非节，他一个庄重的长辈，把孙女送到寄养的小辈家里去，是不可能的，那会对我舅舅形成一种兴师问罪的压力，爷爷这么礼数周全的人，不会这么干。

爷爷却什么都没有叮嘱我。走到中途，他忽然提议去路边的汤圆店吃“四喜汤圆”。在当时，老家的“四喜汤圆”是一种奢侈的点心，一碗四只大汤圆，两甜两咸，由四色馅料包就。尤其是江南特色的荠菜猪油汤圆，与萝卜丝油渣汤圆，美妙不可方物。

那也是我第一次在点心店用餐。汤圆如此细腻柔滑，一股巨大的幸福感紧紧地慑住了我。爷爷端详我的表情，意外地问：“你在舅舅家，没有吃过水磨糯米粉做成的大汤圆吗?”我认真地点头，又困惑地摇头，小孩子记性差，我完全不记得在舅舅家，过年时有没有包过汤圆了。

祖孙间的同行，就在离舅舅家只有一箭之地的一座老桥上终止了。爷爷朝我意味深长地挥了挥手，我明白，爷爷是说：下周见。

然而，我没有想到的是，三天后我就与爷爷再相见了。那天放学，舅妈带着难以置信的表情对我说：“你家老爷子竟然来了，稀客哦!”我进堂屋一看，发现爷爷穿着全套的见客行头坐在藤椅上，薄呢料子的改良中山装，连最上面的风纪扣也扣上了，下面是一双老干部气质的圆口布鞋，雪白的布鞋边，说明他的新鞋是第一次上脚。

爷爷似乎是散着步突发奇想来见亲戚的，又似乎是来跟舅舅大谈国际形势的，只有我知晓他屈尊来拜访晚辈的真实目的——爷爷近旁的茶几上，放着一大袋他刚买的水磨糯米粉。

向往的生活

这年头，与 20 多岁的男孩都向往进入创业孵化器，吸引三轮天使投资不同，20 多岁的女孩向往的生活，依旧充满了行而上的文艺腔调：拥有一家花店，可以与植物朝夕相处；或者拥有一座民宿，在云雾缭绕的山间，可以随时接待带着大狗来吸氧的朋友。

向往的生活是心灵深处的一种瘾，在刚刚离开校园进入一成不变的公务员生活，或者会计生涯的时候，每两三个月就要发作一次。那特殊的一两天里，女孩领受领导一点儿负面评价就会在心里敲鼓：胡不归？胡不归？

小肖是幸运的，24 岁那年，父亲将炒股赚来的私房钱悉数给了独生女儿。父亲的意思是，看你上班那么不开心，脸上痘印都连成了片，不如顺了你的意，去过两年遂心日子。

小肖就用这钱租房开了一间花店。

不到一个月，她就明白开花店远非她想象中那么惬意。为了进到新鲜的花，她凌晨 3 点半钟就要起床去远郊的花卉批发市场。婚礼旺季，接到了装饰婚车的单子，最晚4点半钟就要起床忙碌。

她变得格外关注昆明的天气。因为她知道，冬天突来的寒讯会让红玫瑰的边缘发乌，夏天持续的高温，会让整把的多头菊迅速腐烂，以至于打开密封的纸箱就会嗅见一股臭臭的气味。卖花完全靠运气，小肖开始羡慕那些卖鱼卖菜的婶子大妈们，接近中午的时候，蔬菜发蔫、鱼儿翻起白眼，她们就可以高声吆喝，“贱卖啦，贱卖啦，鲫鱼六块钱一条，苋菜两块钱一把”。小肖并不能为她即将凋谢的花这样吆喝。花是静雅的，花是远离烟火气的，就像19世纪薄有田产的老小姐，它直至凋败也要维持必要的矜持。小肖只能一遍遍地将花束拿出去换水，她徒劳地在养花的水桶中添加营养液，添加维C药丸，希望它们鲜活的生命，能久一些，再久一些。

一年之后，实在支撑不下去，小肖选择关掉花店，退租。而此时一个新的机会来了——小肖的大学室友要在老家开民宿，虽说房子是她爷爷奶奶留下来的，但改造老宅，搞成网红民宿的样子，装修还需要三四百万。大学室友拉小肖入伙，拍给她看老家的露台上，清晨夺窗而入的浓雾，视野中满山的翠竹与丝带般的梯田。山上随便捡捡，就是半篮子蕨菜，和一筐俏美的嫩笋。蚕豆是自己炒的，米糕是自己用木模子里拓的，青团是自己蒸的，以蓝花茶碟盛装，放在粗布桌巾上，随便拍拍就是一幅画。

才从一个梦里走出来的小肖，马上跌进了另一个梦。

她入了股，开车前往深山，既当合伙人老板，又当厨娘、清洁工和随叫随到的服务员。一开始，三个姑娘都满腔情怀，很看不上别的民宿主人一大早到镇上买点心，回家让客人摆拍的俗气。她们坚持亲力亲为，连手打年糕里要用到的桂花，都自己去山中采回来蜜渍。

但没过两个月，小肖和她的室友就感受到这份工作的苦累度，比程序员有过之而无不及，她们的工作全月无休是常态。遇上那种三更半夜发烧呕吐的客人，需要开车出去替他买药；或者客人包房开派对，烧烤唱歌到凌晨两三点，小肖她们基本上就别睡了。客人的呕吐物要快速清理，床上用品要即刻更换；客房里的一地狼藉要立刻收拾，整盆的炭火要端出去掩埋，嵌在地板缝里的烧烤签子要逐一抠出，地上滴落的油渍，要跪下去擦洗……夜以继日的劳作让三个姑娘的颈椎和腰椎都出了问题，转头扭腰都会咔咔作响，很吓人。小肖是杭州姑娘，从前哪里知道换洗 12 套床单被套，又同时做 26 个人的晚饭的劳作量？初到山中的好奇心已经消失，现在，看到尖叫惊喜的客官在露台上与云雾捉迷藏，小肖只会忧心把抽湿机的功率开到最大，也不能保证民宿的地下储藏室不长蘑菇，只会忧心衣物烘干机不够使，会让客人投诉。

她们坚持了一年半，从前办了三年健身卡都没瘦下来的小肖，瘦了 14 斤。此时小肖室友的男友提出回城结婚，而姑娘们的心力也到了强弩之末。小肖算了算，她已经足足有 540 天没有休息，累得心律都不齐了，遂与两位女伴商定，将民宿盘给一个网红民宿品牌去运作，她们放下这一身重负，带着简单的行李出山。

小肖至今记得，出山那天，三个女孩中途停车小憩。彼时彼刻，车窗外，皎月升空，虫鸣一片，溪水的鸣唱如此响亮。一朵孤云正带着淡淡的伤愁，掠过月亮。一切与来时的那晚一模一样，又似乎完全不一样了。小肖忽然没来由地泪水盈睫。

向往的生活，岂会如你设想中的那样。小肖仔细想了想，有力量在梦想与现实之间搭起独木桥，临万丈深渊而面不改色地走过去，以她如今的韧性与定力，还远远不够啊。出来折腾一圈的收获无非是：小肖回到杭州，对打卡上班这件事，不再打心眼里推拒和厌烦了，相反，对备齐了茶水间、会客室和员工食堂的公司，她充满了淡淡的感激，与归属感。

侠　义

这么多年过去了，作家阿城在文学迷当中仍有不可替代的地位。看完由他编剧的《聂隐娘》，朋友老夏又一次把能找到的阿城小说都看了个遍。他这样评价偶像的文字：“每一个字都像鬼斧神工的海滩柱石，那样清爽、方正、坚实，带着从洪荒中走来的隐隐古意，那样粗糙笃定，又不可更易。每一个字都不可移动，每一个句子都不可移动，每一个段落都不可移动。”奇妙的简洁与精准，贯穿了他那种冰山只露七分之一的节制叙述，让他的小说意境变得那么辽阔、苍茫又隽永。

话说那年，《棋王》发表后，阿城在北京的寓所，被一拨又一拨的约稿人所包围。许以重金稿酬的有之，许以出国笔会的有之，许以名牌杂志头条的有之，许以组织作品研讨会的有之。阿城对所有人都客客气气，他并不拿出稿子来，只是像一个实诚的北京大嫂，留人吃饭。他亲自下厨，端出了一盆又一盆的炸酱面，切出了一盘又一盘的黄瓜丝。他的好友朱伟回忆说，当时，阿城火热到什么程度呢？“他一天要下七八锅面条，家里买挂面一买至少50卷。”

吃完了一大盆面，吃光了一篮子小黄瓜，眼看着作家家里的一溜儿黄酱瓶子空下去，再有磨功的编辑也只好讪讪告辞。他们也应该看得出来，阿城绝不是那种立马千言的人，他是产量很小的手工匠人，不适合批量生产。

所有的人都走了，装束寒酸的拜访者却留到最后，欲言又止。

阿城问及他的来意，知道眼前这位约稿人隶属某县级文化馆，文化馆办了一份杂志，希望扩大影响，把印刷的纸张品质提高一些。编辑遂去当地酒厂拉赞助。谁想，酒厂厂长是阿城的粉丝，说：“你先去搞一个《牌王》来。”阿城又进一步了解到，这位约稿的黑脸汉子一心想调往省城与老婆团聚，无奈人微言轻，他的愿望没有人听得见。说到被人事干部和岳父母双重挤兑的窘况时，黑脸汉子的腮帮一阵抽动，两颊的阴影都变深变重了。阿城听毕，闭目思忖半分钟，忽地起身，把写字桌最下面的一个抽屉打开，拿出一份短篇手稿，双手递到黑脸汉子手中。

于是，那位大吃一惊的约稿人命运发生了巨变：他拉到了酒厂的赞助，并升任杂志副主编；过了不到半年，他顺顺当当调往省城的文学刊物，分到宿舍，当了编辑。

阿城为数不多的几篇短篇小说，就这样陆续充当了夫妻团聚、父子重逢的垫脚石。它们的首发刊物，都是名不见经传的地市小刊物。

那是20世纪80年代的事。这份侠义，至今还在阿城的朋友圈里流传，它展示了阿城对人性的洞见与悲悯心。作家若不是这样的人，写不出《棋王》中王一生这样的人物。

天　井

前些年，建筑设计师王澍应邀替洞桥文村的村民做乡村老屋改造时，明确提出来：要我改造可以，房子需要留一个天井，最小十平方米就够。屋主要签字保证，以后在任何情况下不能在天井上方加盖屋顶，把天井搞成家里的杂物间。

眼巴巴等着改建的农民很不明白其中的道理。杭州城里一个平方的地价都在 10 万以上了，浙江乡下的宅基地也越来越金贵，空出十平方米的正方天井不用，从上到下能少三个小房间，无论是自住还是改建成乡村客栈，都是多么不合算的事。

然而王澍坚持要这么做。甚至为了说服固执的村民，他跟当地乡镇政府反复协商，希望天井的面积可以不算在宅基地里，以取得屋主的支持。

天井为什么这么重要？王澍一个字也没有提。他只是说，改造之后，这是一个望天之眼，你们自然会喜欢坐在那里。

他估量得没错。这是一个下接地气，上达天光阴影的空间。天井多用小青砖密实铺地，青砖的缝隙里，到了黄梅天会生出茸茸的青苔。天井中央可能有井，西面种芭蕉或石榴树，雨打上去发出沙沙之声。考究的天井还会预留出放置假山的地方，假山石上攀爬着金银花的藤蔓，盛夏时，朝向天井的每扇窗户，都会迎来浓郁的花气。祖母会掐下金银花的花蕾，给小孩子泡花茶解暑。茶味幽凉，喝了不生痱子。

天井是晾晒的地方，是全家人架好小饭桌吃晚饭的地方，是泼水乘凉，分享故事与冰西瓜的地方，是小孩子躲猫猫的地方，是验证一个大家庭开枝散叶又彼此紧密联络的地方。

在一个人人紧盯手机屏幕的“宅”时代，如果没有天井，无论是投宿的旅人，还是忙于待客的乡民，几乎没有谁会从屋里出来，与其他人聊天喝酒的。每个人都活得形单影只，就像一座关门闭窗很久的老房子，黑黝黝地散发出霉气。幸而有天井招呼我们：开窗看看今晚的月光吧，你闻得见此刻种在天井里的晚饭花，发出了如此泼辣的香气吗?

朝向天井的窗悄然推开了，你会惊讶地发现，月光照临天井后，也是一寸寸挪移的。一过夜里12点，月光突然不再像霜雪一样单薄，它有了湿润之气，有了融融暖意。它投下的所有暗影，假山、树冠、竹梢、水缸，似乎深藏着心事与秘密，深浓无比，闪闪发光。

露水下来了，在这样的诱惑场景下，还没有睡去的人，向素昧平生的旅伴，说起那些自以为像沉船一样永不见天日的秘密。

此时，月亮仿佛偌大的铜镜一样照临天井，它好想照耀着全世界，又好像只莅临这方天井，照拂着天井中尚未睡去的两三个人。

接　站

曾几何时，接站还是我们生活中富有意味的片段。那个时候的火车站出站口多半连着跨越站台的天桥，接站的人往往提前半个多小时就在天桥底下等。绿皮车不见得会准时抵达，广播站有时会通知晚点，告诉你列车晚点约一个小时，但这一个小时有可能是两个半小时，也有可能是四个半小时。在没有手机与微信的时代，接站的人完全不敢走开，有的人在出站天桥底下用报纸铺地，邀一起接站的人打牌（亏他还记得在裤兜里揣一副扑克牌）；有的人就地睡午觉；而小贩把香瓜洗净、切成一牙牙在兜售，负责接站的人饥渴难耐，小贩的生意总是不错。

一辆又一辆徐徐喷吐着灰白蒸汽云的列车进站了，无数的归人从天桥上肩扛手提，狼狈又喜悦地叫喊着接站人的名字。一部分接站的人满怀欣喜地离去，而剩下的人失落又倔强、空茫又迷惑的眼神，每每让我想起《归来》电影中一遍遍去天桥底下等候的巩俐。

掉头离去是不可能的，一个星期前，乘车的父亲或儿子就写信来，说此次回家要带着20斤自灌的香肠，30斤四川红橘，乘坐32小时的火车归来。在上火车之前，15斤一篓的两筐橘子已经与主人一起在船上漂流了一天一夜；而香肠是对方节省了自己大半年的定额肉票，又走后门买了珍贵的花椒，用三四个晚上的时间，用灌热水的漏斗，撑开一节节肠衣来灌制的。请想象一下火箭工程师或者牙科医生灌香肠的样子。这是给家人的珍贵礼物，包含着在外工作的人对家人的绵长思念，以及平时错过了无数团聚时刻的内疚。

从上午等到黄昏，或者，从午后等到天黑，经历了无数眺望与观察、感叹与失望之后，属于接站人的那一辆车终于姗姗来迟。照例是无数被行李牵绊得趔趄不已的旅客，被车门吐出，在天桥上滚滚而下。接站的人好像已经在人群中搜寻到目标，他跳起来，在接站人流中挥帽呼喊，个子较矮的接站人在别人的胳肢窝底下钻来钻去，被别人一顿叱骂，他也顾不得了，他知道，天桥上的人也在紧张又忐忑地搜索，生怕错过目标。小个子终于钻到了最前面，他欣喜地把一本《大众电影》举过头顶，把女明星的封面照正对前方。这个法子可比那些在信封上写名字的接站者聪明多了。女明星浓眉大眼的容貌一下子抓住了天桥上的一溜目光。小个子就这样成功地与要接的人对上了眼。下一秒，他已经抢过了对方的行李，忽地一下扛在肩膀上。

这样劳师动众又跌宕起伏的接站故事如今再也不会有了。动车与高铁已经基本准点，旅客的行李变得分外小巧玲珑。是的，在一个物流如此发达的时代，那点土特产的搬运为啥不交给快递呢。更重要的是，火车站出口处的天桥也早已拆除，跨越站台的地道已经与地铁入口直接联通。这样，就算是有好心亲友非要来接站，也只要微信上说一声："等你，我在地铁3号口的XX奶茶店门口。"

而且双方见了面也不会热烈地拥抱，更不会像被风吹迷了眼一样淌出眼泪。双方都在紧盯着手机屏幕，露出痴迷的笑。这会儿，要当心的就是归人没有及时仰头来看奶茶店的招牌。

不敢拆看

T 大姐提醒我观察一个有趣的现实，单位发体检报告时，拆看毫无心理负担的，多半是 30 岁以下的姑娘、小伙子；而放在那里捂着久久没有勇气拆看的，都是上有老下有小的中年人，其表情好像是高考发挥没底的学生，这会儿却要面对要命的分数条一般。

T 大姐在我单位负责书籍的勘校。她敏锐觉察到的这种忐忑不安，就是每个中年人心境的必由之路——上一代已经差不多进入耄耋之年，急需精神的、体力的、金钱的全方位扶持；而下一代书还没有读完，工作还没有找到，对象与房子都没有解决。我们这些已经走向疲惫衰老的中流砥柱，不得不站在命运的激流中，帮上下两代人抵挡这些惊涛骇浪。这个时候，最可怕的，就是这根中流砥柱也扛不住压力，发出坼裂之声。

T 大姐自己的故事，恰能说明这一切。

有天我去向 T 大姐请教校对清样上的问题：在道光年间，有一位躲在尼姑庵里吸鸦片而促使道光帝下决心禁烟的庄亲王，是叫什么名字？校样上写的名字是奕賣，看着就不对，然而我查阅了清代亲王的世袭制度，越看越不能确认这一位庄亲王，究竟是第几代世袭的亲王。因为清代的世袭制度不仅要看长幼，还要看功勋；若中途有亲王被罢黜，之后由家族中的哪位男丁来袭爵，就更没有谱了。

谁晓得我的难题，在T大姐看来完全不是问题。她闭眼思索了一会儿，问我：是不是道光十八年在灵官庙中被查出来吸鸦片的那位庄亲王？

我答："是。"

她毫不犹豫地把庄亲王的名字写给我：奕镈。还解释说，镈字既是钟磬类的乐器，又是一种锄头般的农具。在清代，农业与礼乐一样受到皇家的重视。

再次仔细查阅那段历史，果然是。我大吃一惊，以为自己遇见了扫地僧式的清史专家。

T大姐淡淡地说，30年前，她念中学时，历史很差的，尤其是背各种大人物的生辰与卒年，背各种大事年表，背得脑袋里一团糨糊。然而45岁之后，却迷上了看各种历史书籍。契机说起来很心酸。7年前，T大姐76岁的老父亲因肾衰开始每周三次的血透，那个阶段老人家已经被肾衰折磨得体力衰弱，每次去医院血透都需有人扶持、看护。而T大姐的老母亲已经79岁，显然没法当此大任。于是这任务就落在长女身上，T大姐白天上班，晚上陪护父亲血透到22点，再打车送他回家。血透病床前，T大姐起初拼命地承欢膝下，搜肠刮肚要找些新鲜有趣的话题来安慰父亲，但父亲半闭着眼，已经不太有精神回应。父亲不忍看到女儿陪护的时间这样荒废，就说，你从图书馆借些书来看，年深日久，也长些见识。爸爸已经拖累了你，不希望你将来回忆这段时间，只剩下满满的牺牲感。

T 大姐就开始在血透病床前看书。她看的第一本书是当年明月的《明朝那些事儿》，看完明朝，又看清朝，这两个朝代，从来源于正史的历史小说，到专家的学术讲义型的畅销书，到有历史专家把关的影视剧本，再到各种个性化的人物传记，她在七年间看了个遍。

历史书籍不像探案、推理书籍，一拿起来就放不下，方便她随时观察父亲的状况，该喊护士喊护士，该喊医生喊医生，从来没有耽误看护的正事。到后来，连 T 大姐自己也惊讶，那些枯燥的历史知识，都在她脑子里连成了一张有弹性、有光泽、有捕获能力的蛛网。只要一有问题像飞虫一样莅临，她马上就能捕捉、响应、消化。

她锻炼出了历史学扫地僧的功夫，在无意中。

她从未跟任何人说起过自己的压力。唯有一点出卖了她：每年的体检报告，她都不敢看。必须由一位要好的同事，帮她拆封细看过之后，告诉她结果。

单身盾牌

简奥斯丁在 200 多年前就预言过：再过 700 年，单身女性与已婚女性的互相怜悯，也不可能终止。

过了 33 岁，小 Y 越发感知到简奥斯丁的先见之明，她也越怕走进下班时分的电梯。她供职的这家公司，从老板到保洁员都集中在傍晚六七点钟下班。据说公司的创始人极不喜欢加班文化，因此只要门前的音乐喷泉一响，这栋 36 层的高楼里，人人都在关电脑下班。

可能因为一天的忙碌都结束了，电梯免不了成为八卦阵。已婚女同事互相打探去哪所月子会所坐月子，怎样为孩子挑选早教机构，怎样对付小小孩的叛逆，怎样绕过溺爱孙辈的老人给孩子上规矩……忽然，有别的部门的同事瞄准了垂头看手机的小 Y：我说，Y，你当年结婚我还来喝过喜酒，怎么还在铆足了劲儿丁克？晚生孩子，各种遗传毛病的发生率都大大上升哦！

小 Y 慌乱地抬头，撞上了一片铜墙铁壁般关切的眼神。她不晓得应该怎么回答这个问题。公司里95%的人不知道她已在2012年离婚，而在她离婚后的第7个月，某个雨天，她在家门口见到脸色煞白的前公婆。她这才知道她的前夫、也是他们的独生子，前一天连续加班后，刚回到独居的家中，就突然死于心脏主动脉夹层破裂。

那段阴云压顶的日子她压根儿不想再提。有整整一年时间，她经常梦见自己在疯狂地垒高河堤，空气里都是洪水将临的水腥气，她紧张得嗓子眼发干、发甜，心里一直有个声音在响："快啊！救他一命！无论怎样都行！"而事情已经过去整整四年，她意识到垒高堤岸的呼喊已经远去。她用一大堆爱好来把生活中每一个空茫悲伤的缝隙填满砸实：书法、养花、旅行、画油画。她似乎也获得了某种程度的平静。

而现在，她的平静被电梯里的关切打破了，而且，似乎只要有人开了个头，对她为什么不生孩子这事感兴趣的人好像越来越多。小Y堆出一脸敷衍的笑，心里却冒出了一个比喻：也许，生活就是一锅煎熬的滚水，作为个体，我们最好像毫无瑕疵的鸡蛋一样，不动声色地等着被煮熟，与周围的蛋一样成为一色一样的白煮蛋。而她这种"故事太长不知从何说起"的单身人士，就像在滚水中突然破了的那个蛋一样，挤出了一坨难看的蛋白，不知道怎样掩饰自己的窘相。

但小Y终于找到了应对"电梯关怀"的办法。她开始背着一个鼓鼓囊囊的运动背包下班，相应地，她扎好头发，戴上手环，换好球鞋。

果然，已婚女同事眼中，迅速有嫉妒羡慕的炭火在闪耀。她们开始跟她打听健身私教的费用，打探练习瑜伽对收紧赘肉究竟有没有用，打探告别手臂上的拜拜肉究竟应该推杠铃，还是应该报个芭蕾班。她们亲昵地轻拍小Y的后腰，一脸羡慕地说“没生养过的身材就像小白杨一样诱人”，一面抓紧时间展示手机里宝宝的照片，埋怨公司最近背奶上班的新妈妈太多，放母乳的冰箱时常爆满。

小Y凑过去，瞄一眼她们手机上的照片，夸奖两句。她发现，有了健身背包这个盾牌，她终于抢回了一种奇妙的优越感。

还没等她想完，电梯已经到达负一层。小Y麻利地把健身背包扔进后备厢。她决定还是回家把那张画错的画，铲掉一部分颜料重来。至于健身馆，她其实已经有一年多没去了，她跟同事安利的教练，都是她从各家热门健身馆的网站上搜来的。

接孙鄙视链

有人说，不管你这一生是仕途得意，还是职场落魄；你是成为专业技术的大拿，还是默默无闻做了一辈子小超市的收银员，在退休的那一刻，你们都平等了。通常，女的买菜做饭之余，会奔向广场舞战场，男的下棋打牌之余，继续拿出比新华社评论员还专业的口吻，高谈阔论国际时事。由此往后，博导与小学毕业生执手相问病痛，高级工程师与退休门卫大叔互诉儿女的婚嫁烦恼。年过六旬，男性刚健的面相变得疲沓松垂，有了几分老太太相，人至晚年，性别仿佛都模糊了，人生还有什么鄙视链存在？

还是有的。不信，下午四点半钟，你去小学门口看看，夕阳西下，望孙人正引颈盼望。等孩子们像开闸的洪水闹嚷着倾泻而出，接孙鄙视链迅速形成了。

位于鄙视链底端的，是那些开车来接孙辈的老爷子。家境优裕能开车来接孙子的爷爷辈，多数退休前都是有头有脸的人物，不是教授高工，就是处级以上干部，在他们的职业生涯中，司机接来送往，导致他们退休前都不知道地铁如何过闸，公交如何打开 App 刷卡。退休后，他们重新学起各种生活技能，甚至学会了在菜场分辨跑山鸡和圈养鸡。能过五关斩六将拿到驾照也是他们晚年的得意之作之一，但这得意的小火苗，在自告奋勇开车去接孙儿之后，就被浇了一大瓢凉水——且不说校门口的拥堵有多厉害，单说孙儿坐进后座，一言不发开始低头猛玩游戏，就够让人糟心的了。问他在校经历，哼哈不答；劝告他多玩游戏伤眼睛，孩子更是爱答不理。一位无奈的退休爷爷，为让孩子开金口，甚至冒着被儿媳妇责怪的风险，买好 KFC 的大桶炸鸡放在车上。孙子开金口了吗？不，他像《绿皮书》上的黑人钢琴家一样矜持，他谢绝了爷爷递过来的炸鸡。他说：别打岔，我就要通关了。回家我有 3 个钟头的作业要写，两个小时的钢琴要练。我上一次通关还在一个月之前。

爷爷心头掠过一丝叹息。车窗开着，在龟行的车流中，他看到旁边的自行车道上，掠过一辆又一辆载着孙儿的自行车。白发苍苍的祖辈在奋力蹬腿，书包架上跨坐着背着五颜六色卡通书包的小孩，正以稚嫩的童声，在与骑行者玩成语接龙，或者唐诗接龙。

那些物质条件次一等的家庭，也许更快乐呢。开车的爷爷不免暗怀嫉妒地猜想，那些坐在书包架上的学童，家里没有钢琴，孩子书包的侧袋里只插着一支廉价的竖笛，可他们回家后因为不练琴，不上那么多密密麻麻的补习班，遂有更多的交流与嬉戏时光，有热乎乎的炖菜吃，有祖孙间毫无隔阂的亲热相处。他们，不比枯坐在驾驶座上的自己，位于鄙视链的上层？

而位于鄙视链顶层的，是蹬着三轮车来接孙子的大妈。她早上在医院门口摆摊卖粥，养活一家人，从早上五点半卖到城管赶人的九点钟。一年中，除了刮大风下暴雨，天天出摊，只在过年时休息 7 天。那辆三轮车，是她每天早上运送保温粥桶的。一桶粥重达 50 斤，花样繁多的热粥，一熬就是 5 桶。有这般体力，载两三个小孩子放学，岂不是小菜一碟?

大妈得意地在校门口，与等着接孙的同龄人拉呱：从 1991 年摆开粥摊，到如今 30 年。我娶媳嫁女，全靠自己。一开始蹬三轮车也不得劲儿，转弯都不会，别扭出一头汗。老伴取笑我说，我用骑自行车的窍门蹬三轮，活像大象推磨。可你看，人没点儿决心不行，我要是不学会蹬三轮儿，我儿子读博留学的钱从哪儿来？我孙女的学习小组哪能办得起来?

正说着话，孙女已经与她的小伙伴们欢笑涌出。孙女奔过来熊抱奶奶，并把今天想到自家写作业的小伙伴介绍给奶奶。奶奶把稳龙头，孙女不容反驳地在后面指挥，谁坐右边，谁坐左边，“我奶奶一开动，谁都不许站起来，也不许打闹。奶奶说的，坐小三轮儿要的就是绝对的平衡。”

奶奶在众人目送下款款离去。她的三轮车上坐满了叽叽喳喳的小女孩儿，她们诵诗，唱歌，议论新来的毛老师可爱的大板牙。奶奶边骑边笑，金色的夕阳渐渐变成了温暖的玫瑰紫，镀亮了她灰白的、精神利落的短发。

咖啡的香气

为何要在大学毕业后，放弃原有的专业去当一名咖啡师？小詹的理由很简单：他是那种温吞、敦厚、单线条思维的人，而当前这个时代，如写作《罗辑思维》的罗振宇所说，很多工作已经进化到唯有多线思维能力的人才能胜任。比如一个项目架构师，他必须跟投资方打交道，跟媒体自媒体打交道，用一连串过目难忘的比喻，让人深信他的想法是前所未有会下金蛋的。他必须同时成为演说家、工程师、媒体公关、项目经理与精明财务。他的工作仿佛是要调度四层立交桥上的所有车辆，还要带着它们，以三倍倍速前进。小詹在大学里做过不同单位的实习生，发现像他这种只会专心做一件事的人，已经被时代的洪流挤到一边。幸好还有咖啡馆，那些散发着 200 年前的醇厚香气，光线半明半暗，允许养猫养鱼的咖啡馆，收留了他。

想到这一点，老实木讷的小詹，就对咖啡馆充满了感激。

他自己是那种一直挣扎在中等生行列里的人，不免对那些混成了中等生的顾客暗怀同情。他长期服务的咖啡馆，开在一家培训机构的楼下。距店面不到 300 米还有一所民办初中。那所初中报考的难度，已经有十多年位居全市前三。因此，经常可以见到穿着中学校服的孩子三五成群来咖啡馆写作业，也可以看到送孩子来补习的家长，带着自己的大茶瓶进来等候。这里，在碾磨咖啡的震动搅拌声停歇下来的时候，小詹总能捕捉到家长压低了声音的催促与怒吼。是的，在这个唯有一心三用、三倍倍速行进，才会成为精英的时代，你怎么可以奥数只考 70 分？你怎么可以连《新概念英语》上的课文都背不会？好不容易为你择校，你怎么好意思在名校考年级三百多名，还有心思在这里玩猫？小詹闻到了焦虑散发的愁苦之气，连咖啡味也盖不住呢。

孩子很不容易。一名面熟的初中女生，放学后总是一个人落寞地过来撸猫，咖啡馆里的猫都跟她很熟，愿意在她面前亮出肚皮。在斜阳下，孩子挂掉了母亲气势汹汹的问询电话，抹掉了脸上的泪。她又撸了一会儿猫才走，猫无声地舔着她的手背。她从不买咖啡，小詹不着痕迹地送她柠檬水喝。为了怕她尴尬，给邻座也送了一杯。不知为什么，看到这个独来独往的女生，小詹仿佛瞥见了十年前的自己，那么敏感，渴望独处与自由，又因为家长的焦虑与忧心，不由自主地沉浸在淡淡的自卑中。

家长也很不容易。他们支付了培训补习的昂贵费用，又要支付孩子下课后的点心与咖啡费用，习惯精打细算的他们，都是自带保温杯。这种客人肯定不会受老板欢迎，但小詹会动用自己仅有的一点权力，把店里新品品尝活动的点心，专门送给他们。

那是一颗新奇口味的泡芙，或是一块小蛋糕的四分之一。家长抬起头，惊讶地打量小詹。小詹报以“我请你吃”的手势与微笑。家长又挣扎了一会儿，小詹意识到她在犹豫要不要把这一口点心，也省给孩子。然后，她终于开始拿起小勺，过分斯文地开始品尝。

小詹在她的侧影里，看到一簇触目惊心的白发，犹如看到为自己的成长担惊受怕了十几年的母亲，不禁鼻头酸涩。

漫长的告别，亦是相聚

1

“与父母告别的功课，是人到中年最不愿深想，却又不得不面对的功课。”于辉说这话的时候，是两年前的中秋节，她的老父亲刚刚被诊断为肺癌晚期。她心里很乱，主治医生跟家属交代各种注意事项时，她只见医生的嘴在翕动，却完全没听明白医生在说什么。她内心只有一个念头在轰响：我的父亲，多才多艺永远是顶梁柱的父亲，居然要倒下了，这是多么荒诞的事情啊，命运为什么要开这种玩笑？

于家老父亲，是南通一所大专院校中文系的副教授，退休后回到乡间生活，把老宅周围的隙地全部种上花。他花了十多年时光，将老宅改造成花园中的房子。在于辉姐弟眼中，什么活计都难不倒父亲，他会好几种乐器，从锯琴到二胡，从尤克里里到吉他，从口琴到竖笛；父亲的书法亦好，一到过年，全村的春联都归他书写；

他还有一手好厨艺，于辉记得自己读博士的时候正在怀孕，端午节，父亲突然带着一个大背篓，出现在博士生宿舍，给于辉和室友们带来色香味俱全的硬菜：红烧鳝段、红烧蹄髈、十三香龙虾，还有一大包咸蛋黄肉粽。母亲说，全是父亲一手操办的，连咸鸭蛋，也是他自己腌的。

父亲任何事一学就会，从未失败过，也是神奇。退休后，他甚至迷上了视频拍摄和剪辑，他将自己的乡居生活，所见所闻，花开花落，都拍摄成小视频，配上音乐、配上字幕，传给远方的儿女们看。他一直是个无所不能的中年人的样子，所以，于辉虽然已经结婚生子、年届不惑，只要回到娘家，就感觉还是一个倍受宠爱的少女。父亲会用二八大杠自行车带着她去赶集，给她买山药蛋做的糖葫芦吃；父亲会偷偷观察卖风筝的艺人是怎样做软翅风筝的，不用纸笔，他就能把那些复杂的工序都记在心里，回家后，立刻去家中的竹园，砍竹削篾，替女儿也做一个。他的理由是，于辉读到博士，光上大学就上了十年，看书看得颈椎都出了问题，抽空放放风筝，昂首向天，对治疗颈椎病大有好处。所以，只要回到娘家，于辉就能休养生息，从中年返回少年。父亲的健硕与能干，让她误以为这种生活是永恒的。

而今，命运突然在暗处发出裂帛之声，这让人一时难以接受。

2

依照医生的嘱托，于辉姐弟没有把病情的严重程度向父亲和盘托出，但父亲是何等聪明之人，于辉不相信能瞒过他。化疗输液，输液袋子上都明明白白写着药品的名字，父亲难道自己不会百度吗？他虽然70多岁了，但玩起淘宝、拼多多、快手来，比年轻人还溜。表面上，父亲是豁达的，只要一出院，儿孙频繁地来探望，父亲依旧带着小拖车，与母亲一早就出门买菜；他会写“秃头老于又回来了”“落拓轻奢风，说的就是我这睡裤打扮”之类的行草，裱起来、张挂起来，来调侃自己的变化，得意于在病魔收拢爪尖的时候，自己依旧从容洒脱。但知父莫若女，于辉依旧会敏锐地捕捉到父亲的一点慌张。

他的自费药快吃完了，新买的药刚用加急快递发货，他为此焦虑了一天；他记不起上海华山医院肿瘤科专家的名字了，满脸是迷路小孩的不踏实；包饺子，他忘了放盐了，尽管所有人都安慰他，这样的饺子蘸醋更鲜美，他也会自责半天。他忽来的软弱与慌张，让人揪心，是的，若不是深受病情的打击，像父亲这样坚强的人，何至于看到紫薇花的颜色由浓转淡，就落下泪来？他也不至于看到女儿在朋友圈晒出往返老家的一百多张高铁票，就忐忑不安地问：“闺女，都是我拖累了你，将来，回想起这段生活，除了劳苦，你会觉得一无所得吗?”

最后这句话提醒了于辉，她意识到，要令父亲感到安心，两代人都必须像扬去稻谷中的稗子一样，用力晃动自己的所思所想，扬去那些临近告别时分的惊慌、软弱与忧郁。她必须为每周回家探望父亲的漫漫长途，寻找新的意义。

她记起自己看过的电影《遗愿清单》，一位亿万富翁老头儿与一位黑人汽车修理工同样步入了生命的倒计时，他们是怎样完成生命中的未了心愿的？这个充满感伤与吸引力的命题，如今也来到了她的生活中。

为了父亲的病，于辉的先生推掉了去北京进修的机会，弟弟关掉了他的麻辣烫店，一家人整整齐齐地围绕在父亲身边。如果仅仅是为了陪伴父亲度过最后的时光，仅仅是面对病魔的无奈与感伤，那么，家人的探望越是频密，家人的爱越是深厚与有求必应，父亲心上累积的负疚恐怕越是沉重，这是不足以令父亲心安的，她必须想办法，让父亲感受到自我的价值，从而平静安然地接受这些为了告别的相聚。

3

于辉想出的办法，是与父亲一同重读《唐诗三百首》。她的理由是，作为理工科的博士，她如今专门与发电厂的管道材料打交道，文学方面的记忆已经磨灭得差不多了，她想补补课。补课却不花补习费，这补习老师除了父亲还能有谁？

父亲听闻自己还有这等余热可以发挥，欣然应允。他特意请人在庭院中搭了一座竹木小亭子，收了农家晒干的稻草来铺盖亭顶，在亭子里安设软凳三两只，茶几一个。天气好的时候，就与女儿在外面喝茶、品诗，讲述诗人的创作心态与遣词造句的别致之处。

父亲通晓音律，有时，他还将唐诗《春江花月夜》配上曲调，吟唱出来；从“春江潮水连海平，海上明月共潮生”的开阔，到“江天一色无纤尘，皎皎空中孤月轮”的喜悦，从“不知江月待何人，但见长江送流水”的怅惘，到“此时相望不相闻，愿逐月华流照君”的深情，从“斜月沉沉藏海雾，碣石潇湘无限路”的浩渺，到“不知乘月几人归，落月摇情满江树”的浪漫。他吟唱时，于辉在一旁悠然弹拨着她的古琴，很是和谐。一曲已毕，两人久久不言，沉浸在幽美邈远的春江月夜场景中，完全忘了尘世的种种无奈与苦痛。于辉想，这，就是文学的力量，它是心灵之补药，也是情操与志趣的源泉，父亲与自己，差点在病魔的打击下忘却了它的存在，如今，简单的诵读与畅谈，就让父女间的相处变得舒活又动人。

从一年前的初秋开始，于辉每个周末，都会回家上一堂这样的“诗词课”。这让她想起美国著名作家米奇·阿尔博姆的《相约星期二》，罹患渐冻症的大学教授莫利，与他的学生相约在每周的星期二，讲述为期 14 堂“生死课”。于辉私下里期待，父女俩的课，可以上得长一点，更长一点。上完唐诗，还有宋词；上完宋词，还有元曲。

父女俩偶尔也会有争论。于辉特别喜欢李白的肆意潇洒，敢怒敢言，觉得唯有李白的奇丽想象与纵横睥睨的笔力，才能勾勒出盛唐时期的强健精神。父亲却更偏爱沉郁顿挫、悲凉慷慨的杜甫。父亲说：喜欢李白，是因为你还年轻；等你到我这个年纪，读杜甫会更有感触，“人生不相见，动如参与商。今夕复何夕，共此灯烛光。”“十觞亦不醉，感子故意长。明日隔山岳，世事两茫茫。”人生的奇遇与告别、五味杂陈的感慨，都在其中了，写得如此深情又入木三分，真是写得好，好得让人无言以对；“昔有佳人公孙氏，一舞剑器动四方。观者如山色沮丧，天地为之久低昂。”竟然还有人用“天地为之久低昂”来形容一场剑舞，在空阔天地中发出的回响，真是让人心折不已……对了，一谈起杜诗来，父亲忽然恢复了当年在讲台上的精神头，他踱步来去，敲打案儿，为于辉领悟的确切而激动，或者为她感受的浅近而焦急。他忘了自己还有多少时间，忘了一针自费药的价钱，忘了化疗时那翻江倒海的难受劲儿。他豁达地说，女儿，我竟然有机会重讲杜诗，我要感谢你，不知道为什么，讲起诗歌来，好像生老病死都不再那么可怕。老爸虽然没有老杜的才气，没有给你留下一首好诗，可将来，你会记起这个月夜，记得老爸是怎么跟你说到杜甫的诗，那一天你会忽然记起我来，我们就好像重逢了。

父亲终于不再为他的病，如此拖累儿孙而满心歉疚了，他平静地接受了于辉的说法：现在的人忙于生计，都聚少离多。但是老爸，你这一病，就让我们明白，人间最珍贵的是什么。既然短的是相聚，长的是分离，成年子女与父母之间，可以交心的相聚就更难得，应该对这种相聚心怀感恩。

又一个秋天到了，桂花香了，剃了光头的父亲还活着。这让于辉对命运的有情充满感念。在父亲的“吟诗亭”里，父女两人围绕一首七言古诗的漫谈还在继续。于辉意识到，亲情正是像桂花一样的物事，近嗅香味浅淡，而若你在月夜下远远行来，它却像风中的蜜糖一样丝丝流淌，它如此浓烈，给你安慰，让你意识到，生之幸福，爱之幸福，是告别也泯灭不了的。

自律与律他

在电视相亲节目上，一位年入上百万的金领或CEO，如何能让24位女嘉宾在15分钟内把灯灭完？有个屡试不爽的手法是：只要他表现出强烈的自律，并吁请“另一半向我看齐”即可。你会听到这样的振振有词：“我每天健身两小时，女朋友的A4腰上最好也有6块腹肌。”“我不喜欢熬夜，生活规律，希望女朋友不要去夜店；我会用厨房秤称一下食材的分量，希望女朋友也不要点外卖和奶茶。”“我每周给爸妈打电话汇报下这周的见闻，希望女朋友也能每周给双方父母打电话。”

说到最后一点时，男生一再强调电话那头是“双方父母”，女嘉宾们无论高矮胖瘦都露出了“谁敢招惹你这朵奇葩”的表情。当然，自律男生听到接连不断的灭灯声也满脸发懵：自律还有过错？米开朗基罗曾经说过：充满力与美的塑像，无非是通过日夜努力，将石头的冗余部分去掉。既然我能成为每一根线条都在发光的大卫，你怎么可以毫无上进心，不经过刻苦锻炼，成为米开朗基罗

《昼夜》中的女性雕像？

而在女生眼中，这种成为光辉雕像的生活，并不见得是她设想的幸福场景。朋友阿朱，母亲在三甲医院做了30年护士长，秉承的人生观就是“早睡早起才能有个好前程”，于是从阿朱懂事起，朱家每晚22点45分，准时吹响熄灯号，而6点45分，全家人必须换好衣服，立刻去餐桌上吃“母爱牌”早餐。6点20分，沉睡中的阿朱一定会梦见螺旋桨直升机在战场上救人的轰鸣声——没错，那是母亲准时开启了家中的搅拌机在打磨生黄豆，为什么不换个声音小点的豆浆机？阿朱上了大学，用奖学金买的九阳豆浆机仍在落灰，母亲坚持用她的“螺旋桨”，理由是这种原始方法过滤出的豆浆，舀入大锅里煮，才能结出一层豆腐皮。母亲小心翼翼地从豆浆锅里挑出一张豆腐皮来，搭在麻绳上吹干。

阿朱去上大学后，母亲攒够50张豆腐皮，就给阿朱寄去。阿朱转手就送给家住本地的室友了。母亲不知道，在独立生活开始的那一刹那，阿朱就打定主意此生不回母亲所在的城市定居，也不吃任何凉拌腐竹和素烧鹅。她大学一毕业就结婚了，4年后离婚，成为可以一手抱娃一手拎12瓶矿泉水上楼的励志妈妈。她一点也不后悔在那么青涩的年岁尝试婚姻，因为在她年轻时，要逃离母亲的黄豆搅拌机所象征的令出必行的生活，是头等大事。

如今阿朱也会带娃去娘家小住。母亲老了，诉说颈椎、手臂与腰腿疼痛，可以滔滔不绝说上一个半小时，然而她的强势意志依旧，每天早上6点20分，螺旋桨的声音依旧响起。阿朱无可奈何地笑了，她拍抚从睡梦中惊醒啼哭的女儿，忽然记起小说《围城》的最后一句台词，她觉得把台词稍微篡改一下，“这个落伍的搅拌器里无意中包含对人生的讽刺与感伤，深于一切语言，一切啼笑”，就是她当下的心情写照。

自律的人，控制心头冒出来的军训教官本能，这种宽仁，可以说是我们这个时代难得的教养之一。目前，阿朱正在交往的男友是一名律师，他肯定是那种充分自律的人，开车出去，一定会在 GPS 上绕开所有的堵车点和单行线，连续三年没有交规扣分。但阿朱开车出去，他坐在副驾驶上，从不命令阿朱一定要照着 GPS 来开，要背下停车位的号码以备出来时找不到，上高速时，要时刻抬头看路标指示牌。阿朱拿到驾照 8 年，他便信任她的能力。

阿朱驾车时干过的最不靠谱的一件事，是从老家南通开车回南京时，因为自信于“这条路我太熟”，竟错过了高速出口，一直开到了安徽地界。不过，这似乎也没有什么不好，他们多看了 50 分钟晚霞，还看到在橘园里摘蜜橘的孩子们，对着高速公路使劲儿挥舞他们的红领巾。男友说“他们肯定在打赌哪一辆车会朝他们按喇叭，你就遂了他们的心吧。”阿朱摁响了喇叭，两人均大笑。阿朱便彻底从“做错了事”的惶惑中摆脱出来，她终于意识到，一辈子有这么几回信马由疆的快适时光，有多么必要。

告别后的相聚

直到夹着草席进了冷气充沛的体育馆，老郭才确认，他居然因为订不上宾馆，送完孩子上大学，要跟一百多位父亲一起睡在篮球场和排球场的地板上。

几百条草席，每隔一米，整齐铺开，草席上坐着穿皮鞋的白领，穿健跑鞋的老总，或者穿深绿色胶底帆布鞋的农民，他们被泯灭了地位身份的差异后，一时间都有点不知所措。体育馆里禁烟，无聊枯坐一会儿后，送子上学的男人们纷纷打开话匣子。

老郭没有想到，他左手边草席上的黝黑男子，苍老如学生的爷爷，竟然也是一位父亲，论起年岁来，比自己还小一岁。这位老王，毫不避讳地自我介绍：他只有小学文化，本是农民，近几年陇南老家的地都流转到种粮大户的手里，他唯一的出路就是外出打工。然而，没文化、口音重的他，是很难在工厂流水线上找到打工的机会的。他想得到的挣钱活路，就是为种田大户当雇工，春天，帮人插秧，夏秋，帮北方人收麦子，帮南方人收稻子。一季的活儿干完，只留下少量路费和生活费，从邮局把大部分钱汇给家里，这就是他作为父亲，为两个孩子竭尽全力的沉默表态。

老郭有点惊讶：“如今还有这种艰苦的大田手工劳作么？不是都机械化了吗？”老王脱下自己的长袖衬衫，给他看自己肩背与胳膊上被太阳反复灼伤的痕迹，说：“也有插秧机收割机去不了的地方啊，峡谷里畚箕大的坡地，高山上的梯田，都种上了谷物，收获时还得靠人力、靠镰刀。农村青年多数都出门打工了，留下种田的起码五六十岁了，忙不过来时，就只有请我们帮忙。”

靠着要替一双儿女攒学费的信念，这几年，老王走南闯北，算长了不少见识。他在青海收过青稞，喝过马奶酒；在甘肃收过荞麦，喝过酸溜溜的浆水；在广西收过红籼稻，连下粥吃的鸭蛋，都是红树林里的海鸭子下的。每年隆冬，农闲时回乡，他也成了村子里能讲自己各种历险记的人。有时，他吹牛吹得正欢，就见小女儿担心的眼神在窗口一闪而过，女儿是奉老婆之命来唤他回家吃饭的，不知为何，没出声就走了。这让他感知到十年间父女的暌违和陌生，让他后来往家汇钱的时候，都会在汇款留言时思量良久，然而，除了“好好念书，莫担心我”，他还能说得出什么话呢。

老王从他洗白了的旧帆布背包里，拿出了一顶草帽，草帽是时髦的炭黑色，外圈精心编出了鸟羽般层层铺叠的边檐，显得十分精巧。老王说，这是此次送女上学，闺女送他的临别礼物。戴上这种宽檐帽，割稻时，肩头与脸，就不会被晒蜕皮了。老王欣慰地长叹一声：“没想到二丫头还有这份挂念。俺以前，就担心自己长年不在家，儿女对我的那份情，像生面筋晒干了，再也不黏糊了呢。”

坐在老郭右手边草席上的老赵，听闻此言，发了一声感叹：

“也是，奋斗半辈子，若到头来儿女都不认你的这份付出，也太让人伤心了。”老赵是一家培训机构的小老板，他曾经是一所公立学校的教师，38 岁那年，成为区里最年轻的教导主任。然而，就在那一年，12 岁的独生子迷上了打游戏，不做功课不看书，成绩一塌糊涂。为了贴身看管和辅导儿子，他辞职，拿出所有积蓄和一套闲置的房子，创办公司。他的心思很简单：他得把儿子初高中要学的九门功课，所有的学习脉络都摸清了，才有资格教导他；他得像一个全职教练一般贴身紧逼，才能让儿子重新名列前茅，有个好出路。

压力过大，难免使力过猛。老赵咧嘴苦笑，说那几年父子之间处得势如水火，一言不合就开杠，他曾经，把世界地理的所有知识点，手绘在 6 张地图上，勒令儿子背诵；他曾经，押着儿子在微雨中晨跑；他曾经，把儿子的游戏手柄用刀背一个个斩断……儿子屈服过，也激烈地反抗过，他曾盛怒之下随手将木梳对准儿子掷出，妻子飞扑来救，结果妻子的脑门上被木梳砸出了一个大口子。

妻子的脑门结疤之后，问了老赵一个问题：“你所做的一切，究竟是为着儿子与你更亲，还是让他视你为仇寇一般?”老赵心虚回嘴：“我辞职、创业，付出这么大代价，就为能让儿子走到我的前头去。我就想让他服气，让他体会到我的远见，我的苦心。”妻子幽幽地回应：“儿子体会到这一点，也许要 25 岁，也许要 35 岁，你可等得?你跟儿子，可只有 18 年的相处时光哩，你下次发火前，想一想这一点吧!”

老赵听得这句话，忽然像听到了焦雷之后的雨声，像千军万马一样涌来，把他心头的火气都浇熄了。是的，他忽视了儿子已经比他个子更高，看书更杂，对自己的未来有了一套自己的主张，他胳膊上的筋肉已松懈，而儿子的肱二头肌已经长得鼓鼓囊囊，儿子离独立飞奔的时候，越来越近了。

他那股紧绷的心劲儿忽然就松了，看儿子的眼光从狠辣，一变而为慈和。儿子花了两三个月，才适应了这种“狼爸”变“羊爸”的转换，又过了一个月，升入高二的儿子像换了发动机一样开始努力，最终考入这所985高校。

送儿子去了6楼的男生宿舍，老赵就要夹着草席去体育馆了，忽然，儿子叫住了他，给了他一个小纸盒，嘱咐他回家再拆封。这会儿，在体育馆嗡嗡作响的空调声中，应老王与老郭的要求，老赵把纸盒打开，里面是6张手绘的世界地图，所有在愤怒中团捏、撕扯的痕迹，都被细心地贴补、抹平了。

何种选择才治愈

一名秉性骄傲的大龄未婚女性，受到失恋与失业的双重打击后，有两份收入几乎一样的工作摆在她面前，一份，是回到故乡小镇父母的身边，成为镇政府办公室的文员；另一份，是留在大都市的独立咖啡馆，换上深绿色的围裙，当咖啡师的学徒兼服务员，究竟哪一份工作能治愈她心中的创痛呢？

大部分人在这个节骨眼上，会情不自禁地渴望回到故乡，回到悠闲的生活节奏中。她们会以为那就像胎儿在母亲的子宫里一样，周围熟稔的环境，好比羊水包容着你，让外部世界的变化与冲撞仿佛隔了一层。这里的早点铺依旧用土法菜籽油炸油条；理发店的老师傅依旧在他的磨刀石上，悠然摆荡着他的剃刀；做姜糖的老妈妈，依旧努着腮帮子像拉面一样，拉抻着黏稠的姜糖条。

回到熟人社会的好处仿佛很多：从此有人关心你的午睡躺椅准备没有，责备你怎么可以用一杯黑咖啡代替早餐，议论你与才见了一面的相亲对象究竟啥时扯证结婚，他们真心为你着急，因为你的小镇发小，孩子都可以打酱油了。

而热衷减脂健身的你，处处都像落魄的明星一样深受瞩目：孤独地晨跑，受人围观与目送；快速地采买，一定有人打量你的菜篮，议论“鸡脯肉怎么能算是荤菜”，硬要分你半条五花肉；河边的瑜伽练习刚结束，就收到专治跌打损伤的老中医的电话，怀疑你刚才的动作扭伤了胯骨与脊柱。究竟哪双眼睛在无时无刻地打量你，究竟哪张嘴在喋喋不休地议论你？从大城市回到小镇上的你，终于明白关心的背面是热切打扰，操心的背面是蛮霸干预，熟人社会意味着你的生活选择都有七大姑八大姨强行植入自己的意愿，而且，谁都不许你反驳，因为，他们都是为你好。

你忽然会发现，去大城市认真漂过的人，在根本意义上都无法回到故乡，并与那里盘根错节的人情世故再次水乳交融。你会伤心地发现，回来你也是异客了——这里的服装店还出售 20 世纪 90 年代的款式，这里的桌球店与冷饮店随时可以拍 80 年代的电影，这里的文化活动室里，叔伯婶子们一如既往地搓着麻将，连每一个十字路口，都不必安设红绿灯。时间在这里，仿佛已经停滞，连镇政府里最洋派的老伯，依旧用大搪瓷杯子，冲着 30 年前的三合一速溶咖啡。他笑呵呵地指点你：镇上唯一的私人咖啡馆，都只卖胶囊咖啡机里出来的货色。“光是咖啡上的讲究，我就不信你在这里待得下去。你迟早还要回去的，就像一条在咸水和淡水之间洄游的鱼，最终大部分时间会待在大海里。”

是的，大城市没有什么好，这里到处是规则，谋职要笔试、面试、心理测试，绝不会只相信熟人推荐；这里人情淡泊，邻居不会关心你晚餐叫了啥外卖，会不会发着高烧独自看急诊。这里容纳五颜六色光怪陆离的价值观，容忍年轻人靠打游戏、设计手伴过活，容忍事业不顺的大老板转行开网约车，容忍年入百万的金领，如今只是在咖啡店里喂猫、烘焙、操纵磨豆机。曾经试图回到故乡小镇，回到熟人社会的人最终会明白：无人关注与轻松自在，是一体的；孤独打拼与笃定自信，也是一体的。如果你生性敏感，希望在无人打扰的状况下治愈自我，重整旗鼓，你需要更广阔的庇护所，那么，如海洋般的大城市，会更合适。

真的猛士敢于面对休闲苦境

暑假快结束时，小朋友还在为十篇写不出来的小作文抓耳挠腮，问培训班上的老师，应该怎么帮小朋友速成从作文小白到写文大神之路，老师说：“你让孩子整天关在空调房里刷题玩手机，怎么行？你要想办法说服全家，一起拽着小朋友出门感受大自然呀，野炊、采摘、露营，会游泳的小朋友带他去池塘水库游个野泳，包他下笔如有神。”

家长立刻上了钩，买了强力防蚊水，买了炫酷的头灯和强光手电筒，买了帐篷，买了隔湿垫和防晒霜，买了所能估计的一切，像一个第一次上战场的侦察兵班长一样，领着小朋友上了路。

然而，事事方便的都市，已经把家长和孩子的野外生存能力，降到最低。野炊，应该怎样估量山风的方向，别让浓烟夹杂着炭火吹了自己一头一脸；凉拌菜怎样做才不会招来成群结队的蚂蚁，这些还算比较容易的选题，难的是现场挖坑，靠填埋炭火来焖熟一只叫花鸡。别以为火熄之时，扒开炭火、剥开泥壳子与锡箔纸，一定能收获活佛济公手上那只油光锃亮的鸡。著名演员黄磊在《向往的生活》里都收获了一坨焦炭，你的厨艺能比黄老师更行？

野外休闲活动，常会遭遇意想不到的苦境。打枣儿，会暴露在当头吃爆栗子的急雨中，闹得不好，头上砸出一个小包；摘梨子，好不容易颤颤悠悠上了竹梯，却发现每摘一个套袋的梨子，都有蚊蝇朝你迎面扑来，一手狼狈驱赶一手摘梨，还要预防自己被树杈刮伤，简直有了笨贼穿越隐形红外线防护网的手忙脚乱。收香瓜，居然需要跪行，那一刻只恨自己穿了膝头破洞的牛仔裤。游野泳，看守水库的人向你指明要远离闸口的漩涡，也要远离黄鳝与水蛇的洞穴，还要预防小腿拍水，正好踢到张着嘴的河蚌，被受惊的蚌夹牢不放。想到身边跟着细皮嫩肉、泳技稚嫩的小朋友，家长那一瞬间恨不能由哆啦A梦的任意门，送自己去散发着消毒水味儿的标准泳池。

当然，这些考验都比不上某些家长自忖自己有过夜跑和拓展训练的经验，非要带着孩子去山中野营。我的朋友小赵带着一双儿女出发野营，在前半夜，一切似乎都很完美：看到了上千只萤火虫结伴出行绵延的光带，听到了小猫头鹰的鸣叫，在星空中找到了明亮的猎户星座，顺利拉起了帐篷，打气筒也很争气，让充气隔湿垫迅速鼓胀起来。正当小赵在一片虫鸣声中即将昏昏睡去时，他听到了隐约的雷声，小女儿在惊诧地擂他的小腿：“爸爸，爸爸，下大雨了，涨水了，怎么办？充气垫子能像小船一样，让我们漂起来吗？”事实证明，小姑娘的想法太天真了：后半夜，帐篷里汪起了半尺深的水，充气垫子和大家的拖鞋、行李，完全浸泡在水中。父子三人只能按野外生存手册上的说法，半蹲抱头，像三只惊恐的水鸟一样等着头上的响雷平息。

好不容易等雨小了，三人冒雨下山，小赵赶紧在附近乡镇订了一间民宿，让两个孩子喝姜汤、洗澡，生平第一次，小赵感觉到灯火可亲、浴缸可亲、吹风机与席梦思可亲。他这样自我安慰：“然而孩子们，咱们的苦没有白吃，萤火虫一闪一闪的真美。”此时，儿子已经用上民宿主人提供的游戏手柄，恢复了精神气，他直言不讳地说：“爸爸，得了吧，你得承认，领略萤火虫的美，还得去看宫崎骏的动画片。”

快闪的滋味

有一天，在公园开阔地，在顶级商厦的下沉式中庭，在艺术街区或城市中心的挑高厂房中，一座粉色调、金属色调或太空色调的快闪店在24小时内矗立起来。它原本包裹在层层叠叠的绿色帷幕中，忽而掀起盖头，美梦开启了，美梦消逝的倒计时也同时开启。

城中潮人奔走相告，争相去快闪店里打卡拍照。有的快闪店像童话中的充气城堡，有的像武侠书中潜伏着无数故事的客栈，有的像悠然放射光晕却随时可能消失的UFO。快闪店的核心陈列元素有美妆、潮鞋、印着巨大明星肖像的联名款T恤，有荣获红点设计奖的小家电、AR体验设备、头部主播们人手一只的电吹风和电卷棒，有墨镜、皮具、闪闪发光的首饰与高跟鞋。我甚至还见过陈列摩托车和户外帐篷的快闪店，前者的造型就像城市核心的极限运动基地，像一只钢蓝色的巨碗，多辆摩托车以飞驰的意象停驻在碗壁，而发型师们沉降在这只巨碗的碗底，伴随着布鲁斯音乐摇摆身体，为车手们打造炫酷发型；后者被做成全透明的星空屋样式，摊晾在巨大的草坪上，入夜，每一顶售卖的小帐篷都亮起灯来，你会以为地面上到处都是暖色的孔明灯，一撒手，它们就可以飞升而去，融入北京西郊密密麻麻的群星。

与此同时，快闪店里永远会售卖五颜六色的冰淇淋、甜点，洋溢着咖啡豆磨碎时的微微焦香，这令快闪店的空气也仿佛与别处不一样，洋溢着现实与梦幻交界处的失重味道。总之，快闪店不是普通展会，不会卖柴米油盐、风鸡板鸭之类脚踏实地过日子的东西，快闪店是城市核心吹出的巨型泡泡，它只售卖潮流文化中充满灵气、激情和出人意料的部分。

快到哪一步就闪掉，才能在品牌粉丝的心中留下恋恋不舍的回响，让那些错过的人深感遗憾，仿佛在酒店电梯口与偶像擦肩而过？一位快闪店的策划花三年时间做调研，终于通过数据图表发现，只开三到七天，快闪店的消费黏性最好。一旦超过第八天，快闪店的人流量与销售额，就会急速下跌。快闪店绝不能像你家楼下的 5 元小商品店一样，用大喇叭叫嚷“最后三天”，一口气播报大半年。快闪店必须像哈利·波特的隐身衣一样，到点披上就走，留下白茫茫大地真干净。正因为来得迅捷，走得干脆，快闪店里，同样一杯卡布奇诺，滋味才格外香醇；同样一双跨界合作款的帆布鞋，人工给鞋围条打胶时挤出的少许溢胶，才分外迷人。

有了常规的线下店铺与网上店铺，为何还要办不打折、不讨好的快闪店，它究竟有何魅力？一位曾经参加过巴黎芳登广场快闪表演的芭蕾首席演员说：漫长的销售，多半像漫长的舞剧一样，总有一刻令舞者与观者疲沓下来，彼此不再产生心领神会的火花，而快闪芭蕾，是舞者将全身心的能量贯注于一分钟内，她起跳、飞跃、旋转，开腿后定格，她像一朵昙花一样刷地收起裙裾离开，所有的身姿带动空气中本不存在的音符、本不存在的情感跌宕，成就观者被震撼、被慑服的时刻。

她自己去看快闪芭蕾留下的巨幅黑白照片，常常被 20 岁到 80 岁舞者留下的有力身姿，感动到热泪盈眶。也许，那些被当作艺术品来创作的快闪店，动人心弦的部分，与之庶几相似。

食堂生态最微妙

朋友阿伟在美国留学6年，工作三年后决定回国，理由居然是：解决午饭太难了。在美国，多么名声赫赫的企业都没有一个像样的食堂。虽然，福利雄厚的公司24小时都供应花样繁多的咖啡，大同小异的三明治，可搭配酸奶麦片来吃的艳丽浆果，但这算中国人的胃所渴望的食堂吗？它有劲道的兰州拉面吗？有花色繁多的粥品吗？有热气腾腾的馄饨吗？有糖醋排骨与椒盐小黄鱼吗？高帽子厨师笑吟吟望着阿伟，以土耳其腔的英语向他大力推荐“大蒜酱冰激凌”，我们的这位游子不免彻底失去了胃口。

阿伟放弃唾手可得的绿卡，毅然回国应聘，父亲知道了，倒也欣慰，只是嘱咐说：到了新单位，不要躲在小角落里吃外卖，一定要去吃食堂，而且要勇敢地坐到大领导身边去。父亲以自己的亲身经历告诉阿伟：领导也很寂寞，一旦到了年龄退居二线，常常一个人吃饭。你别看在食堂，一把手二把手的餐桌上经常满满当当，可主动坐近的人，十有八九不想让领导好好吃饭，硬生生将吃饭时间搞成了述职会、研讨会、头脑风暴会。阿伟的父亲退休前也当过领导，他那会儿都不敢吃鱼，因为急着让他指点表态的人太多了，怕一不留神被鱼刺卡着。

阿伟有些迷惑：都跟领导坐在同一张桌上了，不谈工作谈什么？

父亲面授机宜：可以谈谈综艺、刑侦剧、美国大选，以及领导的儿女如今可有什么升学谋生计划。千万不要急于展露你的野心与计较心。要记着杰克·韦尔奇的名言：与董事长谈歌剧的人，反而晋升空间大。

食堂也是一个有趣的生态系统，有人靠它晋升，有人靠它制造亲和热闹的人设，有人靠它维护爱岗敬业的形象。甚至有大公司空降了新高管，会将食堂的早餐打卡记录调出来，以确定年度勤奋奖。小单位的食堂常常外聘一两位师傅掌勺，食堂师傅经常是后勤部门某一位普通职员的老乡或远亲，由此造就了好比《红楼梦》里柳嫂儿讨好芳官的神奇场景：被招来的师傅对牵线搭桥的乡亲感恩戴德，千方百计在口味上讨好他。这一位要是好吃豆制品，5个菜里有3个放了豆腐、豆丝、豆干；要是爱吃麻辣，每个菜里都放了辣酱和花椒。惹得乡亲本人也要找食堂师傅喝速溶咖啡：大哥，虽然你找工作时，我帮了忙；但你要留下来、端得住这个饭碗，却不是我一个人说了算，你可了解？

在单位食堂，最动人的场面是星期三，退休老同事参加完工会的合唱团训练，集体到食堂吃饭。这是他们晚年生活中小小的高光时刻。为着训练，老太太们都烫卷了白发，涂抹口红，穿上了丝绒红裙；老先生们照例穿上了亚麻西装、白衬衣，打起了小小的丝绸领结。每个人的腋下都夹着手持活页歌谱，走进食堂时不由自主地拱背斜肩。老同事都已经七八十岁，头发稀薄得盖不住头顶，端托盘的手上都是老人斑，在退休那么多年后，依旧带着孩童般的雀跃热诚来参加单位的合唱活动，着实让人感动。有一天，当老顽童们的脸颊上画着国旗，每个人手上拿着小红旗，一同在食堂参加快闪活动时，所有在职的同事们，从“60后”到“95后”，齐齐站起来为他们击掌。他们沙哑沧桑，又委婉深情的歌声，分三个声部各行其是又彼此融合地响起，像苍老的雄鹰又一次盘旋在它的家园。就在那5分钟，让所有的人记起，那是七一，那是国庆，那是新年，在时间的每一个节点上，老一辈的精神收获都高过我们。

5分钟的演唱结束，大家依旧排队打饭。此时此刻，我目睹前面两个老太太在拥抱，各自诉说40年前的姐妹情，以及当下的病痛与力不从心，不免百感交集。来参加合唱活动的老前辈们有一半人带着三层饭盒，他们吃完了饭，还要另打一份带回去。70岁的老人，还有90多岁的母亲要照料，还有不到十岁的孙儿要看护，负累与责任如浓重的云，沉沉压在他们的眉宇之间，而每个星期在单位食堂吃的这一顿饭，是两片浓云之间漏出的一道阳光，它那么短暂，却也瞬息照亮了这些暮年的脸。

山火的启示

大兴安岭的大火被扑灭 30 多年后，一个偶然的机会，我有幸来到当年被山火焚毁的山洼处。如果不是当地林业局郭大哥的指引，我已经看不出当年山火的痕迹。

经过了 30 年的复苏，眼前这片森林之前的满目疮痍已经消失，出人意料地拥有了极高的物种丰富度。各种喜阴还是喜阳的植物，都在高矮不一的树冠下找到了自己的生存空间。柳兰依旧在抽出紫色的花穗，但更为耐阴的鹿蹄草和铃兰也在绽放它们的花朵，灌木层的主角，从喜欢阳光的珍珠梅和各种蔷薇，到更耐阴的兴安杜鹃和越橘都在和谐共生。而在灌木们的高度之上，白桦和山杨等喜阳的乔木，与更耐阴的兴安落叶松抢占地盘的力量，目前正进入一个势均力敌的时期。树荫参差斑驳，森林里光线极为丰富多变，就像一部纪录片大师的唯美镜头一样，看上去说不清的愉悦。

郭大哥说，当年，这里被汹涌的山火洗礼后，林场同事看到满目疮痍的山林都流下了热泪。“很多过火地都被抢种了大片的白桦树苗，这种树喜欢阳光，生长迅速，而且很容易把树冠修剪得像马鬃一样整整齐齐。高处种白桦，低处种杜鹃，景色会跟色彩的海浪一样好看。但国外的森林专家来看过后，觉得这种加快森林复原的急切行动，对大兴安岭物种多样性的复苏并没有好处。人工种植的次生林，不仅景色单一，而且在抵御山火、虫灾或者雪灾的能力上，变得更加脆弱。”

一个很简单的迹象，说明了这种脆弱性：以前兴安岭的森林里到处都是野生蘑菇，和各种野生的珍贵药材，但在这些补种的次生林里，这些森林的馈赠都消失了。

唯有当年被无意“抛荒”的小块过火地，才幸运地诞生了我所目睹的丰富物种，时间流逝，自然的潮汐来了又去，神奇地衍生了这些物种和谐共生的场景。而这些变化的起源，与山火脱不了关系。

30 年之后，郭大哥才意识到，只要不是人为的火灾，偶发的山火并非森林的敌人。他去美国黄石公园与当地的生态研究人员交流时，发现一个特别的现象：黄石公园因为地热关系，每年都会爆发小规模的自然山火。但山火扑灭后，补种人工林的工作却迟迟没有展开。

郭大哥惊讶极了。当地的生态研究人员却笑着说，火，是森林的挫折，可也是森林生机的触发点。如果一片森林许久没有受到山火的洗礼，大约一百年后它就变得“过度成熟”了——参天大树们的树冠在天空形成一个遮天蔽日的遮盖层，在它之下，需要充分阳光的灌木与草本植物纷纷消失，连喜阳的乔木也丧失了孕育小树苗的机会。物种的多样性反而开始下降。与此同时，广袤森林间积累了难以自然分解的枯枝落叶，一些孱弱的病树也没有办法清理。森林就像一个活了800年的巨人一样，大量的树挂与苔藓是它阴沉的须髯，空洞的倒木是它庞大的鞋履。仔细听，它仿佛在发出沉重的喘息声，不无病态、又停滞不前的喘息声。

然后，山火适时出现了。有时是雷电，有时是地热，有时是堆叠的枯枝落叶引发的自燃现象，火的舌头舔过了那些过老的树，烧尽了某一片林子遮天蔽日的树冠。于是，阳光又透射进来，喜阳的柳兰种子像微小的伞兵一样，打开种子上的降落伞，翩翩降临这片饱受灼痛的土地。喜阴乔木对生存空间的垄断被山火打破了，森林，仿佛挣脱了某种枷锁。夏秋，过火的林地开满了柳兰梦幻般的紫色花朵，生命的又一轮自由快适的竞争开始了。

黄石公园的经验表明，山火也是自然界优胜劣汰的一个开关，是确保森林物种多样性的开关。在山火的灼痕上，森林获得了它再生的魔法。其实，任何一个有着自然活力的生态系统，都是从伤痕中重获新生的。

考前功夫在“调弦”

朋友老钟，执教高中语文32年，有18年在做高三毕业班的班主任。这是一份艰苦的工作，不仅要和住校生们起五更晨跑、早读，半夜三更，老钟还会定点醒一次，挨个蹑手蹑脚检视孩子们的宿舍有无透出微光。他后来能练就这样的本事，隔着学生宿舍的门缝，都能觉察到有没有人打着手电，头上顶一件长袖外套当“遮光罩”，在昏暗的光线下窸窸窣窣在看书。

平原上的乡镇中学，用功的孩子很多，父母都不用解释为啥要学习，只要在割麦的时候带着孩子下一天地，麦芒就会把那孩子赤裸的手臂都“挠”花了，沾到汗水，火辣辣的疼，孩子的学习积极性立刻就上来了。他们看到，父辈的脊梁依旧在火辣的太阳下深躬下去，上面遍布汗珠，闪着光，改变一家人命运的重担，难道不是已经换到他的肩上？

因此，老钟焦虑的问题，从来不是“离高考都不到一个月了，该怎样说服孩子快马加鞭”，他每天回家与妻子讨论的问题是：

“孩子们太累了。两尺宽的课桌，两侧各一摞书，累累重重，叠高到半米，中间不到半尺的地儿，露出一个脑袋。十七八岁的孩子都有了黑眼圈。赶他们出去洗个头、吹个风，都不肯……这样下去，弦绷得太紧，高考反而容易发挥失常。”

老钟妻子在县文化馆工作，练习古琴已经有四年。为了配合老钟说服学生，带着她的古琴、丝弦，与一套定音调弦的心得，来到老钟的班会上。她让孩子们围观她调弦，让他们挨个触摸丝弦的松紧程度，感受弹拨时那股紧绷绷的力。她一面调音一面解释：古琴的调校，是弹奏名曲前最重要的准备工作，通常是先调好第五弦，为琴定音，再以第五弦为基准，挨个拧动余下六弦琴轸，以其松紧来调整六弦音的高低，直至与五弦十二徽的音高相同。聪明的孩子立刻就会发现，五弦定音过高，弹奏时声音明亮高亢，最细的七弦就声如裂帛，很可能会在演奏的高潮处怦然断裂；五弦定音过低，最粗的一弦张力不足，弹奏时声音是闷的，琴音就像隔着黄梅雨天的重重雨幕，听上去潮湿喑哑，难提精神。

而调弦定音恰到好处的一张琴，才会发出“春江花月夜”一般透亮悠长的音韵。它的散音声如铜钟，余韵共鸣响亮；泛音或有如风中铃铎，或犹如敲击玉磬；按音圆润细腻，如歌如诉。老钟妻子作为师母，淡淡地劝说孩子们：

“12年的学习，到高考前夕，你的水平就像演奏能力一样，已经定型。而临场能不能发挥好，要看调弦是否恰到好处。现在，咱们别把所有的时间都花在‘练曲’上，是时候静下心来，好好观察、聆听，把心里的这七根弦都调整得松紧合度，最是要紧。”

找到自得其乐的缝隙

地铁6号线即将开工建设，刘瀚妻弟一家的老房子被征收后，刘瀚这一生中有点难熬的日子开始了——原本住得很近的妻弟一家，选择了远郊的置换房，与刘瀚一起住的岳母趁机提出来，要把上小学二年级的孙子留在身边照料。见刘瀚光是喝茶，闷声不响，岳母就当他同意了，乘胜追击，提了第二个要求：让小坤(刘瀚妻弟)两口子下了班也一同来吃晚饭吧，多两双筷子而已，省得他们回到远郊，新闻联播都播完了，才精疲力竭地进门张罗晚饭。见刘瀚不表态，岳母就说，孩子只有周末才跟他们回家，平时也该让父母管管功课，在作业本上签个字；你放心，我是个有数的人，他们的伙食费，我来贴补，你家小孩的兴趣班培训费，也由我贴补。

刘瀚瞥见妻子不安的眼神，在门口一闪而过。他知道这次谈话的分量：如果他答应了，他家才90多平方米的小三居里，从下班回家到入睡的这段时间里，将满满当当都是人。女儿与外甥的各种笑闹拌嘴声，岳父收音机里铿锵有力的说书声，妻弟和弟妹管教孩子的叫嚷声，岳母哼着黄梅戏踩缝纫机的声音，将声声入耳，没有一刻消停。他和妻子，得等到妻弟两口子告辞回家，等到两个娃儿耗尽精力睡下，才会享受到片刻宁静。

而这样的日子将延续到外甥上初中为止，将近五年。他有这个耐心在一个仿佛不是自己的家中，平心静气地待满五年么？

刘瀚思忖片刻，答应了岳母。当晚，妻子嗔怪他过于迁就长辈的意愿，他淡淡地反驳说：我是迁就你对原生家庭的那份感情，我今日若是不迁就，恐怕你们母女间、姐弟间，就不会再有今日之融洽了。

刘瀚记得妻子贴过来紧紧拥抱了他一下，万千言语都在这缄默的一抱中。而他，彼时只是有点生硬地承受了这拥抱，暂时还没有心情去回应其中的安慰与惭愧。

销售部的同事听说了他家的事，多数嗔怪他太屈就忍让，以至于连休养生息的空间都快被老婆的娘家人挤没了，只有财务部一位年长的女同事提醒他：晚上，家中最吵的那一两个小时你就出去吧，跑步也好，夜读也好，垂钓也好，反正，让自己一个人待一会儿，就对了。你会发现，入夜时分，有一小段时间能安静独处，是很滋养人的，尤其是对一个被大家庭里的鸡毛蒜皮搞得心烦的人来说。

女同事说了她自己的经历，她曾经在厦门夫家居住过，在公婆的坚持下，她不得不与老公放弃了在外租房的念头，与公公婆婆和已经结婚生子的小叔子一家挤住在一起。那两年，让她心平气和生活下去的希望，是步行 20 分钟可以看到的海，被月光镀得波光粼粼的海。她沿着熟悉的海堤走来走去，听晚上 8 点钟涨潮的声音，听凭海鸥的鸣叫与海浪拍打礁石的声响，一点点吮吸自己的焦躁与疲惫。她曾被前来游泳的陌生人反复套话和劝慰，她后来才明白别人看她踯躅于此，误会她有什么事情想不开，于是一路不放心地跟着。

她有什么想不开的呢？她只是求得一个时辰的不受打扰，她只是渴望静谧像一大瓢清水一样兜头浇下，洗去这内心的烦闷，让她有勇气回到那个上厕所和冲凉都要排长队的家中。她庆幸生活虽然局促，生活环境虽然窄逼，在离家不远的地方，却有海。海风软款，略有盐味，让她所有的毛孔都舒张了开来，有那么一刻，她觉得自己像海鸟一样自由自在，被风云与气流承托，可以去往任何地方。她在攒钱买房的那两年，考过了所有的执业证书，包括注册会计师资格。她说，她感念那段拥挤的日子，让她找到了在任何环境下，都可以令自己透一口气的诀窍，这种诀窍，不伤害他人，不怨怼自我，可抚平生活中所有的怨念。

她对刘瀚说：每一种让人略感不快的生活中，都有让人自得其乐的缝隙。聪明人找得到这缝隙，你可以找找看。

刘瀚找到的办法是钓鱼。秦淮河引水整治了十年，两岸栽种了绵延的垂柳与香樟，修了无数的木栈道，每隔百米就安排一溜狭长的小游园，种上灌木和兰草，入夜，通往河畔的台阶高高低低，在嵌入式地灯的照耀下，散发淡淡的木香。临水垂钓的好处是不用与看客闲聊，不用把生活中的无奈事诉说一遍，只需指一指钓竿，竖起食指，做出噤声的动作，旁观者就会识趣离开。刘瀚又变成一个人了。他不必神经紧绷地盯着钓钩，他的本意也不为钓上鱼来煨汤或红烧，他只是贪恋目睹萤火虫从水岸边成群结队出现的安宁时光，他只是贪恋这无忧无虑的独处时光。此刻，夏日晚风如丝绸般拂上了他的脸颊，他心里浮上叹息，有点心满意足，也有点神思悠游。他忽然记起家中储藏室里蒙尘的吉他。大学毕业后他已经十多年没有弹吉他了，因为写不出平白如话又意蕴深长的歌词，但今晚，月光照在他的钓竿，夜露从竹梢上很响地滴下，他忽然感到心中有一段旋律，和三四句歌词正在成形。

他回到家，妻弟一家早已告辞，孩子们已经睡下，岳母接过他才钓到的新鲜活泼的小野鱼，赶紧去处理。妻子正在赶制报表，见了他，悄声说：“妈妈又打了好几个电话，央求她的老姐妹们明早来拿鱼。冰箱里已经冻满了鱼。”

妻子顿了顿，似乎在斟酌措辞，之后她还是决定说出实情：老爸心疼妈妈到处求人，说让你别再钓鱼了。妈妈赶紧让老爷子收起这念头。妈说，你没见每次小瀚带着钓竿回来，不管鱼篓子是空的还是满的，他都比出门时脸色亮堂么？

他忽然有点惭愧，之前，他所有的注意力都放在了自己的焦躁和委屈上，完全没有注意到别人也在身历生活的局促和无奈。他已经被独处一个时辰的美意所滋养，岳母和妻子，竟还没有获得过这个机会，他是不是也应该在某些时辰投桃报李，让她们出门走走，意识到与自我相处的必要？

住在地铁尽头的日子

搬家那天，黄珊与远在南通的妈妈视频，领着妈妈浏览一遍厨房里的设施，和卧室里房东留下的古董级别的床和五斗橱。妈妈瞅着镜头里的 8 个大纸箱和两个滚轮行李箱抹眼泪：为啥你越搬越远了？要是北京压力太大，就回老家吧。黄珊把房东的租房广告截屏给老妈看：住在地铁尽头，你会不费吹灰之力，拥有一个千金难得的座位，你可以刷题备考，处理工作，捧读书本，戴上耳机刷剧。如果你去国贸上班，一周之内，两季 BBC 的热门迷你剧都刷完了，更别提咱这里，步行半小时就可以看到旷野里的油菜花，钉个鞋掌只要 15 块，吃个杂粮大煎饼只要 7 块。要知道，同样的煎饼，二环内卖 11 块，同样的房子，租金是我的两点五倍。

妈妈显然在算另一笔账：闺女，你公司 9 点上班，你 6 点 50 就要出门，想多睡一刻钟，就没空吃早饭，得了胃病怎么办？你下班时常常新闻联播都开场了，回到家 9 点多，你还有什么时间过自己的日子？住得那么远，你怎么见朋友，怎么保证自己有点年轻人的娱乐生活？

黄珊安慰妈妈：我会吃早饭的，我会带着饼干面包和挂耳咖啡。晚上回家，我在路上把该做的事做完，无非要记着带充电宝。住这么远，我是想倒逼着自己早睡早起，规律生活，以及尽快攒出一部分首付，最终在北京有一个属于自己的家。

到北京读书工作这么多年，黄珊已经学会向妈妈展示“部分真实的生活”，以解老妈的担忧牵挂。她当然不会提及北京地铁早高峰的可怕：她虽然坐着，依旧感受到站立的人在没完没了地挤压她的膝盖。一位高个子的男生为了防止倒在她身上，双臂奋力地支撑着她身后的车窗。他就这样站了5站路，任凭奔腾的人潮在他背后施压，他也没有再向前移动一寸。黄珊已经有了经验，要能挤下车去，她必须提前两站向车门移动，一路从人家的肩肘之间拔出自己的包来。在沮丧地发现带的面包挤成了面饼之后，黄珊被迫选择了那些挤成泥也可以吃的早饭，比如洗净后用两层密封袋装起来的香蕉，比如自己头天晚上做的紫菜肉松饭团。

因为年轻，也因为深信自己前面有无限的未来，住在地铁尽头的日子依旧在可以忍耐的范围内。作为一个剧迷，黄珊在北京可以听到音乐剧，看到她喜欢的舞剧和小剧场话剧。看剧也成了她与大学同学会面的日子，在市中心的剧场看完剧，通常是晚上十点钟左右，难得会面的三五好友，赶紧骑上共享单车，去胡同里喝精酿啤酒，或者撸串、吃夜宵，诉说别后见闻。有时他们带着些许酒意沉默下来，只是坐着，就能感受到无忧无虑的青春正在流逝的声音，责任正在迫近的声音。

旧的已去，新的将至。感伤有点傻气，感奋也有点傻气。此时此刻，就有百感交集的微风，拂上每个人的心头。作为毕业不久的职场人，大家都住在很远的地铁末梢，仗着北京治安好，他们会侃到末班地铁快要开出的那一刻，才匆忙结账，一边道别一边向外狂奔，像行将听见 12 点钟声敲响的辛德瑞拉。

带着疾跑后的心跳坐上地铁，黄珊突然想到一件事：吃麻小为什么要等着有机会去簋街？自己如今租住的房子比以前大多了，可以开一个龙虾宴，邀请朋友们周末到自己家来聚会啊，迷汉服的人带上她的汉服，迷茶道的人带上她的茶器，迷篆刻的人带上他的刻刀，而她，将准备成脸盆的龙虾与饺子馅，为看上去苛且潦草的生活，准备一颗不苟且的心。

借个火吧

送老公公去省肿瘤医院放疗后，眼见着他的胃口一日日衰弱下来，同病房的家属江姨悄悄问我说：“想不想在附近借个火，帮老爷子煨个汤？你晓得的，拐过前面那条长满蔷薇藤的小巷，就是一个菜市场。”

经她指点，我才知道早上卖油条和各色稀粥的老葛夫妇，中午允许这里的病友和家属，在他的铺面里借个火，炒菜或者炖汤。炒一个菜，柴火费两块，炖一个汤四块，老葛夫妇还为大家准备了简单的作料，都包含在柴火费里了。

江姨指点我：“过了早上九点，你出了医院往南走，看到有一家铺面，门口长案上放着十来个高压锅，大大小小炒菜锅，都被熏得乌黑的，就是他家啦。”

之后的一个月，我在这里，与病人家属一起蹲在水池前摘菜，与他们一起排队使用高压锅，与他们一起帮头发花白的老葛从三轮车上卸下几百块蜂窝煤饼。是的，如果不是在这里借火，我再也不会想到，21世纪在省城，还有不用液化气和天然气炒菜熬粥的地方。老葛解释说，他计算过，用蜂窝煤饼，他收这点儿柴火费才能勉强混得过去，若是用液化气，恐怕要赔大本。提高借火的收费，他心里也十分过意不去，因为提着饭盒来的病患和家属，都已经被命运带到沟里。有人已经在医院的陪护椅上睡了四五十天，就为了把住旅馆的钱省下来，好为病人多买一支白蛋白，多炖上一份排骨汤。

“能帮他们一时，是一时吧。”老葛的眼睛，已经被铺子里的烟火气熏得通红：“用煤饼炒菜炖汤，做出来的东西好吃，只是高压锅和炒菜锅都被熏得墨黑，好在大家也不嫌弃。”

从上午九点半，到中午一点半，人们在这里排队、生火、互相问询亲人做化疗时的反应，交流为日夜插着吊针的病患洗头翻身的巧妙方法。这里形成了互相安慰，也互相支撑的气场，没有大话，也少见眼泪，早来的安抚后来的，教他如何像礁石般稳住身子，静悄悄等着命运的怒潮从头顶、从身体上滚过。

这里甚至是有笑声的，人生也许短暂，不笑就是损失。前来炖汤的老先生摘下了他的鸭舌帽，向大家展示他圆溜溜的光头，说从今往后省了洗发水，多好，引得众人欢笑。他83岁了，老伴去世，儿子儿媳都在拼命打工希望给他更多用自费药的机会，他不得不自己照料自己。谁都会觉得他一个人来住院化疗，暗含一丝凄凉，但老先生显然不这么想，他在煤炉上一气呵成，做好了溜鱼片和菌菇汤，得意于很少有老爷子有他这个手艺——当年，他被老伴紧急培训成了会烧年夜饭的大厨。老伴因为骨癌晚期截肢，拄着拐在厨房里现场指导，不许他躲懒，理由是：会烧菜，往后的路就没有那么寡淡荒凉。

他有点慌，切肉丝差点切到手指，问了一句自己也觉得没来由的话：你不管我了？你这是要到哪里去？

老伴淡淡地劝慰他说：你往东，我就往东。你往西，我也往西。你放心，我永远在的。

一位 20 岁的姑娘来为刚割去肿瘤的妈妈做几个炒菜。她显然是那种自小被照顾得无微不至的姑娘，从来没有进过厨房，茭瓜丝切得横七竖八，削土豆皮差点削到手指，铁锅没擦干就急着放油，被溅出的热油惊得一跳三尺远，惹得边上的大叔失笑。姑娘做这一顿饭，接连拜了两位师父，她显然不晓得妈妈这病的厉害，炒完了菜，尝过咸淡，非常骄傲，带着 100 分小学生才有的笑声离去。旁边的人对她竖起大拇指，直到姑娘拐弯消失，才叹息着默默收起自己的饭盒。

一位年过不惑的妻子来烧清淡的汤菜，烧完后搁在案板上稍稍放凉，用自带的料理机打成糊糊再带回去。她家丈夫已丧失咀嚼的力气，喂食这些营养糊糊，是希望帮他撑到孩子中考放榜的那一天。旁边的家属怜恤她的劳累，拿出手机，告知她哪些品牌有营养糊糊卖，开水一调就行，何苦如此麻烦？女子淡淡一笑说：虽然医生说他的味觉大体已经消失，可我总觉着，他能吃到家里的味道，是种安慰。

一个月后，泡桐的残花已经落满一地，春天就快过去了，我又在老葛的铺面里熬鱼汤。老葛夫妻运煤饼去了，嘱咐我暂时看管铺面，此时来了一位六旬老太太，她提来一个纸盒，说老伴动过手术，存活三年了，一直惦记着主治医生和老葛的恩德，无论如何要专程前来谢谢他们。今天早上 6 点，她从安徽芜湖出发，就是想见见老葛，送一样不值钱的礼物，代表她的真心。

我代老葛收下礼物，纸盒里是一个锃光瓦亮的崭新高压锅。

宠物医院众生相

去年初秋，宋薇 18 岁的儿子赴美留学，没多久就收养了远赴纽约工作的学姐留下的一只猫，那是一只渐层英短，眼睛一蓝一绿，像是中土世界的精灵。当时，宋薇儿子正处在刚出国的适应期中，他在视频中对妈妈说，他语言不够好，申请一张信用卡被银行工作人员不耐烦地打断 5 次；他的设计作业可能被教授打 A，也可能打 D；饮食也不适应，吃到学生食堂冰凉的三明治和烂糊糊的咖喱饭就极度怀疑人生的意义。他觉得四周都是黑压压的墙，每移动一步，墙都会悄无声息地合拢。

听得最后一句，宋薇脊背上的汗毛都竖了起来。儿子话锋一转，说到猫的治愈作用，又说学姐的猫如何美貌和通人性。宋薇思忖两天，终于同意他养猫，她当时有个小算盘：孩子过于孤立无援，所有的不安与挫折都闷在心里，说不定哪天就需要心理疏导。说到底，猫罐头和猫疫苗虽贵，不会有美国心理医生的收费贵吧。

儿子收养了学姐的猫，才告诉宋薇这只猫有眼疾，需要每天滴眼药水悉心照料，不然，猫的视力急剧下降，一脚踏空，很可能在学生宿舍的楼梯上滚下去。因此到了新年假，他必须替猫也买张越洋飞机票，带猫回中国治疗眼疾，顺便要给猫做驱虫、打疫苗。于是，从没养过任何小动物的宋薇，不仅当起了铲屎官，还成了宠物医院的常客。

没想到就是这只猫，打开了宋薇的人生。她在宠物医院候诊时，终于见识到在她的生活之外，在大上海，有多少人在和“隔壁邻居家也听不到一点人声”的孤寂作抗争。

一位 78 岁的爷爷，带着他的瘸腿京巴来看眼疾。狗很老了，16 岁，眼睛像老年人一样长满白内障，吃东西时主人要把它领到食盆旁；在马路上遛狗，小水洼和小凹陷，狗都看不见，需要主人用生满老年斑的手，勒住牵绳温柔地提醒它。老先生的老伴儿 3 年前去世后，在北京工作的女儿一定要接老父亲前去照顾，然而外孙和女婿都对狗毛过敏，不接受一只老迈又有气味的狗。老先生就决定留在上海，一个人，一条狗，谁也不抛弃谁，相依为命。

一位直播网红，带着她的狗来看胰腺炎。姑娘对好心喂狗吃红烧肉的行为痛悔不已，一直蹲在正在输液的爱犬面前抹眼泪。她生长在民风保守的北方，因为不肯回家考公务员，过一眼望到头的生活，已经与父母话不投机快 5 年。这 5 年，陪伴她的就是这只眼睛超大的“吉娃娃”，她第一眼看到它，就被它脸上那种哲学家般的哀愁吸引住了。一只狗，天性活跃娇憨却有着泪汪汪的无辜感，这也太有“反差萌”了吧。这 5 年，这位“90 后”博主，带着她的“吉娃娃”搬了 6 回家，每年直播 300 场，从助理到公关，从技术到化妆，全是她自己。她一个人，把粉丝从不到 200 人攒到 148

万。她坚持认为，这只“吉娃娃”给她带来了好运，因为一半粉丝惦记着她家的狗，或者说，粉丝不仅是在追看一名沪漂的奋斗史，也是在看她如何视孤独为等闲。她的镜头里，有双份晚餐，有给狗准备的生日帽，有一人一狗端坐追剧的场面，有她骑车载着狗去看花的欢笑声。

一位已经在大学校园里待了10年的腼腆男生带来了他的猫。这只布偶猫，走路姿势像划水一样。因为受伤，它的左后腿，腿骨显然是长错位了。男生是工科博士生，像《生活大爆炸》里的谢耳朵一样有社交恐惧症。他说起与这只猫相遇的过程：那只猫受伤后被遗弃，每天在一棵高耸入云的玉兰树下等他，从白玉兰的花蕾像毛笔一样瘦削尖俏，等到像汤勺一样的白色花瓣落满一地。男生每天从宿舍区到实验室，都要路过那棵树，听到猫喵喵叫，看它划水一样踉踉跄跄追出来，终于，他受不了了，决定花费半年的生活津贴，来给猫做手术。

作为一名凡事都要上知网上找些论文来学习的工科生，这位布偶猫主看了看宋薇带去的英短，淡淡地说：猫的这种眼疾除了终生点眼药水来控制，没有别的办法。您的儿子是善良的人，他接受一只有眼疾的猫，不只是怜悯这只猫，更是觉得它坐在你的腿上，可以纾解你的部分焦躁。

宋薇心头耸然一惊，她猛然意识到儿子走后这半年，她在越洋视频中暴露了自己的多少负面情绪。宋薇在新媒体网站工作，每天要跟负责视频剪辑的“90后”吵5回架，接三四十通客户电话，为1%的让利与大老板磨嘴皮30分钟，听丧偶独居的老母亲为和保姆拌嘴，一天中打数次电话告状，与此同时，作为业委会的副主任，她这半年间还应业主之托，为着与物业不可调和的矛盾四处奔走。经过被声浪席卷的一天，她只觉得心浮气躁、胸闷气短。而儿子，万里迢迢带了一位猫天使来，一半也是为了替他陪着她。宋薇看书时，它盘踞在她的膝头，以体温温热她滋滋作痛的膝盖，让她体会到，人生中一点俯拾可得的安慰，是怎么回事。

人人都爱邻里中心

喜剧片《贴身情人》中，桑德拉·布洛克的老母亲首次与未来女婿，休·格兰特扮演的韦德集团总裁见面。隔着网球场的铁栅栏，老人家一言不发，面沉似铁，眉头紧蹙，像只愤怒的老鹰般射出堪比熔岩的目光，足足盯了人家一分钟。这位律师老妈如此不礼貌，理由是，韦德集团为了开发商业地产，要拆掉桑德拉父母依赖了数十年的邻里中心。整部影片的故事线，也与这座看似老旧无用的邻里中心紧密缠绕在一起，围绕着“承诺——动摇——坚守承诺”的拉锯，桑德拉与休·格兰特这对欢喜冤家，不断地跌入误会、争执与和解中，从而走进对方的成长背景与内心世界。

其实，对正值人生盛年、春风得意的强者来说，像桑德拉那样关心邻里中心是否安然无恙的人并不多，他们更倾向于关心办公室里有没有胡桃木桌椅、全自动咖啡机和双面彩色打印机。相对而言，渴望被邻里中心包容与呵护的，只有那些生命火焰并不那么茁壮的人，幼儿，残疾人，独居的自由职业者，总是坐在扶手椅上沉浸在往事余晖中的老人。

20 世纪八九十年代，我们生活的老平房和单位红砖宿舍楼，是没有邻里中心这一说的。但那时候的人因地制宜，将有穿堂风的地方，都当作了邻里中心。春天，人们在那里晒霉干菜，夏天在那里乘风凉，孩子在那里追逐嬉闹，老人家开着收音机听评书或地方戏。我记得奶奶家的弄堂里有几棵梧桐树，秋天会结出迷你地雷般的梧桐籽，随秋叶飘零一地，小伙伴们收集的梧桐籽都交给我奶奶，因为只有她，保存着炒花生、炒栗子、炒梧桐籽的一大袋洁净小砂粒。当然，不仅是散发油香的梧桐籽在这一露天邻里中心悉数被人分享，各种年节的吃食，春饼，粽子，夏至馄饨，冬至汤圆，腊八粥，什锦菜，应有尽有。我也亲眼见到邻居们在冬夜披着棉袄冒着热汗，用门板抬出煤气中毒的一家三口，紧急赶往医院。我亲眼见到下午四点钟放学的小孩子们集体在邻居奶奶的看护下，写作业，踢毽子，跳大绳。若是哪家父母晚归，一定会接到赞叹邻居家腊肉菜饭如何喷香好吃的儿女。若一家人娶媳妇，只请了一位厨子在家烧菜招待亲友，也不用担忧，一大早不请自来的帮厨者正是邻居家七八位麻利嫂子。她们不仅处理了堆积如山的熏鱼扣肉，竟然还有本事从大饭店借出人家闲置不用的餐具，每套 96 件，供办喜宴的人家使用。

那时节人们既没有手机，又没有多少人家拉得起电话线，公共服务业远没有现在发达，无论是红白喜事，还是有人住院，单靠一家人的力量都是相当崩溃的事，但事实上，依靠邻里间的互助纽带，谁都没有崩溃过。当送电报的人三更半夜送来惊魂消息，邻里中心立刻自动重启，成为遮挡命运飓风的掩体，毫无保留地围拱你、保护你。

在家庭的小型化成为潮流的今天，邻里中心的效用肯定是被严重低估了。邻里中心从来不是为了呵护强者的，它只是在看不见的地方，弥合了弱者的创伤，重塑了他们面对未来风霜雨雪的信心。在《贴身情人》中，桑德拉心目中的邻里中心，不仅是父亲一面吃着低脂豆腐蛋糕一面与老友谈天争论的地方，更是“东边一排椅子坐着老太太，西边一排椅子坐着老绅士，他们像十四岁一样微微摇摆着身体，带点局促地等着对方来邀请自己喝茶或跳舞”。人是多么害怕无人问津的群居动物，鼓励很重要，扶持很重要，而往往，鼓励与扶持他人，也是在鼓励与扶持自己。

最近一两年，我在邻里中心听到的最动人的消息是，六位曾经无所事事的淘宝老人，决定重新拿出他们搁置多年的摩托车执照，利用小区里的全民健身器械好好强健肌肉，灵活关节，最终组成摩托车车队，带上老伴去看一看自己当年插队的地方。要知道，这个志向可不简单，他们当年，最近的插队地在江西安徽，最远的在陕西内蒙古。但谁也不能阻挡他们在72岁之前成行了，整个邻里中心都在为这一梦想提供技术援助，装备赞助和打赌。就算买个菜都要依赖拐杖和手推车的人，都为之议论纷纷，激动不已。那场景，我觉得与费雷亚斯·福格在改良俱乐部与人打赌，说在80天内环游地球没啥问题一样，点亮的是庸常生活中梦想的薪柴。是的，你待在家里可能见不到这样薪火相传，待在邻里中心，却有可能见识到。

朋友圈里的 W 女士

与那些在朋友圈里，晒了儿子的书法，又晒女儿的舞姿，晒了老公的加班微信，又晒自己与凡夫俗子不同的锦绣厨艺，自从用上微信，W 女士这 8 年来在朋友圈里只晒三件事：读书、练琴和必有圣女果的一顿饭。

W 女士 2019 年的读书成绩是 81 本书，终于超越了全世界最爱读书的犹太人的平均水平。她晒出的全年书单涵盖了政治、经济、科普、博物、时尚起源、艺术鉴赏，唯独没有人物传记。W 女士说，只有那些天真烂漫的饭圈女生才读传记，她本人，11 岁的时候就觉得自己与那些只会在语文课本上贴翁美玲大头照的女孩子，完全是两个世界的人，她这辈子都不会追星，她将与她们分道扬镳。虽然，这些年，W 女士在朋友圈里发过的读书心得，不过是书中名言警句的摘抄，但这，绝对不影响她良好的自我感觉。W 女士告诉我晒书的策略：一定要是非虚构领域的热门书，作者的母语必须是英文、法文与俄文，同时，要避开畅销书榜上的前五名。她的理由是：当旅游团里的大嫂都挎着“LV”和“香奈儿”时，你为啥还要跟风买它呢？

同样一丝不苟、每天以不同背景出炉的还有她的练琴图。她已经练了五年古琴，这架琴，将她与世俗生活更坚决地划清界线。被BOSS训斥了，当然要一曲抚平不如意，被客户刁难了，自然要捻弦弹拨更肆意；连被自家的狗气到了，也要奏一曲“十面埋伏”以免肝气郁结。这当然没什么不好，可活得这般刻意也是很累的。为啥在喜怒哀乐之后，依旧要以一脸高深莫测的微笑，换上旗袍或阴士蓝布的夹袍坐在琴案前？

“因为朋友圈是我的自我形象宣传板啊！岂可马虎随意？”

正因为有这样的自我认知，在她的朋友圈里，永远是落梅铺满了琴案，檀香点染了袅袅的氛围，琴书皆擅的人居中而坐，长发拢到左肩，眼神半落未落，表情、手势、姿态，脸上的微笑，都严格受到管控。一切都像修图修过头了那样，美得不真实。她甚至规定自己在每晚19点准时发出自己的晚餐图，指望朋友圈里正在杯觥交错的人们，猛然看到她这一盏茶、一段玉米、一小碟圣女果的晚餐，会对比出自己“皮袍袄襟下的‘小’来”。

因为疫情关系，W女士如今晒自拍照，多半会戴上纯黑或纯白的蕾丝边口罩。一开始，她愤慨地对我说：朋友圈里竟有一位仁师兄煞风景地来提醒她：这种貌似浪漫的口罩在新冠病毒面前毫无抵御能力，恳求她不要在非常时期误导那些爱惜形象如爱惜羽毛的姐姐妹妹。W女士气得当场删了那位仁兄的微信。

不过，隔了一周，她忽然在朋友圈晒出了风格大变的口罩图——只见蕾丝边口罩外，还套上了一层医用外科口罩。与此同时，她自己眼布血丝、头发油腻，穿着一次性的防护衣，与她往常的形象简直有天壤之别。她一改矜持内敛的口吻，以一连串惊叹号道出了一位去防疫前线送饮料的外企员工，灵魂上的撞击。

她在微博上看到前线的“90后”护士感叹“已有20天没有喝到过可乐”，连夜向上司汇报，调运了大量饮料去捐赠人家。临行前，她在哪儿都买不到符合要求的口罩，作为捐赠押运官，不得不要求与受捐赠方“无接触会面”。结果，隔了一会儿，帮助搬货的小护士让司机转交了宝贵的医用外科口罩，让她一定要从货车里出来，隔着几十米远，戴上口罩给她们看。护士嗓音嘶哑地说：“不能让这个爱美的姐姐有任何风险。”

假发进行曲

还没有到过年，小魏妈妈就在微信上无数次纠结，要不要去上海参加毕业35周年的同学会。这一届同学好友都已经有五十七八岁，就像奔流的江水进入了下游九曲十八弯的浅滩，奔走不歇的动势减弱了下来，江底那些久未晾晒的青春往事，像礁石一样带着苍苔味和水锈气，露头了。儿女成行发顶稀，要不要在这个年岁重见当年较劲过的人，暗恋过的人，嫉妒过的人？这已经成为小魏妈妈反复踌躇的事。

小魏鼓励妈妈：去啊去啊，你在担心什么？发愁什么？岁月并不会饶过谁，再说，三年的瑜伽练习，一年半的芭蕾练习，我敢肯定，你依旧是班里身材最好的女神。

妈妈却不听她的吹捧蛊惑，兀自低下头来让女儿看自己的顶心："瞧瞧，染好的头发又冒出这许多雪白发茬。就算再染，发稀见头皮，两边的侧发遮不住耳朵，染出来的效果也是很苍凉的。"

小魏的心就是一紧，她没有想到35年的岁月就像一场场不紧不慢的小雪，一直在下，一直在下，忽然给妈妈带来如此苍苍暮暮的心境，让她感受到与自己的青春已经相隔千山万水。从那个时候起，小魏的年货清单里，就加上了“替妈妈买两顶假发”。

小魏一头撞进假发市场，才知道这里早就不是自己原先料想的“化疗病人与老年人的天下”。各种颜色，各种长度与卷度，各种光泽的假发都有。玩 Cosplay 和洛丽塔乔装游戏的“95 后”和“00 后”年轻女孩，甚至为了把假发戴出逼真效果，将真发大幅度削薄削短，乃至改成寸头。戴假发对她们而言，不仅不会勾起任何伤春悲秋之情，反而是“一秒入戏”的华丽变身，充满了惊喜尖叫、互相捧哏的快适感。前面那位挑选假发的女孩告诉小魏：我最不能理解亦舒师太为什么说，两个中年女人最好的友谊，就是有胆量揭下假发来互戴，以及互相打量。我觉得这一点儿也不需要胆量。换顶假发，不是像换个包，哦不，是换顶帽子一样自然么？

她一面说，一面将假发摘下，在那顶事先编好了无数脏辫的假发下面，她才削薄不久的头发，又像怒生的春草一样长厚了。她将去参加一场现场打碟的舞会，为了假发戴上去的效果更自然，她立刻冲出门去找一把剃头推子。

而小魏的挑选不免充满了踌躇。她也已经过了戴什么假发都理直气壮的年岁，她马上就要满 32 岁，借着试假发，她前所未有地认真打量自己的脸，搜寻父系与母系家族在她脸上留下的印记。母亲遗传给她的淡眉毛、垮眼角，以及整个鹅蛋脸上不知何时出现的虚静谦和之气，都在一顶棕红色调的假发下逐一浮现。甚至，颧骨上淡淡出现的色斑，其形状与母亲也如出一辙。小魏稍稍吃了一惊：多少年前，自己曾经立下 flag，要成为与母亲完全不同的人，要比她更加犀利、倔强、自我，今天，假发下的这张脸是在说“孩子，你终究将与妈妈殊途同归”吗？

小魏攥着那顶假发陷入沉思。她记起当年，向来节俭的外婆，执意要买一顶昂贵的假发、戴着去上最后一节课的场景。那一天，从教 41 年的外婆要从服务了一辈子的小学退休了。在那儿，她从一名 19 岁的怯生生的大辫子师范毕业生，做到教导主任、副校长，她一直是所有年轻教师与孩子们的严母，她每天 7 点钟就到学校，再喧闹的课堂，只要经她缓缓一扫视，即刻鸦雀无声。50 岁以后，她的灰白色的短发不染不烫，像男孩子一样的鬓角依旧闪耀着雷厉风行的锋芒。她的部下说她“柔软这个词在韩校长心中不存在”。但在她职业生涯的最后一天，“柔软”这个词突然出现了，外婆戴上华丽的微鬈假发，上了她的最后一节课，主持了她最后一次教师大会。在宣布她退休的感慨万千的掌声中，她取下假发，向她的后辈们鞠躬。她头发薄了，眼角松垮，被假发套拉扯过的前额出现了谦卑的纹路。她手上的那顶浓密假发与她的真实形象造成了突兀的对比，令每个送别她的人都泪湿眼角。作为家属，小魏看到，一位曾经顶撞过外婆的女教师，搂抱着昔日的领导，摩挲她的后背，将言语无法诉说的一切，都安放在这一抱中。接着，女教师替外婆戴上假发，仔细整理好压扁的发绺与鬓角，叮嘱说：“戴上暖和些，昨晚寒潮已到。”

办公室的“午休工程”

自从3年前进入了“后备干部蓄水池”，小黄就被主任张明恨铁不成钢地教诲过很多次：“中午，有眼力的都在陪老总们锻炼，你怎么天天窝在办公室里午睡，这让领导怎么看得到你?”张明推心置腹、耳提面命，说董事长日理万机，还每天积极锻炼，天天应酬也绝不允许自己的6块腹肌长成一块，作为下属，怎么也不好意思汇报工作时大腹便便吧。小黄软弱地争辩过一句：可是，我吃过午饭就困啊。

张明斩钉截铁地说：那是因为你吃了太多的碳水，你尝试少吃碳水，多吃蛋白质，就有体力陪领导们打乒乓球了。

小黄没有办法，舍弃了自己最爱的牛肉面，改吃苦苣鸡胸肉沙拉，被女同事嘲笑“难道减了肥才好意思去开家长会”时，他默默亮出了乒乓球拍。女同事A笑着说：“想跟董事长打乒乓的人太多了，你排不上号的。你不如带副网球拍来，刚提拔的副总才37岁，抽球技术和削球技术都很好，打球，不是更应该找潜力股?”

小黄这才发现，办公室的“午休工程”居然暗流涌动。自从食堂取消内部餐厅，所有的高层都和员工一样吃工作餐，并退出了面积超标的办公室后，群众体育运动设施大大增加，公司出现了两个室内网球场、一个羽毛球场，5 张乒乓球桌，还有桌球、跑步机、椭圆机等一堆健身设施。而排队与领导打球也蔚然成风。张明在网球场上见到戴着护腕的小黄后，语重心长地对他说，光打网球怎么行，羽毛球和桌球你也要会打，还有那边教练正在教的太极拳。听说董事长还有两年就退二线了，有可能接任的老总，当年就是从河南温县考上的清华，那个地方可是太极之乡。

小黄听得头昏，他是做技术出身，怎么也不会料想到，某些人时不时在朋友圈发打乒乓的照片，是向潜在的提拔竞争对手示威。午间，去了数次运动场他就不想去了，因为，从念大学起，他秉承的价值观，就是凭能力吃饭。为什么不能在安心小憩后，平心静气地写一张小楷来度过午休时光呢？他这几年搜罗的碑帖，还有好几本没有临摹呢。说干就干，他迅速网购了宣纸、毛笔、羊毛毡子，从此人家晒球场英姿，他只晒毛笔字。

令人意外的是，去年年底，新的一拨中层干部提拔，很多陪领导打球练出了网球肘和肩伤的人并没有出现在公示名单里，小黄反而在。张明半是困惑半是欣慰地说：鹬蚌相争，没想到得利的是你这个无为而治的渔翁啊。小黄笑了笑，并不反驳。他的朋友圈里，最近晒出来的字明显稚嫩多了——原来，小黄儿子刚上一年级，班主任很快发现了这位爸爸的毛笔字水平不错，而且字体以楷体为主，很适合教小孩子，便试探性地邀请他中午来给孩子们上书法练习课。小黄欣然应允，反正公司离儿子所在的小学骑共享单车只要十分钟，他乐得走出办公大楼，与外面暖融融的冬阳劈面相逢。

书法课只有短短25分钟，小黄心情愉悦，因为他面对的是一屋子亮晶晶的黑眼睛，以及孩子们被墨汁玷污了的鼻头与小脸。他在讲台上悬腕凝神，每写出一个满意的字，交由孩子们传阅时，都会引发下面崇拜的惊呼。而且，这里面的惊呼还包括亲生儿子，小黄的这份自得，真不足以与外人道也。远离了成年人的各种谋篇布局，小黄的午休时间奉献给了涉世未深的小孩子们。下了书法课，他还教孩子们踢毽子，盘、磕、拐、抹、勾、踹，还有各种眼花缭乱的大跳，每每引来惊呼与鼓掌。有虎头虎脑的小男孩问小黄："叔叔你怎么什么都会?"

小黄微笑不答。而他脑海里迅速掠过的，是刚到公司时，一伙新人同事在中午的暖阳下踢毽子的镜头，那会儿，随着毽子飞舞的还有大家胸前的工牌，工牌上的照片意气风发、顶发浓密。所有的人都许诺要凭初心工作50年，并要力所能及地去支教，为下一代树立一个从不随波逐流的榜样。

相亲团里还有谁

作为30岁的未嫁女性，小郑这两年的空余时间一直在被各路亲友张罗的相亲所占据，不仅已婚已育的大学室友感觉对她有“扶上马，帮一程”的责任，连她的顶头上司也会在她高效率地完结项目之后，将自家弟弟的哥们贡献出来，督促她“拿出搞定合作方的魄力来，搞定个人问题”。小郑苦笑着说，我就当体验生活了，当年欧·亨利为了观察人性写小说，还千方百计潜入监狱、吃过牢饭，我就吃几顿尬聊的饭，喝几次凉心的茶，这点罪难道还受不得？

让小郑印象深刻的倒不是相亲男本人，而是对方家庭还会派谁来。如果陪男生来的是他的姨妈们，对方家人通常有尽快结婚的意愿，不容反驳。大姨看重女生的贤惠，反复问询手擀面会不会做，棒针毛衣会不会打，小姨最看中女孩的时髦品位，旁敲侧击地探寻大衣的下摆应该高于裙摆一寸还是低上一寸，飞行夹克理应搭配的丝巾尺寸，还有高跟鞋不磨脚的窍门。小郑深深理解姨妈们的良苦用心，然而作为一名女性加班狗，又要家务纯熟，又要品位卓绝几乎是不可能完成的任务啊，这就像武侠小说里的丐帮三袋弟子，在倾力抵挡对手波涛汹涌的内力之余，又要分神去闪避一大把梅花针暗器一样，要激出内伤来的！

小郑遇见的另一例刻骨铭心的相亲是，在茶馆，男方单独赴会，找了靠窗的小桌，旁边一张八仙桌上，四位刘海高高吹翘的中年妇女，围着五彩斑斓的披肩，动不动爆发一阵忍俊不禁的大笑。她们吃完茶点依旧不走，开始打起了麻将。嘈杂的洗牌声每过20分钟就要响起一次。小郑对相亲男说，太吵了，咱们换张桌子？

谁知，相亲男向八仙桌那头望了一眼，嗫嚅着说："还是这里好，光线好，空气好。你听听窗外长尾雀的叫声，就不会心烦了……"

那次相亲归来后不久，小郑就得到了介绍人的传信——她没有通过男方母亲与其闺蜜团的一致考察。她被告知，那张离她只有一米远的八仙桌上，当时坐的正是相亲考察团。她们在小郑离去后分成两大阵营，吵了一个小时，对小郑能否嫁入肖家品头论足。这是现实题材的《喜福会》还是《谍海疑云》？小郑得知消息，头一次感受到兜头的、莫名的羞辱感。她像道行不深的谍战主人公，被毫不知情地跟踪，一举一动被尽收眼底。生平第一次，她渴望能拥有倒转时光的超能力，回到两天前的茶楼，去拍散八仙桌上的麻将阵。是的，相亲不是谍战，请明着来，不要暗着来。她可以接受相亲团上下打量的目光，含义复杂的追问，可以接受对她之前30年人生的质疑与猜测，但这种隔桌偷窥，算怎么回事？

之后的相亲，小郑都要事先对"八仙桌事件"发表严正声明，大概是看到她眼神中被伤到的恼火，介绍人都回去小心翼翼地交代过，相亲团的成员变得十分实诚。男方母亲带来了自个儿才七岁的小儿子，明讲“你们要自力更生，我还有十几年的抚育义务要尽，帮不上多少忙”；男生的妹妹带来了刚出生不久的小奶猫，说“全家都是猫控，希望未来嫂子也是”；男生本人带来了中风后要坐轮椅出行的继父，说“爸爸从我三岁起，就为这个家操劳奔忙。为了我，他没有再要孩子。我答应要照顾他和老妈的晚年。”

最后这位相亲对象撩拨到小郑的某一根心弦。在整个吃饭的过程中，小郑看到他为继父围上围嘴，挑去鱼刺，剥好虾壳。他收拾继父因为手抖嘴歪落在衣襟上的菜汁饭粒，同时言笑晏晏、不觉尴尬，他安之若素地展现自己生活中困窘的、粗糙的又温情脉脉的一面，带着一点被打击惯了的坚韧与无畏。这位高高瘦瘦的男生，要以怎样的底气，才能带着这部轮椅来见她？

无论结局如何，她为他的诚意感动。

洗衣进行曲

小葛花大半年时间整修山间的老民宅，打算把它改造成民宿的时候，替她把书和茶具从山下挑上来的当地民工都问她：“你打算做生意，怎么会看上这么荒僻的地界?”她无法向他们解释，她做这个决定是因为看到了山涧宽阔处，女人在水中浣洗床单的优美身姿。

小葛见到的当地女子大约 30 岁，她把沾满了皂荚汁又经过百般捶打的粗布床单抖开，像掷铁饼者那样急速地奔跑几步，180 度扭腰，床单便像巨人的斗篷一样鼓风而行，翩翩落入溪涧中。那女人哪里是在洗衣，分明是在游戏，她抓住床单的一角，任那些在圆石间窜来窜去的水流涤荡床单上的皂荚泡沫；她又像甩动印度飞饼一样，将床单翻个面，重新飞投出去。小葛与她攀谈，知道她曾经外出打工，如今回来做山货生意，还是抖音上的一个小网红。作出返乡的决定，除了放不下一双儿女外，关键是这女人使不惯广州出租屋里的洗衣机：“室友有的爱用柔顺剂，有的爱用护衣留香珠，洗出来的衣服和床单总有一股怪香。”这女子闻惯了皂荚或粗肥皂的清气，觉得晚上躺在床上都睡不沉，思归之意，愈发心切。

小葛听得会心而乐。她硕士毕业后，坚拒英国导师让她读博的暗示，毫不犹豫地要回国，也是因为受不了英国带烘干机的自动投币洗衣机。英国人没有在外晾晒衣服的传统，加上岛国的气候阴湿又暴虐，常常早上还阳光灿烂，中午就怪风突袭暴雪来临，傍晚又是什么都没有发生过一样呈现油画般的夕阳与彩虹，这种一天变脸多次的气候，也就决定了洗衣干衣不靠机器，基本没戏。机器洗出来的衣服热烘烘的，像刚出炉的烙饼，等到一冷却，被干衣环节无情加热过的织物纤维一收缩，无论是羊毛、羊绒还是棉麻混纺都变得硬邦邦，穿在身上“像乌鸦穿上铠甲”。加上所有的投币洗衣机都自动设置了投放洗衣液和留香珠的程序，搞得小葛穿起送回的衣裳，觉得自己像一只被喷了好多香水的乌鸦。

洗一次衣服要投币 5 英镑，折合近 45 元人民币。每天要洗的内衣裤和袜子，小葛只能用国内带去的衣架，偷偷挂在壁灯的灯架上、窗户的雕花铁艺上、衣橱抽屉的把手上晾着，等待阴干。早秋是最难受的，暖气还没开启，小葛发现，挂在壁灯罩子里三天的袜子，前脚掌还是湿阴阴的。

她那个时候就发誓要回国，找一个能光明正大晾晒衣服的地方过日子。山涧上洗衣的抖音网红跟她说：“咱这儿包洗包晒，等到了初冬，晒场上不再晒谷子红薯，别说晾晒几床被套床单，就是办一场大秀，也够地方。”

小葛就直接上了钩。她与两位闺蜜每人投资 100 万，在山中租用一座老宅院，改造成了民宿。小葛给民宿起名“出岫居”，意思是开窗即有云雾扑怀而来，露台上也可见一朵一朵被晚霞染成粉橘色的云，被风吹送，很快就要吻上这边的屋脊。小葛经常在朋友圈里晒青团、麻薯饼、乌黑发亮的岩茶、秋果秋叶插成的小景、对山瞭望的沉思之猫，还有被山风鼓荡的皂荚树和床单。

我私信她：“看来你终于实现了床单被太阳晒得好香的梦想。”她回了实话：“除了拍照，洗衣洗床单哪能靠太阳。此地一年有雾250天，空气平均湿度80%，拍照有仙气的另一面是，我买石灰吸潮包，一买就是50个。若不是两台大功率抽湿机和三台带烘干机的洗衣机昼夜开启，那些带着狗和酒、书和琴的客人，一定不会再信世间有什么桃花源了。”

来，干了这碗早点

看完《早餐中国 1》，又追看《早餐中国 2》，我友小魏得到的启发是：能有时间和心情，排队吃上一碗手工早点的人，多是有了儿孙的中老年人，而且，他们有福生活在中小城市。大城市里要挤 30 站地铁上班的年轻人，哪有空去旮旯偏门处排队等座？尤其是在北上广，紧赶着打卡的年轻人早上最有可能靠办公室里的挂耳咖啡续命，一旦他们有念头要吃一顿稍微像样的早餐都会发生悲剧：曾有朋友挤过北京早高峰时的地铁 4 号线后发现，包里的面包压成了面饼，香蕉变成了一包浆泥。

在镜头之外的早餐店，你通常会发现《早餐中国》里的悠闲氛围荡然无存，一大早，到处都是一面催促孩子快吃快咽，一面忙着给女儿扎小辫，或考问儿子功课的家长们。他们满脸都是没睡足觉的疲惫，早餐店动辄十几二十几元的扎手价格，也让他们只舍得点儿女面前那一碗。孩子吃完了，父母三两口吃掉孩子剩下的一筷子面，或两三只馄饨，拎起书包拉起孩子就跑。家长若有幸在有食堂的大单位工作，多半送完孩子赶上地铁，还赶得及在单位食堂闭门前，冲进去买上一个鸡蛋饼一碗粥。

这两年，接送孩子的爸爸越来越多，于是你会在单位食堂里见到成群结队的中年男人。可能是刚刚送完娃儿的缘故，你会头一次听他们不谈国际形势与房价起落，不谈官员免职与工作业绩，居然谈起孩子的测验成绩与令人担忧的青春期小心事来。你甚至可以认定平民化的早餐使人变得家常和柔软，此时此刻，充满了牛肉面、油条与茶叶蛋香气的食堂里，男人们也暂忘他们的万丈雄心，突然有了俯首甘为孺子牛之冲动。

俯首甘为孺子牛的还有来自农村的爹娘。我同事的爹娘从苏北农村前来小住，发现大城市的羊杂汤居然要 22 元一碗，一个杂粮煎饼要 7 元以后，回到乡下就开始在房前屋后每一块隙地上，种上女儿女婿可以当早饭的原材料：黄心山芋、芋艿、胡萝卜、玉米、可用来下面条的各种小青菜。还养上一窝鸡，专门供应实惠款的草鸡蛋。虽然同事反复强调说，还房贷没有拉低她的生活水准，希望被一辈子劳作压弯了腰的父母可以少操点心，但挡不住父母那份“帮不上你的房贷，总要帮得上你的早饭”的内疚。于是，一到收获季，同事总要开车往返两百多公里，前往老家去取父母备下的早餐原材料。此时此刻，成窝的山芋已经起出，摊晾在场院里晾晒；带着粉霜的南瓜已经长老，瓜棱突显；半个月以来攒起的鸡蛋，被母亲妥妥收藏在谷糠中，每只都被铅笔淡淡地标了日期。母亲年轻时遒劲的字迹，已经变得衰弱歪斜，但她还是在竭尽全力地记录，在收支簿子上，在每一只还带着母鸡体温的鸡蛋上。

这样的岁月静好还有多久？母亲亲手做好的长寿面在场院里晾

着，母亲一面与嫁出去20年的女儿闲话家常，一面左右分开悬挂后粘连的面条，她上下拉抻着这绵密的细面，眯着眼，看它们筛落阳光，如同无数竖琴的琴弦。母亲做得动面条，深为自己感到骄傲的时辰还有多久？每念到这一点，她都感到幸福与忧郁，从每一个骨缝里同时渗透进来。

是时候经常回家了，哪怕要送年幼的老二上补习班，只能在周六的傍晚抵达，陪父母吃过周日的早饭就要往回赶。

成为差旅好手

在电影中，去远方的旅行总是伴随着各种奇遇，仿佛推开了一扇生锈的门，看到了新世界。而在现实生活中，大部分人恐怕连与火车上的同伴相谈甚欢的机会也不会有，区别在哪儿呢？我的朋友小苏说，因为电影中的人物从不带着 27 英寸的硬壳行李箱出门，当然，他们也不会穿着需要熨烫的硬领衬衫出门。

电影《爱在黎明破晓时》，就为充满惊喜与奇遇的旅行提供了一个典范。女主人公塞琳娜在火车上，因为躲避一对中年夫妻怨气冲冲的争吵，换座位到男主人公杰西的对面。两个人手中都拿着书，或许是有趣的书激发的心灵电波，或许是双方的颜值和幽默感，让他们迅速地搭讪起来。车到维也纳，男主要下车，女主要继续前往她的目的地，照一般人的想法，在那个没有智能手机的时代，朦胧的好感在这里就要化作挥手作别的最后一瞥了。但男主突发奇想，约女主在他的漫游地逗留 24 小时，一同行走、相谈、喝酒，说自己的过往与未来。女主同意了么？她答应了，这时就显出法国女生与美国男生都是旅行高手的一面来：女主只带着一个软质的小行李袋，男主带着一个一点也不压肩膀的双肩背包，火车站最小的行李寄存柜都可轻轻松松塞进去。

正因为男女主人公都是轻装出行，都不被装备所累，这部话很稠、情很深的电影才诞生了。试想一下，如果女主人公带着最大号的奢侈品牌行李箱，光是化妆包就重达3公斤，还非要带着吹风机与蒸汽熨烫刷出门，她还会跟着男主下车么？无数观众，还有望看到陌生人之间最微妙的试探与靠拢么，还有望回味那许多不是情话的情话么？

越是旅行高手，就越明白自己要什么。小苏就是那类短途出差只带一瓶乳液、一件小黑裙，一件当睡衣的宽大T恤的女子。每次出差，她都把仅有的两三件替换衣服整整齐齐卷好，塞进一个个纸筒里定型，放进上班用的大号手提袋里。再放入手提电脑，竟然还有富余空间。于是她再带上一套迷你的旅行茶具，从家中的普洱饼茶中敲下一角，包好带上。

一次偶然的旅途中，她邀请对座那位一路不断与父母顶嘴的半大小子喝茶。她郑重地用保温杯打了开水来，烫杯、沏茶。也许是她长年在外企工作带来的说一不二的气势，镇住了那孩子；也许是因为那孩子也急于摆脱父母的唠叨，享受片刻宁静，他端起杯子迟迟疑疑地喝了一口，苦涩让他皱起了眉。是的，这是与可乐完全不同的味道，差点让他吐了出来，然而，当他勉强下咽之后，那股逐渐涌现的回甘，让他长满青春痘的桀骜不驯的脸，都舒展了开来。小苏反复地沏茶，与那十四五岁的孩子品尝每一泡茶水微妙的不同。她的缄默与和气，反而让少年发生了兴趣。

少年问她这是要到哪里去，为何出门在外不带行李箱却要带茶具，为何所有的人出差都唯恐行李箱不够装，她却如同平常上班一样轻装简行。小苏笑笑说，曾经，她曾经一年的差旅时间超过 180 天，每次拎着超级重的大行李箱上下地铁台阶，排长队过安检都会有一种自由生活被剥夺的怨愤，尤其是节假日和周末出差时。“跟你寒暑假和周末都在补课的心情一样。”“后来呢，我想，尝试把出差工作当作一次快乐的郊游如何？我只要带着一个拎包或双肩包出门。包里带上一包饼干和我的茶，带上我喜欢的一本书，哪怕是工作出差，这趟旅行也不会成为折磨了。”

朋友在高铁的点餐页面上，点了 KFC 的蓝莓蛋挞，与萍水相逢的孩子一同佐茶。她还把自己正在看的书，就是那本《故宫的文物之美》，送给即将下车的男孩。

伴宴的人在等谁

亲戚来宁，与她一同前往秦淮河畔的茶楼品尝八盏八碟的小吃，引座的服务生十分殷勤地将我们带到临窗的木桌上坐下，笑道：你们来得巧，今晚有评弹表演来助兴，你们这个位置，连演员拨弦的手位也看得一清二楚呢。

然而，等到伴宴表演正式开始，我才明白表演者需要有多么强大的抗干扰能力，才能平复在这种场景下表演的烦躁与不安——只见整个饮宴大厅都被扶老携幼的旅游团队所占据，有人在呼酒，有人在催茶，神情疲惫的小夫妻反复从桌布底下，揪出钻来钻去不肯好好吃饭的孩子。而在此马蜂窝一般的声浪中，评弹演员在见怪不惊地弹唱，我的亲戚悄悄地捅了捅我的胳膊肘：这演员，将徐云志先生的“糯米腔”学得有九分像，功夫到家。你听她的腔调，软，糯，粉，润，吹得出叹息，粘得住耳朵，又不嗲不作，只有一味难得的自况与温柔，这才是江南腔调。听到酣处，正逢演员一曲唱毕，停下来啜一口茶，我的亲戚朗朗赞了一声：唱得真动人！

10 米之内，演员显然一耳朵听到了，她的眼神猛地亮了一下，怀抱琵琶，微微向我们这个方向颔首致意。像是得到了鼓励，之后她的神情不再带着“我要熬下去”的清冷孤傲，而是变得灵动欢洽起来，不仅是“糯米腔”唱得好，眼梢眉头，也带上了角色的性格。我与亲戚看得如痴如醉，连茶也忘了喝。数曲已毕，演员鞠躬退场，饮宴大厅里甚至有北方大汉站起来大声叫好。虽然，这不是赞美评弹的方式，但演员依旧向他合掌致谢。她看上去已有五十来岁的年纪，依旧保持着纤细腰身与挺直腰背。这个年岁，因为各种原因离开正式舞台，到饮宴场合讨生活自有一番辛酸在，然而，若在十米、二十米之内，听到外行的赞许，意识到在茫茫人海中，依旧能捞到一两位知音，也不无安慰吧。

至此，我在有伴宴的场合，都不会与伙伴推杯换盏，大声喧哗了。换位思考一下，如果是你赔上日日吊嗓，夜夜练琴的辛苦，你愿不愿意举目之际，不见一个专心聆听的人呢。乐评家辛丰年先生曾经说过，所有的音乐与表演其实都是“台上人”与“台下人”共同创作的艺术，“台下人”恰到好处的响应，会使“台上人”的每一个微表情都带上意趣，带上情绪，有一种“不负此夕”的志得意满。这种意在言外的互动，在伴宴环境中尤为稀少，但也许正是因为稀少，才格外动人与珍贵。

我也十分感佩某些伴宴表演者的傲骨。送女儿上大学的时候，我们在武汉炙手可热的串烤一条街上吃夜宵。那也是当地地下乐队与流浪表演者赚取生活费的地方。伴随着炭火炙热、烟气缭绕，伴随着撬开啤酒瓶的脆响和年轻人的笑闹，仿佛只有架子鼓和电吉他，才适合此时此刻的伴宴。然而，演出效果最好的，居然是一对情侣，女的拉小提琴，男的吹箫。两人均朴实无华，一袭黑衣，只有手中相随已久的乐器在闪闪发光。他们不说开场白，不讲感谢话，只演奏曲目单上已有的乐曲，像真正的殿堂演出者那样唯我独尊。点曲子的价目只有两种，50 元两首曲子，85 元三首。男生解释说：因为通常演奏到第三首时，听者就不似前两首那么专心，所以，他们特意把价码提高，不希望听者点第三首。

他们一合奏，我就知道这对演奏者，何以有这种底气——小提琴与箫的声音真是贴呀，它们明明是两种音质，一个像穿着紧身小黑裙，裸露着肩头与锁骨的白皙线条，一个像穿着立领长衫，翩翩如年代剧中的佳公子，深情又矜持，然而，他们的应和却如此丝丝入扣，像温泉一样包容着人，提供了一个难能可贵的情绪隔离墙，让我从周围烟火喧嚣的环境中抽离出来。琴与箫，竟能在这种环境下，送我抵达饱满的宁静，抵达优游自在。

两曲奏毕，伴宴者携手离去。邻桌也是一片安静，好一会儿才有人说："他们真酷。好多年没见着这么酷的人了。"

致密的二胎生活

大学毕业 12 年之后，二胎妈妈毕瑶见到了大学室友、依旧单身的钟源。钟源在她家借住两晚，夜话同窗情谊，并热眼相看毕瑶如今的生活状态，钟源临行前一语惊醒梦中人：记得念大学时，咱俩都立誓要过逍遥自在、随性而为的生活，而今，你却过上了像中子星一样致密的、每一立方厘米都像有 50 公斤重的日子，真不知应当嫉妒你，还是心疼你。

毕瑶这才恍然发觉，生了小女儿的这两年，自己的日子就像“在花生棵里强种芝麻”“插好秧的稻田里又强种了慈姑”，的确忙得密不透风。所有的日子都致密得像戏剧舞台，充斥着啼笑与争斗，谋划与意外，委屈与欣喜，十二个时辰的丰盛程度，可能就抵得上自己单身时节漫长的一年。

两个孩子相差 8 岁，老二生下来刚开始打防疫针，老大已经到了要被家长四处驮着去上培训班的时候。刚坐完月子，毕瑶就被儿子的班主任召见，说孩子性情大变，原先宽厚又沉静的性格，如今变得浮躁又爱炫。“总是以撩人的做法来博取瞩目度，还时常在作文里语出惊人，比如，说妹妹晚上会变成蹦豆儿在大铁锅里跳舞，吵得一家人难以安睡。然而当你蹑手蹑脚，走去厨房里探看时，大铁锅静悄悄地，狡猾的妹妹又变成了摇床上的酣睡天使”。老师提醒毕瑶说：你们夫妻俩是不是对老大关照少了？老大虽然是男孩，可也不能因此判定他那小炮弹一样的身体里，不曾藏着被忽视的忧伤。这种被忽视的愤懑会在他心中默默发酵，积攒到一定程度，孩子就难管了。

毕瑶的胸口，顿时被塞上了两坨巨石，她明白，那可不只是积蓄的乳汁顶得她生疼，更是平衡两个娃成长需求的艰巨任务，让她焦灼得呼吸急促。她意识到，比起嗷嗷待哺恨不能像小袋鼠一样24小时粘在身上的老二，看似能吃能吼、皮实耐挫的老大，可能更需要她的陪伴与安慰。

毕瑶赶紧重排了时间表，免除了钟点工接送老大的义务。她坚持在每天为老二做五顿辅食，洗三身衣服的忙碌状态下，骑电动车接送老大上学放学，以及去上培训班。老二满了7个月，能昂起小脑袋四处探看，并能使劲在毕瑶的肚皮上蹬腿，并发出快活的憨笑时，毕瑶带着她一起去接哥哥。毕瑶发现，与妹妹斗得家无宁日的老大，在一群蜂拥而出的同学中，立刻显出了护花使者的风范。他厉声制止顽皮的同伴想摸妹妹脑袋的行为，说婴孩头上的囟门尚未长好，摸不得；他又洋洋自得地蹲下，呼噜一下将妹妹高举过肩，作出飞机起飞的姿态，逗得妹妹先笑再哭。老大开始拍抚婴孩，在一分钟之内撤鼻噘嘴，挑眉瞪眼，变幻了七八个鬼脸，想让妹妹止哭。围看的小学生们先是颇带嘲讽意味地哄笑，后来，看到哥哥把妹妹掉落的软鞋捡起，替她穿鞋、擦口水，然后兄妹对脸傻笑，眼睫毛差点碰到眼睫毛，身为独子的小学生们被施了定身咒一样，充满嫉妒地瞅着，表情如同推开了另一个世界的门。

受到儿子无意间的鼓舞与安慰，毕瑶不再对如此操劳的生活心生怨念。她坚持在背娃炒菜的过程中，抽查儿子的古文背诵；在晾晒衣被的过程中，捕捉儿子的英文复述，时态语态的错处；每天蹲厕所的十来分钟，是她唯一可以摆脱粘人婴孩的时候，不过，这宝贵时间哪能任由头脑放空？放厕纸的盒子旁，自有儿子抄录的奥数题，此时不解出两题来，也显不出十项全能的二胎妈妈，乃是一名“厕所英雄”对不对？

致密的二胎妈妈的生活，很像是指挥着四层立交桥上所有的车辆，都倍速前进，却巧妙避开了所有的堵点。转眼间，老大过了10岁生日，老二也变成了一个能跑能走，能问十万个为什么的藕段子胖娃娃。老大上培训班的时候，毕瑶不再需要急急慌慌赶回家喂奶了，她特意选了附近有小公园的培训学校，老大上课的时候，她就把老二带到小公园里上“自然课”。母女俩共同端详蔷薇花的吹雪，石榴花的凋谢，野莓果的变红，最后，蒲棒们青绿的“小蜡烛”在秋风中逐渐变成暗红色。而在这期间，她俩不断地遇见留在树杈上，以及掉落在地上的蝉蜕。如果不是带着女儿，以孩童独有的目光去看这个世界，毕瑶可能这一辈子也不会这样近距离端详一枚蝉蜕，它羽翼俱全，花纹精当，又透亮空灵，就像某位精灵暂存于世间的羽衣。棕红色的、烟灰色的、褐金色的，夏天，毕瑶在小公园里发现过15枚蝉蜕。她跟女儿解释说，蝉长大了，必须把它的旧衣裳脱下，才能展翅高飞。两岁的小人儿努着屁股蹲下，以鼻贴地，似要嗅一嗅蝉蜕的气息。毕瑶与她一同蹲下，感受这“鸣蝉不知何处去，此地空留寒蝉蜕”的淡淡怅惘。忽然，小人儿指向那蝉蜕，叫道“那是以前的哥哥”。

毕瑶大受震动，她意识到，妹妹已经读懂了哥哥的蜕变，而这种蜕变，何尝不是发生在她自己身上。成为二胎妈妈后，年轻女子风花雪月的梦，像这个头尾俱在、精巧夺人的蝉蜕一样，被抛下了，她需要更茁实的翅翼，去践行自己的责任。然而，那抛下的果真无用么？也许，那也是一味药，是治好整个青春时代愤世嫉俗，为赋新词强说愁的药。

辞职的理由

7 月，老人家们都忙于伺候放暑假的孙子们，外面天气又太热，就没有那么多人来听保健品讲座了。效益比较好的保健品公司，会趁着淡季组织员工出国旅行，这次，小屈所在的公司准备组织他们去泰国。就在王副总统计旅行人数时，小屈带着一脸的冰山表情，把辞职报告递到他手中。

王副总一脸诧异，保健品行业有两个心照不宣的规则：2 月不离职，因为要发年终奖；7 月不离职，因为即将享受免费旅行和各种鸡血式奖励。小屈这是怎么了？被对手公司挖了墙脚，还是有年薪更高的工作在招手？看到小屈摇头，王副总更急了，从柜子里拿出业绩表说，你虽然不是咱们公司的业绩标兵，但你的销售额也在平均线以上啊。与你合作过的部门经理都反应，你这人虽然有些腼腆，可在疑心病很重的老人家那里，腼腆有腼腆的好，有一张蜜里调油的嘴，反而引人警觉。经理们都很看好你，认为你开创了保健品销售的“佛系门派”，无招胜有招。你干得好好的，为啥要辞职？

小屈不作声，不断绞扭着双手，瞅着自己的指甲由白转红，又由红转白。僵持了半晌，王副总终于意识到眼前这个高瘦男孩坚不可摧的意志，像一头老年大象一样缄默庞大、不可易动，他不得不一面摇头，一面在小屈的辞职报告上签了字。

小屈后来在一家三甲中医院应聘到一份替患者熬药的工作。他现在走出来，衣裤、布鞋、布包，连刨光的寸头上都隐隐散发着微苦微甘的药气。

他的手机里，还留存着前同事的微信。当前同事得知他如今的月薪只有原来的一半，买的包都从“LV”变成了80块的帆布包时，纷纷开玩笑般唱道：“归来吧，归来吧，我的朋友……”

小屈被逼无奈，终于说了实话：自从干上保健品推销，他的身体里一直有两个小人在撕扯争斗，要不要继续夸大其词地蒙骗老人家，要不要以前所未有的温柔细致，把这些白发老人一辈子的积蓄骗到碗里来，要不要把一个床垫一张按摩椅说成只应天上有，要不要把鱼油胶囊海藻胶囊说成包治百病……他心中的两个小人都要吵架。直到小屈的爸爸将他紧急召回老家，直到小屈看到爷爷奶奶一辈子40万的积蓄都换成了汗牛充栋的保健品，而爸爸和叔叔一来劝说，爷爷就要用龙头拐棍把亲儿子打出去。一家人为此闹得四五个人血压飙升，互相吼出最伤感情的话。小屈心中那个羞愧小人，终于把另一个小人打趴在地。

他追问前同事：如若你的客户是你亲爷爷，你那套编好了的说辞不会如鲠在喉？对方答不上来，尴尬沉默了一分钟，挂了电话。

与小屈在体制外找的第一份工作不同，小甘毕业后千辛万苦考上了事业编制，去了铁道部下属的一家科研企业做宣传工作。企业是做铁路规划用地的调研与研究的，厂子也在远郊。小甘每天需要在 6 点半之前起床，在睡意浓浓摇晃不休的班车上吃早点和化妆。而她的准时到岗与勤勉努力，似乎并不能被上司认同。上司认为，她远没有前任老姜干得好。老姜直到退休都艰苦朴素知足常乐，从不嚷嚷加班应该发加班费。“你瞧咱们这一溜办公室里的吊兰和绿萝，全是老姜不花一毛钱栽培扦插的。”

重阳节那天，小甘终于见到了传说中的老姜。老姜穿着洗掉色的夹克衫，带了一只行李箱来。见人就打开行李箱，签名赠书。小甘当然也得到了一本书。随意翻看后，她惊讶于老姜竟是把自己工作 30 多年来，所有发表在行业报上的通讯稿，替领导写的发言稿，以及自己诚恳琐细的年终总结，汇编成了这本书。这本书是自费编校、自费印刷的，一共只印了 300 本。这本通过无数回忆剪辑出来的书，让小甘看到，一个默默无闻的小人物，想为人生找个寄托的执着，那么倔强，又那么苍凉。

老姜此次归来，是参加企业为退休员工举办的重阳节慰问活动。可他也没有忘了交代小甘，如何在同一岗位上博得好评。他打开铁皮柜，把重要的总结材料，以及为不同领导准备发言稿时措辞上的微妙不同，都交代给小甘。哪位副总爱用成语与生僻的古诗词，哪位副总爱用气势磅礴的排比，哪位副总爱讲自己的苦出身来鼓舞士气……不知为何，小甘听着这些忠告，心往下沉沉地坠着。老姜似乎觉察到她心中隐隐的抵触情绪，老姜叹息着拍了拍自己的那本“回忆录”：“为了出这本书，老婆和女儿没少嘲讽我。我明白……我明白自己的书没有价值。可是，小甘，我都那样隐忍负重、波澜不惊地过了自己的一生，我……”突然，老姜的声音哽住了，小甘一面递给他纸巾，一面掉过头去。窗台上，一只绚丽的翠鸟飞来啄吃老姜种下的金橘，金橘大概味道还酸涩着，翠鸟“唰”地一下飞走了。

又过了五个月，小甘下决心辞职了。从离职那天起，她可以睡到8点半再起床，可以穿绘有卡通形象的联名款T恤，可以戴长耳环，可以穿破洞牛仔裤，感受从膝盖那里蹿进来的自由的风……她终于意识到村上春树在《奇鸟行状录》中所说的：离职以后，那个被朝九晚六过度埋没的自我，才终于重新浮现出来。至少，你不想成为什么样的人，已经像投入显影液的胶卷底片一样，变得相当明晰。

小甘辞职后，并没有急着入职另一家公司。她花了一段时间充电，想清楚自己的长处与短板，用心去解开父母在自己的工作选择上的心结，找到自己长久以来不自信与不快乐的根源。最终，在今年年初的时候，小甘成为一名网红蛋糕店的合伙人。她一直有一个心愿，要请老姜的全家来尝尝她亲手做的蛋糕，并告诉他们，她能跨出这一步，一切都源于那个翠鸟啄吃金橘的傍晚。

第二辑

七彩人生

买吉他去

朋友鲁鸣清楚地记得，1988 年的暑假，一个月当中小叔叔与奶奶发生了三次争吵，争吵的起因就是要不要给刚刚初中毕业的小叔叔买吉他。那几乎是小叔叔的非分之想。在县城唯一的一家乐器行里，电子琴、二胡、长笛与口琴琳琅满目，吉他只有一把，标价高达九十八块五毛。鲁鸣的奶奶被小儿子拉去看那把吉他，听儿子对着谱子弹拨琴弦，她承认那古怪的大肚子洋乐器不难听，然而，为什么要花这个钱呢，弹吉他可以弹出一个铁饭碗吗？可以弹出棉花来还是大米来？将来，它还可以弹出一个媳妇来吗？

奶奶浑身充满了一家之长的警觉性。她有三个儿子，老大是鲁鸣的大伯，老二是鲁鸣的爸爸，加上这个小十几岁的幺儿，奶奶觉得她在勤俭持家的道路上还有十万八千里要走，她要节约每一分钱。

小叔叔差点被自家老妈逼哭了。在 80 年代末，一个校园民谣火热的年代，吉他意味着诗与远方，意味着篝火前崇拜的目光，意味着乡镇青年平庸生活中一线飞升的光亮，也意味着抵挡现实困境的漫长堤坝……但他满脑子实惠主义的老妈就是说不通。这种拒绝，等于是封死了他生活的另一种可能性。小叔叔着急上火，竟长出了口疮。

鲁鸣看在眼里，他去向奶奶提议：“如果我暑假结束时交你30块钱，你就给小叔叔买那把吉他，好不好?”

奶奶当他在说笑：一个11岁的男孩，骑自行车还跨不过上面的二八大杠，他怎么挣钱？能挣多少钱？奶奶带着一丝正经，也带着一丝戏谑，答应了。

一个月后，鲁鸣拿来了30块钱。那些天，他到处帮人打短工，编大蒜辫子，摘苹果，打枣，干得最多的是帮人把成筐的嫩玉米推到集市上去卖。帮人卖50斤玉米棒子可以挣两块钱。为此，他学会了推那种带车斗的两轮车。没有人教他怎样推这种重心摇晃的车子，他似乎凭着一股勇气就上了路。他推着好像随时会倾覆的车子，走过碎石子路，走过水渠的堤坝，走过槐树林，走过沾满露水的原野。一路之上，他不敢歇气，不敢回头，不敢旁顾。是的，小小少年领受了超越能力的任务，他心中有一股热火在涌动——一定要完成任务，不辜负正在小砖窑打工的小叔叔的期待，不能被奶奶当作一个不自量力的吹牛小孩看待。

当鲁鸣张开右手，递出那30块钱的时候，奶奶眼中充满了震惊。她咽了口唾沫，清了清嗓子才说：跟你小孩子说笑呢，你自个儿留着买笔买糖吧。你小叔叔才交了他在小砖窑的一个月工资，奶奶说话算话，这就给他凑钱买吉他。

鲁鸣再次张开左手，把被汗攥湿了的七块五毛钱也交给奶奶。

他说：叔叔还需要乐谱，奶奶，你把所有的钱都带上吧。

忽然，奶奶这个磐石一样坚硬的女人，张开她那厚实的怀抱，冲过来抱了抱比她矮一头的鲁鸣。隔着衣服，鲁鸣都能感觉到奶奶臂膀上的筋肉已经松懈了。奶奶老啦。鲁鸣心头涌上了一阵酸涩，他意识到他的童年结束了，该他挑担子的时候已经来临。

青春时节的蛤蜊盛宴

第三次到青岛，我准备体验下青岛土著的生活——拎着小铁桶，带着小铲子，到栈桥附近的海滩上去挖蛤蜊。一直挖到空气里充满了涨潮的咸腥味，我才拎着沉甸甸的小铁桶往回走，打算像个地道的老青岛一样去买一升散啤，把蛤蜊交给相熟的大排档老板处理，自己准备消消停停，对着风景吃晚餐。要知道，此时正是晚霞出没的时刻，海天深处变幻莫测的颜色，正好用来佐酒。

我还没有走回大排档，肩上猛地被人拍了一记。惘然抬头，却见面前站着我的高中同学老尹。将近 30 年过去了，他的眉眼依稀还有当年的模样，胳膊上鼓鼓的腱子肉犹在。只见他一手拎着大背包，一手夹着画架子，对我说："相逢是缘。我今天跟学生们抬石头吃蛤蜊，你也一起来吧。一个人喝啤酒，有什么滋味。"

我完全没有想到会在这里遇上老尹。当年，他为了爱情改弦易辙，从一名建筑系的高才生，变成一名"青漂"打工者，可是轰动了整个同学圈。为了让老婆儿子过得宽裕点儿，他干过各种活计，帮人设计广告，在旅游景点帮游客画像，替出版社画插图，直到十年前，他终于在一间冲刺美术高考的培训学校稳定下来，才再度在同学圈里变成活跃分子。这两年，大家都人到中年，怀旧情绪愈深，常听老尹在群里招呼：“快来吹海风吧，6 块钱一升的散啤，10 块钱一斤的蛤蜊，马上就能嗨回青春时光。”

这次，老尹是带着一伙学生来海滩写生的，他的学生，正在备考美术高考。老尹感慨地说，学美术的孩子，苦哇。每一届学生，都要从升入高三那年的六月底，集训到 12 月底的省考。从赤日炎炎，画到滴水成冰，每天从早上 8 点，一直画到晚上 11 点。

一群青春勃发的少男少女，在挤挤挨挨的画室里，在架子床边，像服苦役一样挤瘪了一堆水粉颜料的管身、磨秃了一把又一把的素描铅笔。这是漫长的征程，需要咬牙坚持。老尹虽是严师，却也心疼学生眼中透露出来的一瞬间的疲惫、落魄与迷惘。是的，残酷的备考，让这群十七八岁的少年身上，都不知不觉有了中年人的愁苦、压抑之气。作为父亲，老尹越看越不忍心，他就跟培训学校的校长提出来，要抽点时间带学生去海滩，一面写生，一面散心。

此时，海鲜大排档一条街上，到处都是贝壳类海鲜被翻炒时“喀啦喀啦”的爆响，有点炒煳了的葱香，贝壳里新鲜白肉的汁水猩香，在空气里碰撞激荡。老尹的学生们，围着两张拼起来的长桌挤坐着。一脸盆、一脸盆的蛤蜊端上来了，啤酒雪白的泡沫在玻璃杯里飞速地涌现，男孩子们还没有长饱满的瘦脸上，闪烁着兴奋之光；女孩子们文静地用筷子把蛤蜊肉夹出来吃，老尹赶紧说：“这吃法不对!”

老尹亲自示范：你得用手拿起开口的蛤蜊，舌头抵在贝壳上，用舌尖和牙齿把蛤蜊肉刮出来，这样，才能让舌头充分体会到蛤蜊汁水丰沛的鲜美。太文雅的吃法品尝不到贝壳香。你做任何事，吃蛤蜊也好，画画也好，都不能那么姿态文雅。

果然桌上的气氛由此热烈起来，男孩子开始碰杯，女孩子被蛤蜊壳夹到了舌头，吃惊又害羞地笑。学生们的脸上，一扫刚来时的那股严肃拘谨之气，有一股肆意奔放的气息在流淌。

我悄悄问老尹："你不怕带出来写生几次，这些学生会成几对儿?"

老尹白了我一眼：只有技术，没有情感，那画儿是画不好的。我这几年辅导的孩子，互相激励着考到一块儿去的多着呢。不管他们将来能不能在一块儿，此时此刻，能给压力重重的青春增添一点儿响动与亮彩，这也是功德啊。

是的，若有一天，这些孩子回忆起他们暗无天日，每天十三四个小时的高考集训，能回忆起来的，也是那非要与自己干杯的异性同学意味深长的眼神，那没有说出口的表白，以及那些蛤蜊在大排档下锅时，活泼欢快的开口炸响吧！

一碗鱼头面的江湖自由

闺蜜说要带我去吃当地最有名的鱼头面时，并不往餐馆林立的老街上走，而是带我先去了农贸市场腥气四溢的鱼摊。我很惊诧地问：为何要来这里，难道面馆在这市集里？

闺蜜见怪不怪地说："来买我们要吃的鱼头呀！"

我更加吃惊：难道开面馆的老板自己不准备鱼头？

对呀。因为他无法估算当天有多少客人来吃鱼头面。鱼头这东西，总要最新鲜的，做出面来才鲜甜，不然就腥气了。

闺蜜指给我看——一位年纪总在75岁上下的伯伯，很显然是一位菜农，挑着他已经空了的菜担子在我们前面走，他的扁担一头，就用稻草做穿绳，吊着一颗银闪闪的大鱼头。闺蜜悄声说，一看就是一位吃鱼头面的老把式，鱼头分量在一斤多点，这种不大不小的鱼头，细嫩、胶质多，炖汤后不柴不老，吃口最好。"我们跟着他走就对了。"

到了面馆，老板收了我们自带的鱼头，各自放在一只比脑袋还大的海碗里，海碗上夹一只竹夹子，竹夹子上有编号。老板又发了写有同样编号的竹夹子给我们，这就是筹码。

我去后厨探头，看他的面是怎样煮出来的。老板安详地抬头望我一眼，继续忙碌。

八个灶眼上，有六个在用小砂锅炖着鱼头。闺蜜说，鱼头最少要炖 25 分钟，连汤待用。线面只下到七分熟就捞出过水，然后将鱼头带汤倒入大锅烧开。然后，惊艳一幕出现了：只见老板以武侠尊师才有的“无影手”，眼花缭乱地撒入面条，散入小青葱碎末与白胡椒粉，舀入一勺煮好的河虾，再舀入少许猪油。

一分钟内，这热气腾腾的鱼汤面已经上桌。它的外观并不抢眼，乡下老板手脚粗重，并不会小心翼翼地保持鱼头的完整。但喝一口鱼汤，马上就惊艳到了——那个醇厚，马上把你的上下唇胶粘住。闺蜜得意地说：那是因为鱼头里的胶质全被柴火激了出来。下渚湖里的鱼啊，吃螺蛳长大的，一点儿污染都没有。而且鱼汤味道好，是因为煮鱼铁定要用莫干山的活泉水，汲一次泉水只用三天。

听到闺蜜夸老板，老板以围裙擦手走出来领受表扬：那是，瞧见没有，靠南窗落座的那位老爹，从我开业起追随我 30 年了，87 岁还能挑菜出来卖，有这个体力和精气神，能说不是我的鱼头面的功劳？

这下我终于留心到这店里的客人，有趣，绝大多数都是 70 岁以上的婆婆阿公们。也是，自己挑了鱼头赶来，再等上半小时吃面，年轻人哪来这工夫。婆婆们头戴蓝印花布的头巾，阿公们手拿草帽扇风，他们的菜挑子就搁在桌下。时而见他们与熟人亲热地招呼，非要把卖剩下的一捧秋葵、一个南瓜送人。我听他们以当地方言愉悦地交谈，眯眼朗笑。老人们的眼睛虽然被皱纹包围，眼神却精明矍铄，没有一丝龙钟之气；两颊鼓鼓地有红晕透出，可以说是鹤发童颜。在他们卷起的裤腿上，走惯山路的小腿依旧有腱子肉在发出古铜色的光亮。

闺蜜说，可不要小看这些清早起来卖菜吃面的老人家，他们的儿女，不是莫干山民宿的主人，就是私营企业主，家里都有数千万的资产。

那他们的老父母还出来卖菜?

山里人都倔呀，一歇下来就生病，一干活就浑身血脉通畅，一年到头一片感冒药也不用吃。窝在家里享清福这件事，对他们来说，简直是活受罪。他们现在多好，自家园地里种出的菜蔬杂粮，都是纯天然无污染的，鸡鸭鹅都是自己养，每个蛋黄都流光溢彩。老人能干活，又从不亏待自己，卖完菜，鱼头面就小酒，回家听着书料理菜园子，十分惬意。逢年过节，90岁的老阿婆还能给重孙子发红包，钱都是自己挣的，多自豪啊。这可是他们的自由！

后来，说起理想的老年，我就记起那挂在扁担头上银闪闪的大鱼头。家财万贯，也替代不了这种江湖任我行的自由哇!

4 点 35 分的夕阳

四姨夫的返聘忽然终止，是他自己也没有想到的。那一年他还没有满 62 岁，单位改制换了新领导，客客气气嘱咐他去财务那里领最后一个月的返聘工资。四姨夫就忽然从一个建筑图纸的终审大佬，变成了一个无所事事的退休小老头。

他一下子变得皮松肉垮，眼睛里的精明矍铄之气都不见了。那一阵子，他每天提着公文包逛公园，目睹成群结队的老太太在欢快地跳着广场舞，老爷子们乐此不疲地下着象棋，退役的文工团员对着湖水吊着嗓子、练着身段，他忽然无比羡慕他们，羡慕他们能有各式各样的娱乐方式来安度晚年，而他，作为一丝不苟的高级工程师，这一辈子，寄情于工作，把一切寄托都安放于工作的庞大车轮中，现在，这车轮急速地刹车，四姨夫好像听到了它发出刺耳的急停声，与铁轨摩擦的火花喷溅出来，灼痛了他的心。

他们不需要我了，这个世界不需要我了。这就是那段时间四姨夫给我们打电话的主体内容。小辈安慰他说，您学学太极，您学学烹饪，或者，很多老爷子在打门球，要不要替您在门球队里找一个位置？四姨夫非常之失落，他怒怼我们的建议：我就这么没用了吗？

电话这头的小辈面红耳赤。听话听音，四姨夫是想有一份创造性的工作，他都62岁了，这工作谁能给他？

又过了一阵子，四姨夫不来电话了。他开始忙碌，变化的契机是，他90岁的老父亲给了他一台收藏多年的老徕卡单反相机。据说，老父亲一辈子迷醉的，就是徕卡相机那种丝丝入扣的过片手感，他收藏了3部徕卡相机，半夜都会从床上爬起，拿出徕卡相机，轻轻按动快门，在黑暗中，清晰听到那金属机件发出咔嚓声后，才能安然入睡……这会儿，为了安抚儿子的落寞，老父拿出了他最爱的一部徕卡相机，鼓励他去通过镜头看街景。“或许，你会发现退休后的新天地呢。”

四姨夫揣上徕卡出门了。一年后，在他生日这天，他的摄影作品在小区的邻里中心展出。四姨夫成了小区名人，他站在邻里中心门口迎迓邻居与亲友，满脸都是第一次办展的青涩艺术家的骄傲与忐忑。进去看了一圈，惊讶得我说不出话来……没想到在一个退休高工眼中，寻常街景变得如此饶有韵味：石库门房子的露台上，晒霉的主妇正在晾出花色罕见的手工旗袍；后门口的水斗上，长发少妇正扭动腰肢洗头，她的小孩伸手拽着她的连衣裙后摆，赶也赶不走；骑自行车的男人正提溜着一条雪亮的大带鱼回家，那副招摇的神情与刚得了女王勋章也没有什么两样；久雨初晴，所有的人家都忙于晾晒，猎猎作响的床单被褥将光线整齐切割，而三五个小孩子正在床单下钻来钻去躲猫猫；打扮复古的年轻恋人在外滩吃冰激凌，头抵着头说悄悄话，将落未落的夕阳正好打亮了他们的鼻梁，那一刻，浪漫中不知为何掺杂着一丝忧愁，淡淡的、富于诗情画意的忧愁；小公园的秋千上，白发苍苍的老人推着他显然是智力堪忧的孩子在荡秋千，孩子看上去50岁了，父亲看上去80岁，前路也许艰难，可是他们此刻不过是一对玩秋千的父子。命运收起利爪，给了他们珍贵的松弛与温馨……

说老实话，在看到四姨夫的作品之前，我没有想到今日的上海是这样的，今日的上海人是这样的。之前，我以为作为发展的龙头，上海的形象就是成就宣传片里的黄钟大吕，就是无人机航拍中的瑰丽多姿、气象万千。我没有想到在四姨夫的黑白影像中，上海的后街与小巷中，老百姓的生活有那么多质朴又细腻，艺术又传神的瞬间……

四姨夫很显然无比陶醉于他的新角色。他晒黑了，脸上竟有粗框眼镜留下的白痕。他逮住我，讲述每一帧照片背后的故事，讲述他如何等到了恰到好处的光线。他深有感触地说，要表现出人物头发毛茸茸的柔光，要捕捉到他们脸上一晃而过的复杂神情，就要等到4点35分到45分之间的光线。那是春秋天最具表现力的光线，既有力度，又已经消失了生硬凌厉之感，它让四姨夫看到了美与情感，是怎样伸出小小的、温情脉脉的触手。

为了等待这一刻的日光，等待云朵唰一下飞过去，镜头里的人物最夺目的那一刻，有时四姨夫要等上两三天时间。不要紧，他有的是时间。那一刻，他想到了老父亲对他的叮嘱：

到了我这个年纪，你才会觉得，你那个年纪是人生最好的时刻。

是的，他此刻正沐浴在4点35分的夕阳中。

所求无非一间琴房

魏伯是我父亲的同事，今年 83 岁了，老伴去世十年，这十年魏伯的身体状况在走一条缓缓的下坡路，查不出有什么大毛病，只是体力越来越差。下楼需要双手拉住楼梯扶手，一级级艰难地挪动双腿。到了夏天更有诸多困难：蚊帐无力支起，席子没劲来揩，想吃一片西瓜，却已拎不动一个西瓜上楼。

魏伯的女儿征得老爸的同意，决定送他去养老院。整整半年，女儿开着车，带着老爸，城里城外看了不下十二三家养老机构。按女儿的话说，有些中高档的养老院真心不错，吃饭可以预定菜谱，洗澡间有防滑措施，护理人员的理疗服务送到床头。老人们的生活也不寂寞，观影小组经常看到各种老电影，手工小组有老师教你怎么做折纸拉花，健身小组有教练教你康复训练，书画小组有志愿者帮忙铺纸磨墨，烹饪小组的老人们还像幼儿园的孩童一样热热闹闹地包饺子、烘焙动物饼干。

多热闹，一点儿也不冷清；多周到，咱做子女想不到的，人家都想到了。驾车回家的路上，女儿一路这样感叹。且慢，她从后视镜里偷瞧老爸一眼，却发现老人两腮的线条纷纷下垮，嘴角下撇，眼角耷拉，一副懊丧无比又难以言表的样儿。

女儿很惶惑，问他：爸，去养老院的事可是你同意的，这会儿怎么又甩出这张脸来?

魏伯静默地抵抗着，他紧闭双眼，每一根皱纹都在激烈的情绪起伏中微微哆嗦。女儿心头就是一跳——老爸这表情，与当年老妈病重诀别时何其相像。她赶紧靠边停车，用毛巾蘸了矿泉水，替老爸擦手擦脸，安慰他说：您不想去就不去了呗，咱找个靠谱的保姆也是一样。

突然，魏伯睁开眼，极为哀愁、不甘地望着她：我乐意去，我乐意去。我去了，你们也好放心。可是，我去了，我的钢琴放在哪儿?

女儿这才明白，老爸是嫌弃养老机构没有放钢琴的地方。家里的钢琴，是老爸退休那年老妈给买的礼物。老妈深知老伴儿不同流俗的脾性，说他“皮囊里藏着一个陀思妥耶夫斯基”。别人退休了，要的是棋牌桌上的喧闹，要的是吃喝玩乐聊天倾诉，要的是抱团行动的热闹温暖，而魏伯这种人，他虽不排斥与人交往，但，如果一天中没有两个小时让他一个人清清静静待着，沉浸在他自己挑选的音乐里，沉浸在他自己的书本里，他会迅速枯萎的。

不可否认，大多数老人喜欢热闹，他们进入耄耋之年后花很多时间与老伙伴耗着，生怕寂寞的黑色火苗舔着了他们。而对魏伯这样独立思考了一辈子的知识分子来说，他并不觉得一个人的早晨或黄昏是难熬的时刻。他所经历的教育给了他这样一种天赋：他可以与自我对话，他可以享受玫瑰色的孤独，这种沉浸在琴声或书本中的孤独，甚至是滋养人的，它让他身体虽然老迈，眼神却依旧孤傲有神。

一间独立的琴房，里面放得下父亲的藏书与钢琴。除了父亲独享的时间，其他时间也可以供养老院的老人单独使用。这个条件，魏伯女儿打算与养老院好好谈谈。

母 亲

闲不住的母亲成为泉担忧的来源。有一阵子，她完全不懂在镇上国营旅馆当了半辈子负责人的母亲，究竟为什么还要起早贪黑地忙碌——父母的退休金不低，而泉与妹妹都有不错的工作，连孙辈都上中学了，老太太退休后回了老家，住着宽敞的老房子，为何不能像个城里老太太一样，穿红着绿地跳个广场舞？

母亲一回到山里，就像一辈子没有离开过山村的农妇一样奔忙不歇。

春天，她去山里捡野笋干。那新冒出来的野笋比圆珠笔粗不了多少，常和灌木荆棘缠生在一起，捡笋子的时候，即使戴着粗线手套，手指都会被荆棘上的刺划上一道又一道的口子。母亲不得不穿上男人一般的加厚迷彩裤，把随身带的茶瓶用布带子缠在腰上。她斜背着一个竹篓，掐下来的野笋就丢在竹篓里。她带着两块发面饼上山，要在山上走一天。回家的时候，母亲整张脸被太阳晒成了黑红色，整个人都被那个竹篓的分量，以及疲惫坠得矮了一截。她以摇摇晃晃的步伐归来，在小竹椅上坐下，就手用老伴喝剩的热茶，泡以冷饭。她吃了一碗，又去泡第二碗。老伴儿看不下去，说老太婆我去给你泡一杯新茶，下一碗肉丝面。母亲疲倦地摆了摆手，的确不需要，因为她有一次含着饭就睡着了。

母亲似乎总有上山的理由，春天，野笋干晒妥了，卖给城里的饭店老板，那是一味做“腌笃鲜”的好材料；夏天，野生猕猴桃那是红心的呀，来山里歇暑的游客很愿意带一小篓回家；到了秋天，母亲更是忙煞了，野柿子熟了，野枸杞熟了，还有那高耸云天的核桃树上，缀满了绿中发黄的大核桃。母亲只要眯眼抬头细望，就能估摸出核桃的果柄是否已经发脆。打核桃的日子到了！母亲兴冲冲地带上长竹竿上了山。她得意地说，别看她六十多岁的人了，打核桃的腕力和巧劲儿，年轻人也比不上，那些长竹竿也够不着的地方，她还能上树。十来岁的时候，她就是村里的爬树能手。

想着六十多岁的母亲站在颤颤悠悠的树杈上打核桃，泉心里就一阵儿惊慌。尤其是，当她知道父亲也被母亲拽上山，去实践他们的“山货致富事业”时，她彻底被激怒了——是的，在村里，只有索讨无度的小辈，才会逼出此等劳作不息的父母。而她，一直是一个对父母一无所求的孝顺女儿呀！

那天，母亲回来一瘸一拐，泉撩开她的裤脚才发现，崴脚处肿得像馒头。泉紧急开车送母亲去拍片，还好，没有骨折。医生得知母亲是从山坡上一脚踩空滚下来的，带着责备的眼光，足足看了泉半分钟。泉感受到了莫名的压力，她最后嘶哑着嗓子问母亲：你退休金不够用吗？不够用，我们姐妹来给！

母亲像做错了事一样低下头去，避免与女儿对视，避免辩解。

她在家里歇了十来天，等待脚腕消肿。然而，等泉再次回家的时候，又发现在家中灶台上忙碌的，只剩下家务不熟练的老父亲。泉的火气又升上来了："妈呢？她又去山上了你怎么不阻止她？她为什么财迷成这样？"

父亲看了泉一眼，撤了灶上的火，示意她跟他来。父亲打开了母亲藏在樟木衣箱里的一只小皮匣，再次打开了它。父亲一双布满了老年斑的手，把皮匣子里的一摞纸，往泉的手上一推。泉一张一张翻看，默默地，看呆了。

所有的纸片儿都是邮局的汇款回单，资金的去向都是贵州、云南和四川的藏族聚居区的小学校。父亲说："闺女，你还记得你妈退休后，我跟她在这些地方玩了一个多月？你妈看到那里的孩子，已经吃上了免费午餐很欣慰，可是看到他们吃饭只有一个菜，学校图书角的书柜上，只有寥寥十几本书，孩子们踢球买不起球鞋，大脚趾把布鞋顶出了洞，你妈又很心酸。捐款的事，她一个人做的，我也不知道。直到这一次她又要上山捡板栗，我变脸拦她，她才交代了这个事。"

泉半晌不能言语。父亲再次交代她："这件事，你只装不晓得啊。你妈这个人，倔性子，我跟她起过誓不说出去，她才告诉我。"

琴声永相随

70 岁之前，邻居黄姨经历了跌宕起伏的人生。

她是上海资本家的孙女儿，小时公私合营尚未开始，她家里有青砖铺地，带花园的独栋洋房，有专门带她的保姆，保姆做得一手入味精致的安徽菜，在她弹琴的时候会悄悄把她父母的合影搁在琴谱的旁边，这样，哪怕她父母外出忙生意，也好像在微笑着看她弹琴。保姆的做法很有效，令她咬紧嘴唇要把那些难记的、匪夷所思的指法练出来。她当时还不到八岁，就在日复一日的练琴中奠定了一生的孤傲。她当时还不知道，这种不肯随波逐流的品质，这颗总是高高扬起的头颅，未来会引领她走过与众不同的路。

多年后，她自己说，琴声就像是堡垒，屏蔽了外面的风霜雨雪，维护了她心中仅有的那团火。

1968 年，她第一批下乡成了知青。当时上海城里的普通人家正在为怎样逃避下乡奔走忙碌，她非常清明地看清了形势，认为唯有自愿吃苦，才能洗刷祖辈的资本生涯投射在她身上的阴影，为自已解除那些另眼相看的枷锁。她的确以非凡的吃苦精神赢得了当地乡亲的拥戴。当时，上海来的女知青没有一个愿意挑粪的，也没有谁愿意在洪水暴发的季节彻夜守在河堤上巡逻，以防大堤出现垮塌，她愿意。

她唯一坚辞不做的事情是割稻。人问她为什么，她说自幼有腰疾，弯腰久了可能会瘫痪。农民实诚，也就不让她割稻。她自己也不惜力，挑着上百斤重的稻捆子在田埂上飞奔。让那些直起腰板来打望的农民也十分吃惊。她后来得意地告诉我，割稻扭伤手腕的人不计其数。就算不扭伤筋骨，不割伤手指，过度的劳累也会让手部出现不由自主的震颤，端不稳碗，拿不稳筷子不要紧，“将来我怎么弹琴”？

那个时候你还想着弹琴？

想。越是弹不了，越是想得厉害。她制作了黑白相间的纸板琴谱，没事就在上面操练。她的伯伯家在阁楼的夹壁中冒险藏下来一台德国唱机，以及一些黑胶唱片。唱片基本是钢琴协奏曲的大师独奏版本。1975 年以后，她的春节是在大伯家过的，紧密地、贪婪地连听三天钢琴，在一个拉上窗帘塞紧门缝，晚上连灯都不点的黑屋子里。她的父母，在那最艰难的十年里，顶不住压力，相继得恶疾病故。她已经是孤儿了，一个快 30 岁的飘零在外的孤儿。那种看不到前程的迷茫令很多人破罐破摔，但她没有。“我的头脑里有琴声。罗曼·罗兰说过，音乐是冰里面的火，是已经睡了一百年的种子，它总有一天会发芽。”

十年过去，回城后她很快应聘了一所中学的音乐老师，并不像她的知青同学，很多都进了街办小厂，最终在 20 世纪 90 年代初成了下岗大军中的一员。

她后来安然结婚，生子，度过贤妻良母兼音乐教师的一生。没想到刚退休那年，与她相濡以沫了 30 年的老伴因为骨癌瘫痪。彼时她的女儿女婿已经移民加拿大，她独自一人，服侍了他 9 个月。有没有孤独绝望过？有！但似乎只要抽出 10 分钟来弹上一曲就好了。她已经学会用深沉、缓慢、如泣如诉的琴曲，聚拢因为过度劳累而支离破碎的神智，抚慰那颗一阵一阵抽紧的心。她用琴声安慰自己，也安慰即将离去的丈夫，减少他的恐慌与痛楚。

现在，黄姨是一家三甲医院安宁疗护病区的义工。这个病区住着的，都是重症晚期病人，是尽其所能与癌痛搏击后溃退下来的人，疲惫写在每个人的脸上。每周有三个下午，黄姨穿着葛布旗袍款款而至，在大厅里弹两小时琴。医护人员会把情况尚好的病人推出来，让他们在暖洋洋的大厅里聚会。那是人生尽头的音乐会，有一点淡淡的凄清，但却笼罩着如此周到的关切，如此安详的抚慰，既像送别，又像迎迓。

意识到这一点，黄姨又挺了挺她瘦削的脊背。

原野上的柴火饭

毕业30年后，你还记得初中同学的音容笑貌吗？讲老实话，同学在微信群中泼出30年前的老照片时，我已经无法把眼前这拨志得意满的中年人，与当年那些白衣蓝裤的青涩小子联系在一起。猜了10位同学，弄错一半。发照片的人不耐烦了，又泼出一张照片，是一帮同学围着一个原野上的土灶欢快地敲打饭盆，好啦，仿佛接通了电源，我一下子把土灶周边所有同学的姓名，连同他们的绰号一同想起来了！

真的，谁能忘得了初三那年的柴火饭。

那是中考前4个月，我们进入隔周就有模拟考，都有排名的胶着期。白热化的竞争让班里的气氛变得十分微妙。不停地传出各种小道消息，不是考分的反超让昔日好友突然冷淡下来，就是某尖子生的错题本突然消失了两天，第三天，它静悄悄地回到了主人的桌肚里。怀疑与戒备浮漾在空气里，防范别人的满腹委屈，被防范的更是委屈。竞争必定是有你没我么？友谊必定会在前途面前分崩离析么？这样沉重的命题就这样摆在15岁的少年面前。那个早春，教室里的气氛阴郁得能滴出水来。

忽然，传来震动人心的消息：初三年级本要取消的春游照常进行，而且，我们要去一个刚刚建成的森林公园，在划定的生火区，自己搭一个土灶，捡柴火来把全班的饭做熟！

加上带队老师，那可是56个人的饭！消息灵通人士已经打听到，有的班要做腊肉菜饭，有的班要做手擀面条，那我们要做什么饭？班主任夏老师是一位拄着拐杖的中年人，他的一条腿因为儿时的疾患从膝盖处截肢了，然而，他依旧是一个事必躬亲的勤务兵。他十分豪气地用拐杖轻点教室的门口，说：咱们4班，要搞就搞一个难忘的，咱们来包饺子！

这阵仗可就大了！第二天，我们排队上车的时候，有人带着最大号的脸盆，准备和面；有人带着一整锅剁好的饺子馅；有人豪迈地带来折叠小圆桌，准备擀饺子皮；还有人出乎意料地带着啤酒瓶，他的盘算是：万一没人找得着擀面杖呢？啤酒瓶也许能凑合着擀面。

夏老师迅速分了工，一拨人重砌土灶，一拨人和面包饺子。后一拨工作其实基本靠夏老师一个人，因为那位声称能用啤酒瓶擀面的家伙，都没法用擀面杖擀出一张里厚外薄的饺子皮来。唯有夏老师一面飞旋一面搓动，一张饺子皮就飞了出来。

最后一拨什么技术活都不会干的，被夏老师指派去捡枯柴。老师特别叮嘱说，所有的枯柴都要就地折断，仔细捆扎，不要像猪八戒的钉耙一样四仰八叉地拖回来。

我就在这最后一批人马中。我们飞奔而去，四散找寻，进入了春天的杂树林。水杉树尚未发芽，硕大的鸟巢依旧显露；白杨树已经亮出了无数新叶，犹如银亮的手掌在翻飞炫耀；香樟树正进入换叶季，老叶与新叶的更替让它释放出奇妙的香气。我一面捡拾枯枝一面谛听着鸟鸣，被做题与考试郁塞的头脑豁然一清。我意识到，在我们紧盯鼻尖一寸处拼命记诵和努力时，这个春天最清鲜活泼的一面已经来临。鸟鸣如口哨唱和，如丝弦密奏，如对歌调侃，喜悦如泉水一样浸透了我的心。我突然意识到这顿柴火饭的意义，它把一大群被考试压榨得灰头土脸的少男少女释放到这烂漫的春光中，让他们明白，人生除了那一厘米宽的分数条，还有别的出路与意义。

30 年后，我们将不记得自己的名次，不记得谁有没有考上重点高中，我们将不记得彼此的嫉妒与恩怨，我们将只记得老师手里飞快旋出的饺子皮，记得烧灶同学鼻尖上的炭灰，记得有人把捆柴火的结香枝条，连同枝条上的黄花绕成一个花环，戴在我头上。我们将只记得同学少年，言笑晏晏。

很快就要告别，走上人生的岔路小径。那顿意犹未尽的柴火饭在说：请珍视这永不再来的同窗情谊。

邮轮故事

在上海码头踏上邮轮之前，我以为游轮生活无非是一座海上浮游的休闲城堡，我和闺蜜，将在这里看海上日落，看 30 年前的老电影，下场跳舞，换上泳衣跳进船上狭小的游泳池里看海上的星星。我们还租用了 Wi-Fi 发射器，对大部分中国游客来说，那是比晕船药和救生衣更重要的东西。

我完全没有料到，入住舱房，结识了另外两位中年大姐之后，那个 Wi-Fi 发射器白租了，我一次也没有打开过。

中年大姐程女士是我的邻床，给我留下深刻印象的一点是：她是带着跑鞋上的船！在长达 7 天的旅程中，她每天一大早就换上跑鞋出门去。第二天，我忍不住好奇地跟了出去，就见程女士绕着甲板在一圈圈地跑步。越来越亮的晨曦镀在她脸上，让她已不年轻的脸熠熠生辉。她努力摆臂，拉大步伐，每次路过我站立的地方都挥手致意。如此关注健康的人我还是第一次见识，邮轮 24 小时供应美餐，她还带着核桃和核桃夹子上船，每天要与她丈夫夹几个核桃吃。就这样，在她跑完步与我一同并肩看日出时，我知道了她的故事。

原来，她和丈夫，以及另外三对一同组团来的夫妻，是在一个类似“失独阵线联盟”的公益组织里认识的。因为各种原因，他们都在失去生育能力的年龄失去了自己唯一的孩子。程女士的儿子在26岁那年因淋巴癌去世，儿子走前，有突然清醒的时刻，曾经叮嘱父亲：“带着妈妈去看看外面的世界，儿子不孝，拖累你们了。”之后便陷入了漫长的昏迷。

儿子走后，程女士很长时间都是一个不断涌出泪水的空皮囊，精神、体力、思维，都是空的。花开花谢，月圆月缺，欢悦或者凄凉的鸟鸣，儿子留下的缺了一个齿的梳子，儿子用过的鼠标，儿子买回的冰箱贴，一切的一切，都如带着芒刺，在她的心上扎出血珠。一度，她甚至路过超市里的冷柜也会闭目片刻，因为，那里陈列的一排排酸奶，是儿子病重之际，唯一咽得下的食物啊。

单位出于同情，给了程女士半年的长假，而这半年，她除了坐在家里一遍遍摩挲儿子的遗物，什么也没做。

直到她丈夫在网上找到这个“失独阵线联盟”，找到联盟的负责人宋大姐。大姐二话没说，骑上自行车就穿越了半个城，与程女士长谈了一晚。两个女人且说且泣，且笑且哭，回忆他们的孩子，回忆那些伤心欲绝让所有的安慰者“快滚”的日子，回忆那些在无尽的黑暗里独行，仿佛一个中年孤儿的日子。她们一夜未睡。也是奇怪，之前所有的眼泪都只是沤烂了人的心，而这场哭，却像一股股温热的泉水，洗掉了程女士炼狱般的痛苦。

有着同样经历的人，宽慰起别人来，也许特别有效。哭到最后宋大姐提议说："咱们应该走出去，替孩子去看看这个有趣的世界……既然，人生的谷底，满身泥浆咱们都已滚过，现在是洗去这伤心泥浆的时候了。瘫坐在泥浆里一辈子不起身的妈妈，咱在天堂的孩子看着放心么，好受么？"

程女士由此慢慢地走出来，开启了人生的新鲜体验。她在澳洲大陆第一次剪羊毛，在长白山第一次滑雪，在海南第一次学浮潜。她还在缅甸的中文学校支教半年，第一次走上讲台，当写作课的老师。儿子故去的这四年，她奋力去击破悲伤与绝望构成的玻璃墙，尝试逗留在各种新鲜的体验中，像一个野孩子。

她尝试重新出发，就像一条船重新离开家，离开码头。

虽然，她是一条饱经沧桑的老船了，离开码头也会有恐慌、怯弱、不安，也会有不可自拔地陷入回忆，痛苦得发抖的时候，但说到底，一条被命运凿穿过又修缮过的船，是不应该把后半辈子都留在码头上的。那不是一条船的命运和理想，不是么？

成长的蜕变

在外出闯荡12年之后，儿子艾孜买提的归来，令努斯热提与老伴又喜又愁。喜的是，18岁执意离家、在深圳酒吧当主唱的儿子，忽然懂得体谅父母的力不从心，愿意回家接手并照管偌大的葡萄园；愁的是，家中现有的上百棵葡萄，都是老品种，销路并不理想；这两年，葡萄干的销售竞争也十分激烈，除非品种罕见，否则卖不出好价钱，儿子带着媳妇和一双儿女回来了，家里还得重新装修房子，还得为孙儿们的教育着想，单靠这片葡萄园的产出怎么够花销呢？

艾孜买提归来时正是7月上旬，家中的葡萄即将进入成熟期，他一回来就交代父母：仔细观察连接葡萄串的枝条，凡是枝条粗壮、葡萄串的分量目测没有超过一公斤的，在整个收获季节都不要采摘。

父母大惊，活了60多岁，他们没听说过这种保鲜葡萄的方式：“秋风一起，葡萄藤变枯，葡萄就不水灵了。而且，强冷空气一来，葡萄冻得皱缩发乌，硬得像铁弹子一样，卖给谁去？”

艾孜买提安慰父母说，家里的老品种葡萄，含糖量高，皮厚有籽，是做冰酒的好材料。他已经联合几位儿时伙伴回家创业，目标是酿出金琥珀色、甘爽冷冽的“冰酒”。在一望无际的葡萄园中央，一座小型冰酒厂正在火速建造，现代化的筐式压榨机、过滤器与控温发酵的装置都陆续运来安装。现在，父母终于可以不必起五更睡半夜、猫着腰在低矮的防护网下抢收葡萄，他们只需在葡萄园中溜达溜达，将个别破溃的葡萄摘去即可。

努斯热提家葡萄园的安静，惹得不知情的乡亲议论纷纷——“我活了 70 岁，没见过这么懒的人，竟在枝头晒葡萄干呢。”

“就是，这浓霜一下来，葡萄冻得像石头蛋子，装在气枪里能把野兔打晕了。在外头唱了十几年歌的小伙，做事果然不靠谱。”艾孜买提也不理这些闲言碎语，他只是在雪后出门，与妻子各持一个小炕帚，轻柔扫去葡萄串上积累的白雪。

经过四个月的漫长等待，葡萄们已经明显脱水，枝条枯脆。经过反复冰冻与解冻，那深褐色、浅褐色、焦茶色的皱缩果实中，糖分与风味浓缩聚集。于是，当晚上的气温又一次降到 -8°时，艾孜买提全家穿上皮袄，戴上棉帽与手套，到葡萄园张开细网，轻轻摇晃枝头，面目全非的葡萄就纷纷落下。冻得像大理石一样的葡萄，马上就要在冰窖般的车间里分拣，除去不合格的青果蛋子，倒入筐式压榨机压榨。在 -8°的气温中，水分结冰后还是细碎的冰碴，很容易与葡萄汁分离。涓涓流出的葡萄汁香气馥郁。父母裹得严严实实来参观艾孜买提的车间，看到不时有铁硬的冰葡萄从筐式压榨机的缝隙中弹跳而出，就像不服约束的调皮小子，被逗得哈哈大笑。

母亲这样打趣艾孜买提："这些铁蛋子葡萄与你当年多像啊，考上了大专院校不去念，背上吉他就蹦出去闯世界了。挨多少冻，受多少累，也是一颗响当当的铁蛋子，这滋味只有你自己晓得吧。"

父亲接茬："你妈怀疑搞乐队会穷得吃不上饭、烤不起火，我就劝她：小马驹要出门，你圈个栅栏就能拦得住他？你看他头也不回去南方，临上火车，脱下皮袄，呼啦一下扔给你。你想想，深圳能有多冷？"

艾孜买提头一回听说自己外出闯荡这些年，父母暗中的忧心牵挂，心下大受震动。维吾尔族人有一句歌谣，唱的是"葡萄留在枝头，葡萄老藤每晚都不得安眠"。他本人，就像这些不走寻常路的葡萄，经霜沐雪，要完成自己的梦想，让父母多担了多少心？而今，他终于历练归来，拥有一个成熟男人的目标与担当，父母终于可以放心了。

再过 6 个月，金色的冰酒就将酿造成功。这是冒险的结晶，也是信任的力量造就的人间佳酿：你得相信葡萄藤扛得住猛烈的北风与低温、葡萄串经得起冰霜催压，并有耐心经历漫长的等待，才会有此等甜美透亮的佳酿，作为人生的奖赏。

割漆人的教子之道

天最热的那一个月，割漆人老郑坚持要让厌学的儿子放下手机，跟他进山爬树割漆，他给儿子的许诺是："你若能撑下这一个月，当个响当当的割漆师傅，剩下的书不念也行。爹娘再也不赶着你头悬梁锥刺股考大学了。"

儿子听得浑身抖了一抖，立马回嘴："还有这等好事？你骗小孩呢。"

老郑郑重其事地说："我签份保证书给你，只要你能达到我工作量的一半，就是一天在树上割出 150 个口子，基本能养活自己，就行。你马上就满 18 岁了，自己的路自己选，爹娘也不再絮叨你。"儿子立刻跳下床铺，打磨割漆刀去了。当娘的不放心，替爷俩准备干粮、茶水、防蚊水的同时，悄悄抱怨："你把孩子都带野了，纵容娃儿过你这般跋山涉水的日子，将来会后悔的。"老郑淡定地说："儿子打游戏打得黑白颠倒，完全不像就要升入高三的样子。你还有什么招能让他活得像个模样？随我割漆去，凌晨 4 点半就要起床进山，他能熬得下来，也算成人了。”

去漆树林的路，要走一个小时，第一次干这活计，小郑满脸兴奋。当爹的示范如何在漆树主干上开第一刀——在距离根部约一米的地方，干净利落地割了四刀，树干上出现了一个立体的“V”字，乳白的漆液立刻流了出来，老郑立刻从背篓里拿出一片树叶，像包粽子一样一折、一卷，插在V字刀口的底端，流出来的漆液，便集纳其中。小郑看得一脸不屑：就这种技术含量啊……

等他自己一上手才明白，活计可没有这么简单，单是沉稳有力地开出那个V字形的口子，就搞得他满头大汗，接着，还要猴儿一样上树，一手把住树干、稳住身子，另一手快速完成割漆动作。割漆还有“割阳不割阴”的说法，漆树的向阳面，树汁的涌动更加丰沛，将来割漆伤口的愈合速度也快，因此，每见漆树，都得分辨其向阳的方向。依据老郑20多年的割漆经验，他发现，漆树枝叶越茂盛，出漆液的效果越好；如果漆树有左右分叉，那么在不同的侧枝上，割漆的口子要上下错开，对漆树本身的伤害才小。老郑叮嘱儿子：“割漆哪能奋力砍斫，割口要精确、柔和，则好割到韧皮层就够了。”老郑再次示范，说那个V字要有点柔和的弧度，就像向下俯冲的海鸥，那片收集漆液的树叶，就插在“海鸥的喙”上。

过了半天，小郑的刀法渐渐娴熟，可他累得头脑嗡嗡作响，爬树的动作越来越慢。他没想到，漆树林里聚集着那么多蚊虫，它们像集团军一样向割漆人俯冲，连小郑身上的强力防蚊水也防不住它们……

为了照顾儿子的体力，下午，老郑带他来到另一片漆林，开始收漆。也要爬树上下，将安插在割口底部的树叶小心取下，将漆液倾倒在塑料桶中，同时用白色胶线，将漆树的割口封上，让树休养生息。

这活计稍微轻松些，天光渐暗，老郑亲自替儿子打开头灯，反复叮嘱他上下树小心。两人在相邻的树丫上靠近的时候，小郑突然问了个他这辈子从未关心过的问题：“收漆这么辛苦，收一斤漆，能挣多少钱呢？”老郑说，滤净雨露与杂质后，一斤生漆大约价值200元，他与林场对半分成。一天干十三四个小时，收获至多不过两三斤，正因为这活计寂寞又辛苦，所以才有“百里千刀一斤漆”的说法。

小郑靠在漆树枝丫的暗影里默然片刻，才幽幽叹息一声：“没想到，我一个月五千块钱的补习费，是这么来的。”老郑没有回答，他眼眶发热，为儿子的良心发现。此时，落日的余晖已经完全收尽，父子俩似乎都听到了漆树林里，那些乳白色的黏稠漆液涓涓滴落的声音。

一个少年的成长，在漆树林里悄然完成了。学会割漆后的第30天，小郑带着他从前视若仇寇的课本与练习册，返回课堂。割漆在他的中指上留下了厚厚的老茧，只要懈怠，摸一摸那个硬茧，就知道自己该收敛心神，朝长远的目标前行了。

单脚跳跃，命运也不能羁绊

1

至今我仍记得夏老师第一次进教室的时候，满教室飞翔的纸飞机与笑闹声都停了下来，整个教室刹那间就变得鸦雀无声。班主任静静立在教室的前门口，以一种“我就知道你们会很吃惊”的表情在微笑。

他是个中等个头的中年男子，大眼睛高鼻梁，气质甚是明朗。只是，他是没有左小腿的，他拄着单拐，木拐杖在左膝位置有个横向的支托，让他截肢后的左腿能安安稳稳放在上面。他进门了，脚步声是“笃——咯，笃——咯”。他的第一句话就把大家逗乐了：“别的班主任都能像侦察兵一样悄悄潜伏，看自己班上的孩子是不是乖。我是不行的，50 米之外，你们就会知道那是我，我的脚步会很特别，很隆重……”大家笑了起来，夏老师的幽默和坦诚，一下子破除了我们的忐忑——应该怎样去面对与众不同的班主任？同情他，敬畏他，或者干脆是敬而远之，似乎都有失偏颇。他的第一句话似乎在暗示：鉴于我的身体状况，我们注定是要像朋友一样相处的。借此摆脱师生之间管控与被管控的关系，不是很好吗？

夏老师教数学，除了缺失一截小腿，他与其他班主任没有什么差别，一样要自己拿教具、夹带练习册和作业本，一样要准备各种各样的检查和公开课。因为一手要拄拐，他准备了一个大号竹篾提篮，将教具和学生的作业本都放在里面，挎着走，这让他有点像乡下赶集卖鸡蛋的大叔。有个同学嘴快，把我们私下里议论他的比喻说给他听，他也不恼，反而大笑，说，挎个篮子，再扎个花头巾，可以去扮演卖活母鸡的大嫂了。学生想帮他拎竹篮，他也愉快地交出来，很自然地说“谢谢”。学校里年轻教师结婚，送了他喜糖，他便将当时还很稀罕的巧克力分给拎篮子的同学，那孩子的同伴也有得吃。

胆大的同学问他：“夏老师你结婚了么？有孩子么？”夏老师两眼弯弯含笑：“我肯定比一般人结婚要晚啊。不过，很幸运，我也成家了，有个5岁的儿子，他可比你们调皮多了。我以为，做了父母再来做教师，会磨掉很多急躁脾气，会更理解孩子各式各样的烦恼，理解他的弱小与孤单。”

拎篮子的同学忽然插了一句嘴：“夏老师，你小时候，有人欺负你么？你有为自己和别人不一样，哭过么？”同伴赶紧拉扯这多嘴小子的衣摆，这小动作也被夏老师瞥见了，他笑笑说：“怎么可能不被欺负？我5岁因病截肢，到现在35年了，小时候暗暗流过多少次眼泪，数也数不清。不过，我不也长大成人了么？一开始欺负我的同学，见我不放在心上，也就慢慢失去了兴趣；而且，人都是会长大的，他们后来懂事了，有的人还成了我的好朋友，教会我吉他、骑车、游泳。我的自信心，就是这样捡回来的。”

2

夏老师就住在学校操场后面的教工宿舍楼里，后来，我们的确见过他骑车出门的英姿——他的儿子骄傲地坐在自行车前杠安设的小椅子上，后面的书包架上横绑着夏老师的拐杖，夏老师以右腿一下一下有节奏地蹬动踏脚，自行车便悠然又平稳地前行。我们看得目瞪口呆——为什么在夏老师这里，自行车的左踏脚，像是多余的？为什么哪件事都难不倒夏老师？

作为班主任，在其后的三年里，夏老师向我们展示了无数新技能：他会作诗，会谱曲，会弹吉他，甚至，会踢足球！放学后，班里的男生抽签分作两个小队，在球场上踢对抗赛，夏老师为他们做裁判。他当然不可能飞快地跑来跑去，可拄着拐杖避让孩子们的冲撞，在双方一连串眼花缭乱的过人动作中，判定谁犯规了，这本事依旧了得。两边的男孩都调皮，不时起哄高喊：“裁判开球啦，夏老师，来一个！”夏老师倒也不推辞，夹紧左腋下的拐杖，找到重心，右脚猛射皮球，而就在那一瞬间，他往前跳开一小步，站稳了。欢呼声雷动，场上和场下的喝彩，就仿佛双方都赢了一样。

夏老师本质上并不是一个世俗意义上的、有强烈胜负心的教师。我们班的数学考试均分，比别的班多还是少，他从来没有提起过，他看重的，是班里的孩子是否有生活自理能力，是否时常有得意扬扬的纯真笑脸。

学校组织秋游，别班的老师耳提面命“要注意安全，要仔细观察，想着回去如何写作文”，夏老师带着我们野炊。从辨明风向，堆石砌灶开始，他就在教我们如何一步步在野外烤肉串和煮饺子。同学们带来了饺子馅和饺子皮，夏老师带来了两个巨大的竹匾。他将拐杖横过来，席地而坐，包了全班一半的饺子。他包的饺子一个个胖鼓鼓，神气活现地站着，而我们学着包的饺子，都扁塌塌地卧着。夏老师一锅又一锅地下饺子，先给那些拾柴禾、拎泉水的孩子盛上，他最后吃饺子的时候，我们包的那些塌扁饺子，都在锅里化成了面片汤。夏老师也毫无怨言地吃得很香：“我第一次包饺子，水平与你们差不多。谁的手艺，不是从无到有的？”

3

当时，我们的学校位于南京明城墙的脚下，风景优美但条件有限，没有除草机，每年暑假一过，操场上的草都长得有半人高。于是，开学后的第一次包干区劳动，就是在操场上拔草。夏老师拄着拐与我们一起拔，还准备了好几副粗线手套分发给大家。这是一桩苦活，在养尊处优的假日过去后，尤其让人腰酸背痛、叫苦不迭。就在大家喘着粗气，叫嚷着又被草丛里的蚊子叮咬，胡乱拭去额头上的汗水时，忽听夏老师喊了一声：“看，晚霞！休息一刻钟，我们吹吹风，抬头欣赏下，西边的太阳。”

我们顺着他的指引看去，在辽阔的操场尽头，下坠的夕阳已经颤悠悠地被明城墙托住了，城墙上的瓦松与芦穗被金橙色的光影所镀亮，而在西边的天空上，玫瑰色、金橙色与熏紫色的晚霞，像狭长的河流一样铺陈着。这一刻钟里，西边的晚霞瞬息万变，像是在变幻光影的魔术。夏老师拄着拐杖，淡淡地说："很多很多年以后，同学们，你们会忘了大部分学校里学得的知识，可是，你们会记得今天，记得手上磨出的血泡，记得拔出来的草被晒干的香味，记得咱们一起看晚霞的这一刻。生活不仅有苦恼，有磨砺，也有幸福的奖赏。千万别错过了这些奖赏。"

夏老师坦白告诉我们，他当年找工作的坎坷。缺失半条腿的师范大学毕业生，能否胜任繁重的教学，这令听过他试讲的领导们都面露难色。最后，是老校长一锤定音。校长说："录用他，不是为了同情他，而是他值得这份尊敬。青春期的孩子有很多意想不到的苦恼，长得胖，长得瘦，长得矮，脸上有痘痘，变声比人家慢，有一对举止可笑的父母……可是，如果他们看到小夏老师能这样乐观、有情有义地活着，视那些嘲弄如无物，能笔直地依照自己的目标成长，你们不觉得，这比讲多少大道理都要管用?"

夏老师满怀感激地追忆这一切，他记得老校长千方百计省出经费，在他入职前将教学楼通往宿舍楼的碎石小径，改铺成平整的青砖路，并给他定制了一副底部包着牛皮的单拐。夏老师带着我们学习、踢球、野炊、欣赏歌剧一样辉煌的晚霞，感受少年的忧伤与幸福，他说：我只是将老校长给我的信任和爱，传给你们，我的孩子们。希望你们长大后，也能把这份信任和爱，传给后辈，传给自己的孩子。

业余养蜂人

5年前，何苏买回了两箱蜜蜂，开始在老家养蜂。

母亲不明白40岁的女儿为何突然对这种冒险工作感兴趣。养蜂很苦，要戴斗笠挂面罩，再热的天都要穿得像击剑手一样，把面罩的下摆严严实实掖进衣领里，然后戴上双层棉布手套。怎样在翻动蜂箱、添加作为饲料的白糖时，小心避让蜜蜂；怎样在收割蜂蜜时，让蜜蜂意识到这是一种有限度的索取，而不是将它们的口粮连锅端，这都是冒险的事。想吃蜂蜜，随处可以买到，何至于自己动手来养？

也难怪母亲疑惑。何苏是杭州的基层公务员，业余写作，出了好几本畅销书。她的老家在德清山间，这几年，孩子上了寄宿学校，父母也年过七十，独居在老家老宅。何苏不放心，周末经常独自一人驾车返乡，帮父母整理菜园，打扫庭院，泡茶晒豆，尽享天伦之乐。母亲尚且硬朗，只愿独生女在此休养生息，养精蓄锐，而不是奔波养蜂。这里大部分山地种植了翠竹与茶园，蜜源开花植物不是每季都有，为了自家的小蜜蜂有食吃，何苏经常要上网查询省内的蜜源植物是否开花。春天的油菜花、荆条花、苜蓿花，夏天的萱草花、薰衣草、三叶草、马齿苋、木兰，秋天的桂花与糯种晚稻。哪儿出现盛花期，何苏就要带着她的蜂箱，驾着她的汽车，去蜜源地附近借宿或野营。

有时，母亲与她一起逐花而行，老太太由衷的体会是：浙西山区和浙东平原，山清水秀，花是好看的，花粉令空气中饱含痒酥酥的香味，可是，何苏穿得像个太空人一样，还戴着护目镜，捂得满头是汗。她又不喜欢吃甜食，收获的浓稠蜂蜜，都要好说歹说，自贴快递费，寄给远方的亲友，你说她这是何苦？

何苏不理会母亲的担忧，寒来暑往，斗转星移，两箱蜜蜂，逐渐分群扩张，养到了六箱，为了搬运蜂箱，她把代步的两厢车，换成了 SUV。母亲终于不再劝说了，因为何苏送给了她一本手绘的日历，是何苏与出版社美编一同创作的，里面的好多句子让母亲心动不已，例如：

“大雨忽临，我的蜜蜂，你在哪一朵丝瓜花下躲雨；你小翅膀上驮着的五彩花粉，被彩虹收去了没有”；

“像工蜂一样无私又勤勉的群体，还有谁呢，天热的时候你们轮流贴近蜂巢，以双翅扇出的气流，为伙伴成就天然空调……”

“当这世间再无野蜂飞舞，当所有的花粉都空自等待，秋天将会半瘪了嘴，所有的果实都会缺了牙，没了五彩斑斓的生气。”

母亲逐渐明白，蜜蜂在浙江乡村的生态系统里扮演着怎样的核心角色。如果蜜蜂越来越少，秋天将会像老妇人失去了半边牙床一样，果实减产，稻穗半歉，自然界收获的光彩，至少失去一半。一个人业余养蜂的力量虽小，但，如果对蜜蜂的怜惜可以被更多的人感知，也许会激励周围的人，为复苏天然生态做一点事。善待蜜蜂，也许比少用含塑料微珠的磨砂膏和洗面奶，比尽量依靠地铁和共享单车低碳出行，还重要。

母亲终于和70多岁的父亲一同接受了蜜蜂，在何苏加班的时候照料它们，就像很多留在老家的父母临时照料子女的宠物猫狗一样。母亲亲手缝制了带轻柔面纱的宽檐帽，与父亲一同戴上，去庭院里照看蜜蜂，他们还用杉木板为蜜蜂搭了一个遮雨篷。

最近，母亲拍了一个小视频传给何苏看，她一面检查蜂箱一面说：

“靠近蜜蜂时，你最好宁神静气，这样，烦躁的蜜蜂也会感知你内心的平静，它在空中飞舞的轨迹，也会变得规律起来。养蜜蜂，也是修身养性。女儿，你调去做街道上的纠纷调解员五年了，我终于明白，你为何要养蜜蜂。”

末班车上

那一年，3 路车的末班车我整整坐了 150 天，从丈夫入住医院的血液科开始，直到他去世。那是一段两头牵挂的日子，一头在医院，不放心化疗后每天高烧不退的病人；另一头在家中，不放心高二走读的女儿，而我，每天提着保温饭盒走在这条路上，神思恍惚地闻见秋天的最后一批桂花谢去，闻见蜡梅开了，春天的第一批玉兰也开了。等公交车的时候，见玉兰勺子形的花瓣掉下来，我都会情不自禁地去捡起一片，嗅闻它、触摸它，似乎只有这样才能确认自己活在现实世界，而不是活在一个长长的噩梦中。

所有可行的治疗方案都已试过一遍，包括最昂贵的以及最具实验性的，而病人的情况依旧在急转直下，每天发着 40 度的高烧，汗湿透衣，骨瘦如柴。医生已经找我谈话，让我做好最坏的打算。春天到来时，丈夫的生日也到了，这天夜里 11 点，我提着一个巨大的蛋糕盒上了末班车。车上竟然只有我一个乘客，我精疲力竭地坐在进门的第一个座位上，把花花绿绿的蛋糕盒放在旁边的座位上。

等红灯时，光头司机突然开口问我：“蛋糕，是病人的朋友买的吧？病人有胃口吃吗？”

我木然回答：“12 寸的三层蛋糕，是朋友送的。大家都明白，病人很可能等不到下一个生日了，所以，有人买了最大号的蛋糕来，希望让病人高兴一点。”

司机说：“朋友是好意，可也不懂病人的心。越大的蛋糕，越衬托出病人胃口的虚弱。要是家人，就会买茶杯口那么大的蛋糕，只插一支小蜡烛，就好像祈祷病人能像周岁的娃儿一样，能从此硬朗起来。”

陌生人之间的交流一时移开了我心头的巨石，我竟然说起了今天医院里的庆生细节：“吹蜡烛的时候，我老公说，这蛋糕上头的数字，如果不是 45，是 54，就好了。他的要求也不高，只巴望着能活到 50 岁出头，可以看着孩子大学毕业，成家立业，就放心了。他说完这话，我觉得空气都像胶水一样，闷得人难受。我思来想去不知如何应答他，我这辈子也没有遇到这么大的事，不免有点绝望，就赌气一样地说：孩子无论如何会成才的，你安心养病，操这么远的心干吗？”

司机启动车辆，驶过长长的下坡，拐弯，再上坡，停在了一个 90 多秒的红灯面前，看得出，他在思量怎样宽慰一个随时可能崩溃的病人家属。他开的这条线，串联了本市 5 家三甲医院，搭乘的人，很多都是像我这样面对人生终极问题的人，不知道怎样去应对生离死别的人。他既不能熟视无睹，也不能投入太多的共情，否则，他既没有办法理性客观地宽慰人，也没有办法专心驾驶。他这么回答我：“你下次回答他的话时，尽量贴近他的处境，贴近他的心情去回答，这样不会留遗憾。我明白，你心里很苦，可是，病人更苦啊。”

我攥着蛋糕盒上的系绳，热泪满眶，一个字也回答不上来。司机说：“我不是在批评你喔，我要是遇见你的事，处理得可能比你还不如。”他接着说：“开这条线，我们当司机的心里也沉甸甸的闷得很。那么多人拎着装 CT 片的大口袋，拎着三层饭盒，戴着化疗后的假发，夏天，能看到乘客胳膊上的留置针导管。所以，每隔 6 个月，车队领导就会调我们去开 3 个月的 43 路，那条线，会走过市妇幼保健院和省妇幼保健院，接的都是生孩子的大肚子，还有刚出生的小宝宝，一家人都欢天喜地。等你家的事过去了，你去坐坐那条线吧，看得到希望，你就不会那么悲伤了。”

我没有想到，这辈子会在末班公交车上，体验人生至关重要的一课。车窗半开着，春天夹杂着飞花柳絮的气息扑面而来，它告诉我，坚硬凛冽的冬日终将过去。

大山深处，给小丫的无差别关爱

云南鲁甸县的大山层层叠叠，空气是甜的，但微微散发着羊粪干燥后的微腥味道。这里的春天十分干燥，满山遍野的野杜鹃正在40多天没下雨的环境中开放，花瓣色彩竟也如此娇嫩，衬着沧桑黝黑的枝干，让人顿生感慨。

农家场院里到处是飞扬的尘土，五六年级的女孩子都担负着喂鸡喂羊、清扫场院、洗衣做饭的责任。这里缺水，自来水还没有通到所有的农家，女孩们洗衣服多半要带着粗肥皂，走很远的路去寻找山涧。水很冷，女孩们的手冻出了裂口子，她们搓洗完粗重的外套，最后深吸一口气，将脸探进冰凉的涧水，草草地洗了洗脸，一面洗一面嘬牙，只洗了脸颊中间一小块。因此，女孩们的脸，颧骨与鼻子都是粉嫩透红的，而额头靠近发际线的地方，耳前，还有下巴，都是黑的。因此，发放“小丫包”的志愿者们，抵达后的第一件事，不是给女孩们上生理卫生课，而是到处去捡柴禾、架锅烧水，给女孩们洗头洗脸，以增进彼此的信任与亲密。

在这里，只有大约三分之一的孩子“有幸”成为留守儿童，换言之，父母有胆量离家几千里，去江浙或广东打工，最终把基本的卫生习惯带回家中，手把手教给女儿的目前还是少数。大部分父母憨厚又内向，从来没有离开过生长的大山，卫生习惯还停留在 30 年前。接待志愿者的班主任老师说，她跋山涉水去家访，看到有些学生家庭的生活状态令人心酸——院子里的晾衣绳上，只有外套、线衣或薄夹袄，竟是没有内衣的。问学生，已经十一二岁的女孩子羞怯地垂下头去，半晌不回答。

后来，老师才明白，傍晚背柴归来的老婆婆模样的女子，是女学生不到 40 岁的妈妈，她连小学也没有读过，也从来不知道给女儿备下全棉内衣，和专洗内衣的盆，她更不知道要提前对女儿交代怎样应对青春期身体的变化，怎样看待初潮，去哪儿购买卫生巾。她也完全不知道做这些事，对提升女孩子自爱自尊及自我保护意识的重要性。她每天只是躬身苦干，养更多的羊和鸡，期待将来能让女儿们走得更远一些。城里母亲经常向女儿交代的那些属于青春的小秘密，这里的母亲都像胆怯的蚌一样，紧紧抿拢了壳，不向女儿透露点滴分毫。

在“小丫行动”的志愿者到达之前，女孩们只能在黑暗中摸索：应当怎样面对变得完全不一样的身体，和那些流出来的血。难道是得了什么不好的病吗？难道是自己做错了什么事，得到的惩罚？垫上黄草纸或者毛巾，能保全自己体面地去上学而不露任何破绽吗？一系列的问题在十二三岁的女孩心中翻腾，令她们的神情忐忑、孤愤，又含着一丝莫名其妙的愧悔。为了逃避这种在同伴中出丑的恐慌，一些女孩甚至滋生了辍学的念头。没错，也许躲在家里，就不会被同样天真无知的同伴嘲笑。

这也许就是公益组织来到大山深处的小学，向女孩子讲述青春期知识的缘由。志愿者充当公益讲堂的老师，向女孩子们交代身体发育的正常现象，叮嘱她们在月经期不要下冷水，不要吃冷饭冷菜，洗沐用水要烧开晾温后用，要多喝温热的开水和红糖水。志愿者老师们向女孩们发放“小丫包”，包中有公益组织赠送的一套全棉内衣和一包卫生巾，还有一张使用说明书。说明书以孩子们喜爱的漫画形式，贴心讲述卫生巾的放置与粘贴方式，讲述基本的卫生常识，比如，洗内衣与外衣的盆要分开，洗脸和洗脚的也要分开。

这也许是女孩们今生听讲最专心的一堂课。课堂鸦雀无声，恍然大悟的喜悦与羞涩困惑的阴云在她们脸上交错闪现，忽明忽暗。当志愿者老师宽慰并祝贺她们，说初潮的到来不是惩罚或麻烦，而是意味着发育正常又健康，“你们很快就会长得又高又美，头发乌黑发亮，身材有了美好曲线。而且，将来，你们会有当妈妈的能力……”听到这里，所有的女孩都如释重负地笑了起来。

发放“小丫包”的行动还诞生了一个小插曲：放到第三所小学的时候，志愿者带来的一千份“小丫包”只剩不到两百份了。可能，连公益活动的组织者也没有想到，国家九年义务教育的强力推进，以及免费午餐在山乡小学的无私推行，让那么多原本可能失学的女童，也走上了上学之路。有的家庭甚至三姐妹都在同一所小学就读。“小丫包”不够发了，怎么办？一位当地的老师说：教导处存有每位孩子的家庭状况调查表，如果她没有记错的话，有一百多位女生的家长在大城市打工，她们应该已经用上卫生巾了。能不能只对那些父母还没有走出山村的孩子发放“小丫包”呢？

这个提议被志愿者在一分钟内否决了。理由是，如果仅仅是家境贫寒的女孩受赠“小丫包”的话，就部分地违背了做公益的初衷。差别化的教育与馈赠，会让一部分家境拮据、为了自尊藏得很深的女孩从群体中浮现出来，成为倍受同情也倍受议论的对象。她们自己，也会意识到自家父母与别人的父母不一样，意识到自己的见识与同龄人不一样，她们会为自己获得讯息的渠道如此窄逼，而产生自卑、羞愤的情绪。这不是帮了她们，而是有可能把她们推向更加自闭的境地。

最后，志愿者决定向第三所小学的女孩们说实话，先将“小丫包”足额发放给六年级的女孩与五年级的两个班级。志愿者将在两个月之内，筹集下一批“小丫包”，重回大山。大家没想到的是，暂时没领到“小丫包”的女孩们同样满脸兴奋地期待着与志愿者的重逢，其中一个叫志雯的女生说：“下次姐姐们来的时候，山里的酸杏都黄了，煮熟的土豆蘸黄杏酱吃，很美味，一定可以让姐姐记住我的家，记住她帮过我，我永远惦记她。”

领路人探照的路，还很长

老薛一到云南曲靖的家，就能感受到小女儿目光的粘连，那种许久没见爸爸的羞怯、陌生又执着的粘连，像手掌在刚蒸出的糯米团子上拍打挤压拉出的丝，亮晶晶的。老薛老婆轻推并鼓励女儿：念叨着要爸爸那么久了，为何见到真人，反而生冷了？女儿不答，紧揪着妈妈的衣摆往后躲，把妈妈的衣摆揪得稀皱，一面带着几分挑衅，几分好奇，偷看爸爸的表情。

老薛是曲靖市脱贫攻坚战的一名普通政府工作人员，他的任务是在 3 年之内，替 500 户生活困难家庭的顶梁柱，在江浙沪找到打工机会，以帮助他们走出大山，像城里人那样拿到薪水，有条件修理家中的危房，替老人看病，以及给孩子买上网课要用的手机和电脑。

此次，为了替贫困县的乡亲在上海谈妥五批打工的机会，他已经两个月没有回家。

虽然，在上海奔波时，他也经常抽空与老婆孩子视频，但他已经发现孩子被抱到镜头前时，那种失望造就的踢蹬叛逆行为。女儿才3岁，她的生分与怒气中，混合着小女孩被爸爸忽视的委屈与不安。老薛放下行李，赶紧作手势，制止老婆强行要求女儿表示亲近的呼喝，他小声提醒老婆：让我单独带她几天，就不会这么生分了。

老薛将在曲靖家中停留8天，这8天，他不仅要挨家挨户做那些“打工动摇分子”的工作，还要安排他们与上海的招工单位在网上面试。一般来说，在乡村，从没有出过远门的人，有打工机会也是男人走得比较利索，女人一旦起了走出去改变一家生活的念头，家中长辈普遍不乐意，认为孙子孙女没人照顾，而老实木讷的儿子也会因为落单受人议论或耻笑。

老薛蹲在院落里，与女主人一面喂鸡一面商量：“咱就与用人单位签一份短期合同，三个月。不适应的话你夏天就回来。话说回来，你不去上海，怎么知道自己喜欢不喜欢上海？有可能，你在外滩与你家伢儿视频，伢儿就立下誓言，要考上海的大学呢。”说得那脸庞黝黑的农妇笑了起来。很多人下定要外出务工的决心，也是看老薛不容易——他出门谈事都带着女儿，跋山涉水走野道，往往到了地方，小家伙就又累又困，往乡镇脱贫办的破沙发上一倒，呼呼大睡。老薛赶紧从背包里拿出小毯子给她盖上，又逐一跟乡亲交代面试注意事项：“上海人很务实的，喜欢不滑头不吹牛的人，等会儿单位领导挨个面试你们，不用讲大话，你不会的技能，直接说不会，千万别装懂。知道吗，你越是坦白得像个小孩子一样，就越没有人取笑你，反而人人都想帮你。明白吧？”

准备外出务工的人憨憨赔笑。他们大部分人到了三四十岁，到过的最远的地方仅仅是昆明，还有人从未出过曲靖市的管辖范围。上一拨老薛护送到上海打工的乡亲，有人从未坐过火车，以为列车上的开水要钱，在整整36个小时的旅途中，干嚼方便面的面饼，喝家里带的凉白开，一口热食都没吃。老薛知道后十分内疚，也意识到自己这个领路人实在责任重大——他哪里只是替这些乡亲找一个饭碗，他是在努力填平见识的鸿沟，他必须，怀着同情与信任，带着这些长年住在土坯房里的乡亲，去尝试打开他们的眼界，构筑他们的自信。

而他也获得了某种程度的理解。看到他笨手笨脚替刚睡醒的女儿扎冲天辫，参加面试的一位农妇赶紧从他手里把小姑娘接过去，从口袋里掏出木梳，表示下“姨姨的亲近”。农妇由衷地说：薛干部，我看你千里万里地奔忙，伢儿也顾不上，也是不易。就冲你这般抛家别子的付出，咱也要排除万难跟你走一趟。

又到了临别的时刻，女儿看到那个将要带走爸爸的大行李箱又被打开了，闹腾得厉害。为了哄孩子安心去睡，老薛靠在床头把《长袜子皮皮》的故事讲了一遍又一遍，最后，女儿要求在自己和爸爸的手腕上拴一根线，线上系一个铃铛，她才肯放心睡着。孩子认为，这样，铃铛一响，她就能及时醒来，抱住爸爸不让他走。

等女儿睡着，老薛轻轻解下了手腕上的棉绳。他感慨万千地对老婆说：

我终于明白那些农妇离家之前的百般不舍了，这般揪心扯肺地疼啊。将爸妈与孩子分开的打工生涯，终不能持久。等这一批爸妈适应大城市的生活了，又得想法替他们的孩子去打工地念书奔忙了。

领路人要探照的路，还很长很长。

大年初一值班记

25 年前，作为职场新人，我就被供职学校的校长安排在年初一值班。当时，除了大年夜由校长本人值班外，所有新年期间的值班，都安排尚未成家的年轻教师，尤其是家在本地的，更是优先排在年初一到年初五。校长乐呵呵地说：这叫作“后人栽树，前人乘凉”。为什么这么说呢？因为“各位未来都要成家生子的，到时候，公公婆婆，岳丈岳母，都在等着你回家团圆，我怎么好意思留你在学校值班？到那个时候，自有后辈教师顶下这个职责，让你回家安心过年。”

校长这是看出了我们这群领受值班任务的人，脸上那份由衷的孤独、迷茫与落寞么？是的，若是今天，出生在 1995 年以后的年轻人说不定会这样毫不客气地反问：就因为我单身，我是本地人，所以我合该在过年时到学校来，在“千山鸟飞绝，万径人踪灭”的氛围里，领受双份的孤独？

但我不敢这么说。我牢记父亲的教诲：作为一个新人，我不能论人短长，不能推卸责任，不能强调困难，不能逃避挑战。

那一年，大雪一直下到大年夜午夜，年初一，天居然晴了。没来得及装防滑链条的公交车都停止运营了，我踩着没膝的积雪，花了一个半小时才赶到学校，发现传达室的门已经被冰雪封住。幸而，昨晚值班的校长有先见之明，将铁锹留在了门外。于是，我的农历新年，就从奋力铲雪破冰开始了。

我铲去冰雪，出了一身汗；进屋生炉子，又被柴火扇出了一头灰。正在我发愁在这个没有任何故事发生的地方，如何写我的值班记录时，透过写字桌前的窗户，我看到一个穿红棉衣戴着酒红色针织帽的女人，正肩背手提，深一脚浅一脚，向我这个方向行进。

她一直走到了我铲去冰雪的羊肠小径上，使劲跺脚，将靴子上的残雪磕去，我认出她来了，她是我们学校的数学教研组长田老师。大年初一，她这是要到学校来办什么急事吗？我可不是能替她签字盖章的人啊。

田老师进门，小心翼翼卸下背后超长的黑色背囊，我才发现，那是一个琴匣。田老师是把她操练十多年的古琴带来了。接着，从胸前的背囊中，她拿出了一套迷你茶具，还有一包包的食材：半棵白菜，一只白萝卜，冬笋片、豌豆尖、香肠、腊肉片、肉丸、鱼丸、蛋饺，一些水发香菇、蹄筋和瑶柱。最后，田老师打开了她的大提兜，提兜里居然装着一个黄铜暖锅，中腹部位烧炭的那种。积雪没膝的天气，田老师还背来一包炭，她熟门熟路地将炭块放入火炉里引燃，一面指挥我："你来把食材在暖锅里码好，萝卜垫底，之后是冬笋白菜，再之后是水发食材，荤菜堆在最上面。豌豆尖别放，那是最后现烫现吃的……"

我愣着，完全沉浸在“居然有人抛家别子，来陪我过年”的震惊里。这股震动让我行止木讷，也言辞木讷起来。

田老师看出了我的心思，笑笑说：“我第一年在乡下中学教书的时候，也是被安排在过年值班。一大早，校长的老母亲来了，带来了一个小竹匾，一根擀面杖，一袋面粉，要在值班室里给我包饺子吃。老太太一面包饺子，一面嗔怪儿子不近人情，让外地姑娘留校值班，我怎么为校长辩解，老太太都要骂他。那是我吃过的最美味的荠菜饺子，最有人情味的团圆饭。我发誓要将老太太的仁心慈念传递下去，不能让我的后辈教师一个人孤零零地过年。”

那一天，晴了一上午的天，转瞬间又变得彤云密布、阴风阵阵。雪意又从旷野深处席卷而来。然而，这外面世界的孤绝阴冷与我又有什么关系？我与田老师引燃了黄铜暖锅里的炭火，以茶代酒，开怀畅饮，说了我 20 多年来跟谁都没有说过的话。田老师并没有以前辈或长者的口吻，教导我什么人生大道理。她只是以自己的亲身经历告诉我，如何排遣青年时期的彷徨与忧伤：“要培养一点高雅的志趣，比如，学会弹琴、书法、国画。不是为了在哪次汇报表演上出人头地，而是找到一股清心静气，找到拓展胸襟的方式。”

“我年轻时，也喜欢想象，我十年后要成为什么样的人，二十年后要成为什么样的人，越想越沮丧，觉得生活全是墙，我就陷在墙里，移动几步，周围的墙就合拢了。如今，我多少成熟了一点，我不再做一年以上的大规划，只做两三个月的规划，甚至两三天的规划，完成了，我就给自己一点小奖励，一枝梅花，一盏好茶，一顿暖锅。我发现，我不再那么贪得了，就经常可以满足，青年时期的忧郁就远离我了。”说到这里，田老师忍俊不禁地笑了：“也许，得到这份豁达，也是因为我老了……你看，凡事都有两面性。比如，你今年过了一个最冷清的年，可你到了我这个年纪，回过头来看，可能那些热热闹闹的年，你都记不清了，只剩下今天，这阕琴曲，这顿暖锅，你还记得。”

是的，田老师的预言很对。今我来思，雨雪霏霏。25 个新年过去了，我所记得的，只有穿红棉袄的田老师，背着半人多高的琴匣向我挥别的身影，记得那个年初一的新雪又覆盖了我铲出的道路，而这郊区学校的门口，只有她这一串脚印留着，深印在我的脑海中。

千里驰骋好归家

离过年还有两周，被摩托车队的队友集体称为“嫂子”的小江，已经在广东中山沙溪镇上的一家小美甲店做指甲。老板娘有点诧异，问：“往年，不是快要回家过年才来做的？”小江说：“今年老板的生意订单已提前做完，我们两天后就要骑车出发了。”小江要跟老公回老家宜宾市兴文县下面的一个村镇过年，那里有她的公公婆婆、才8岁的小儿子，亲友20多人。她的娘家也在不远处，作为沙溪镇上有十年工龄的缝纫工，连日加班让她的指甲上长满了操劳过度的竖纹，有的地方还出现了瘀血点，小江说，母亲跟外公学过一点中医，望闻问切还是懂一点的，看到女儿这般操劳恐怕要心疼，因此赶紧过来做一次美甲，用厚厚的颜色将竖纹与瘀血盖住。

老板娘问她：为何不坐高铁回家，非要与老公骑上摩托，在寒风中颠簸1700公里回家？小江说：为了省下钱来给所有家人带礼物啊，还有，坐高铁的话，首先要先坐车到广州南站，再乘坐高铁到贵阳站，然后转乘大巴到宜宾市兴文县，再从县里坐私人承包的中巴车回家，特别折腾。加上老家春节有走亲访友的规矩，舅舅姨妈，叔叔姑姑，每家都要带着儿子去拜望，没有摩托车，不方便。“最关键的一点是，儿子放在老家7年了，跟我们陌生得很。”小江的眼神像快烧到尾部的火柴一样，暗了下去，忽然又爆出一个灿烂的火星子：“但是男孩子都喜欢摩托车嘛，不管跟我们怎么生分，抱到摩托车上来，他爹在前我在后，把儿子暖暖和和夹在中间，开出去兜一圈，他那僵硬抗拒的小身体儿，就偎靠过来。”小江捂嘴微笑：“下巴摩挲着儿子毛茸茸的小脑袋，一年的辛苦都烟消云散。这么看，老公的摩托车还是买对了。”儿子如今一放寒假，天天到村口公路旁坐一会儿，等着听摩托车的声音。小江昨天跟他视频，儿子还特意提要求，说爸妈一回去就应该带他全村兜风，特别是要到那些平时欺负他的小孩家门口轰油门。

这个月，小江征得老板同意，用厂里将要丢弃的零头布，帮老公缝了一个摩托车前面的风挡。这个风挡像一件反穿的大棉袄，里面填的不是棉花，而是又轻又暖的羽绒。相熟的邻居送了小江两件过时的羽绒服，小江将羽绒拆出来，全部填入了风挡。小江说，外面买的棉质风挡太槨樐，影响龙头灵活拐弯，骑车回家过年，还是安全第一。

临行前，小江夫妻俩与同回四川的工友组成了一个车队，互签“生死免责状”。车队共有8辆摩托车，有两对一起在沙溪镇。临行前，老公反复测试怎样在摩托车上绑行李，才能让小江有个依靠，多少能遮着点风，还不容易把腿坐麻。这个车队还带着电饭煲和大米，决定在小招待所住宿时自己做饭。车队里的单身小伙小王由衷地说："骑摩托回家，车队必须有嫂子们在啊。不然，广西有些路段十分颠簸，到了贵州又有冻雨。那种冻雨下在盘山道上就是一层薄冰，可怕的是，它就是柏油马路刚被打湿的那种颜色，你根本留意不到，速度一快，连人带车能横着摔出去 5 米远。没有嫂子在一边提醒，男人们脑袋一热飙起车来，很容易出事故。"

摩托车无法上高速，骑行只能走国道和省道，小江他们一行将经过广东的中山、佛山、江门、肇庆、云浮；广西的梧州、玉林、贵港、南宁、河池；贵州的黔东南州、贵阳、毕节；四川的泸州，直到宜宾。临行前，在小江老公的一再提醒下，车队每个人都换了防摔能力更强的摩托头盔，并在头盔上安装了通信设备，以便在骑行的风速中随时通话。小江最后给我看手机里的诱惑：公公婆婆已经在农家小院挂了满满两竹竿的香肠腊肉与风鸡风鸭，在盼他们平安到家。

另类同学会

毕业多年后，如果有人倡议别在同学聚会上谈生意、孩子、伴侣的升迁后，见到老同学，你还能谈些啥？

刘畅的大学同学会最近在谈各种朗诵的窍门。当年，住在刘畅下铺的好友钟慧，毕业后任职特殊教育学校20年，最愁的就是盲孩子的课外阅读。考虑到受众面的狭窄，很多好书没有出版盲文版。学生只有靠反复“摸读”语文课本，来增进与自然、历史、文学的关联。那种关联是有限的，钟慧不止一次看到孩子把书上的盲文凸点都快摸秃了，脸上流露的，却是“太阳底下无新鲜事”的无奈与焦灼。是的，他们眼睛看不见，本身已经是一种局限，若是读书少，他们的感知力与思辨力，不是更容易沉入黑暗中？

为此，经由刘畅倡议，大学同学会变成了一个志愿朗诵会，他们要合力为盲孩子们创造一个小小的“有声图书馆”，让他们“摸到”这个世界的真实肌理。钟慧负责在图书馆中筛选最有可能拓展孩子们认知的图书，100本名著的精彩片断，小说，散文，有趣的科普类图书，外国学者解读的中国历史……而在电台工作了20年的刘畅，担当义务培训，教各行各业的同学们回去如何朗读，如何录音，如何配乐及后期剪辑。

一开始，绝大多数毫无朗读经验的人，闹出很多笑话。大家认真查阅多音字的标准发音，把拼音与四声都标注好，怀着庄严之心来录音。然而，你越在乎这件事，就越可能录不好。录音键一开启，有的人嗓子就像被一片羽毛持续撩动，念着念着就发痒；有的人声音发紧、语调平板或夸张，断句都断的不是地方；有的人明明考过普通话甲等二级，一紧张就分不清前鼻音与后鼻音；还有的人，为求一个理想效果，靠手机话筒太近了，连压抑着的换气声，也清晰可闻……每次同学会都是交作业的日子，刘畅都要想尽办法安慰这些沮丧的中年人，是的，他们朗读时迟迟不入戏，就像演员该哭时没有泪水，该压住心潮起伏时却偏偏把台词吼了出来，作为“导演”，她该怎么办？她要说戏呀，要亲自下场示范。她总是拿自己的例子鼓励大家：“当年，我一拉动播音台上的功放键，就控制不了咽口水的念头。我的实习带教老师说，按键之前，哈，哈，哈地喊三声，长出三口气，心情就会安稳好多。”

为了让同学们对所服务的对象有所了解，钟慧还组织大家在周五的下午，去她任职的特殊教育学校访问。女同学跟班去上孩子们的针灸课，男同学们去上孩子们的体育课。当这帮自家孩子也上了初中的中年人，见到盲孩子用手摸着自己的穴位，往自己身上扎针；以及靠听足球的声音与老师的哨子，在绿茵场上奔跑，不时撞到伙伴或皮球，停下来向正前方鞠躬致歉。孩子脸上交织着坚定、倔强以及一丝看不见方向的茫然，让这些朗读者的心，像烧红锻打的铁，被猛地浸入冰水里，冒出疼痛的烟儿。世间还有孩子居然是这样生活的！他们的父母，怕是永远也摆脱不了这份沉重的牵绊和爱。将心比心，这帮中年人摇摆的意志，终于安定下来——是的，他们要为这些生而艰难的孩子做点什么，才不负这场相遇。

现在，刘畅与钟慧所在的这个同学会，已经为特殊学校的盲孩子们读了 642 本书，组成了一个小规模的“声音图书馆”。他们组织了一个风雨无阻的跑团，经常组织盲孩子和他们的家长一同来跑步。他们口含哨子，为孩子充当领跑员。为了替那些后天致盲的孩子募集角膜手术的费用，跑团里的 600 多名成员组织了深秋时节从河南信阳到北京的公益接力跑。他们印制了统一的长袖 T 恤，上面印了一行小字：请带他们中的一个，去看红叶。

伍大妈的树

9月，楼前的花椒树上，一咕嘟一咕嘟的青花椒，边缘慢慢在转红。我赶紧发微信给伍大妈：您还在女儿这儿住着吗？要不要来看看你的花椒树是不是该采摘了？

不多时就听有人敲门。伍大妈腕上系着小布袋子，一脸不好意思地出现了。她带给我一饭盒自家腌的四川泡菜，央求我："树种在你家窗前，若是路人瞧着我一个老太太摘花椒奇怪，烦劳你帮我解释一下。"我赶紧宽她的心："树都是你种的，你也太小心谨慎了。再说了，这树帮我家挡了西晒，我感谢你还来不及呢。"

伍大妈是为了帮衬工作繁忙的儿女，离乡背井来大城市生活的老年人的典型。她大约70岁了，自从10年前女儿有了儿子，小儿子6年前又生了闺女，她就在南京和苏州两地跑，帮着照料孙辈。她是四川绵阳人，以前开小饭馆谋生，2008年的大地震毁去了她大部分的家业，幸而彼时一双儿女均已大学毕业，来江苏工作，伍大妈所有的亲人很幸运地在地震中安然无恙。之后，基本上只有伍大妈的老伴瞿老爹长留四川了，他放不下老宅院，老泡菜坛子，老麻将桌，放不下自己在村里留下的数十棵橘子树。对于伍大妈一年中差不多有十个月去儿女家生活，瞿老爹倒没有多少意见：“老婆婆记挂儿女，你不能不让她去撒。”不过，伍大妈也难以说服老伴儿一同移民江苏。瞿老爹衔着烟杆慢悠悠道：四川人离了故土，就像泡菜坛子离了老卤，还能泡得出好味来？等满了 75 岁，老婆婆总要回四川颐养天年的嘛，我就替她守着这个家。

伍大妈来了南京，或去了菜肴齁甜的苏州，会不会习惯？恐怕她的儿女也分不出神来思量这一问题。儿女们粗心一点，想法就很简单：对六七十岁的老人而言，不应该是有儿女的地方就是家？孙辈们渐渐也大了，上了幼儿园，上了小学，家务也没有以前那么重。再说，与儿孙住在一起，老妈也可以享受到大城市的公共福利与医疗。过得如此安逸，老妈还有什么不满足的？

伍大妈肯定是不满足的，否则，她也不会在小区里，四处找隙地种树。

我所居住的这个小区，是南京有名的经济适用房小区，体量非常之大，物管费却相当低廉，每平方米 1 块钱的物管费，可能只够付保安和保洁的费用，不够栽花种树的。因此，楼盘交付使用后，死去的树木，物业只负责将它刨去，却没有资金来补种。

伍大妈到女儿家来生活之后，就想到要在那少了树木荫庇的曝晒之处种树。一开始，是因为外孙想吃香椿头，伍大妈吃惊地发现，城里的香椿居然要卖到八九十块一斤，摊贩还在小把的香椿芽上，绑了好粗的草绳。伍大妈气不过，香椿，在我们四川是多泼溅的物事，香椿苗，老家后山上多得是呀！

伍大妈立刻让瞿老爹搞三五棵香椿苗快递来。伍大妈自己，扛上工兵铲，戴上线手套，趁着月黑风高，二月底就把香椿苗栽到了她看好的向阳隙地。当晚，当伍大妈拿出她画的地图，告诉女儿，她的香椿树都栽在几幢几单元的门前时，女儿惊讶道：老妈，乱栽树会挨物业批评的！即使物业不追究，那些眼尖手快的晨练婆婆，一见香椿芽长出来就掐走了，哪儿等得了你外孙子吃?

伍大妈倒没想到这一点，愣了片刻才说："咱是农民，农民的本分就是不能让地荒着。我是这么想的，总有一天，我要回四川去的，那会儿，外孙子要是想我了怎么办？留几棵树，也是念想。我也算没有白来南京这十几年。"

一席话，说得女儿眼泪都快掉下来了。为了保住母亲的树，女儿特地主动去找物业部的主任协商。主任也被这样的陈情所打动，重申了在小区内自发种树"民不告官不究"的立场，说伍大妈只需征得离种树地点最近的那一两家住户的同意，不挡了人家的采光和通风，就可以。

一年，两年，三年，五年，伍大妈的树越栽越多，除了香椿，她还栽了橘子树、李子树、花椒树。为了树木的护理，伍大妈主动认了"树亲戚"，把离树苗最近的那户人家，发展成可以唠嗑的街坊邻居。靠着种树，胆怯的、与城市生活格格不入的四川婆婆伍大妈，在小区找到了家的感觉。年届七旬依旧能爬梯上树的她，身腰灵活，腿脚矫健，掐起花椒两眼放光。她对我说：缺了这麻麻的味道，光是辣，走到哪儿四川人都找不到安心的感觉嘛。

第三辑

风物之美

手风琴之歌

若不是20年前那一场大病，在瞻园路卖了半辈子南京特产的三姑妈，怕是这辈子也不会拉上手风琴的。

20年前，三姑妈在一家医治肿瘤著称的三甲医院，切除了四分之三个胃。手术后，那种吃一口就撑，过两小时就饿的滋味可实在不好受。一想到前程未卜、生死待定，三姑妈就禁不住拉长了她的苦瓜脸。掌管病区的老主任意识到，有她这种消极想法的人不少，为了鼓励病人，他特意在这一年的中秋节，组织病号们一起开联欢会。老主任背上手风琴，欢快淋漓地演奏了一首又一首俄罗斯民谣，把整个会议室搞成了卡拉OK厅。

演奏已毕，老主任建议各位病友出院后学拉手风琴，他说了三点理由：其一，手风琴背在前胸，可以遮挡风寒，保护我们弱不禁风的胃；其二，手风琴的音质决定了它的旋律多半是积极的、明快的、外向的，就算你用它拉忧伤的曲子，那也是一种明亮的、充满希望的忧伤；其三，手风琴可不是一种关起门来独奏独赏的乐器，它有“乐群性”，需要听众，需要伙伴的热烈响应与共鸣。这可以促使我们走出家门，邀集友人在风景优美的地方载歌载舞，我们拉起手风琴，为别人制造欢乐，也为自己制造愉悦，何乐而不为呢？

听上去，老主任俨然是把手风琴当作了他的辅助治疗措施。然而，当三姑妈回到家，把要买手风琴的计划，说给家人听，三姑夫与表姐却投了反对票。这两位都是练了十年钢琴的人，一致认为，手风琴，那不是20世纪50年代拿来配蓝布褂和工装裤的吗？一个字：土。

三姑妈就有好一阵没提这事。

2000年，她去北京出差，一时兴起，凌晨四点半去逛潘家园鬼市，在一个放满了旧书老杂志、古董留声机的地摊上，赫然看见一架栗壳色的手风琴，就放在摊主点燃的马灯旁。马灯昏暗的暖光照亮了它的按键，好像一种无声的邀约，仿佛有旋律就要从那风箱里流淌出来。三姑妈顾不得逛潘家园之前，北京朋友谆谆教导的还价策略了，她立刻就把手风琴背上试拉，这一试拉，三姑妈更激动了——音准是好的，音色既圆润又饱满，拉起来就像无数裙裾在轻风下旋转。而且，手风琴的品相也不错，从头到尾没一个地方掉漆，可见前任主人呵护得很好。三姑妈后来对我说：“我觉得吧，这满地不知真假的古董，这一地散发着霉气的旧物，就是为衬托这架琴而存在的。”她没还价就买了琴，走出两步，摊主忽然叫住了她，从摊位后面的黄鱼车里，找出两本长出黄斑的手风琴演奏指导书，和一本琴谱给她。摊主对她说：“姐，这个算我送你的。这架琴，这些个琴谱，都是我从海淀那边的高校宿舍区收来的。琴的主人要去美国投奔儿孙了，他希望找一个真心爱它的人。”

三姑妈就成了一名业余的手风琴手。这些年，大家庭的聚会上，我们都难得见到她。三姑父通报她的近况，都说，放心，她满面红光，精神头十足。逢年过节，她和她的老伙伴们，不是去老年公寓义务演出，就是去军营慰问，要不，就是某位老伙伴的孩子要举行草坪婚礼，三姑妈他们自告奋勇去为舞会伴奏了。

前一阵，我正在去文创市集的路上，倏然听到一阵欢快的手风琴声。无巧不巧，我遇上了演出归来的三姑妈。她与老伙伴们一人背一架手风琴，统一穿着红色上衣，米色的长裤与球鞋。他们热烈地讨论着，面孔闪闪发光，似乎还沉浸在歌唱红莓花，歌唱白桦树，歌唱马车、姑娘与原野的激动中。三姑妈在这伙意气风发的老伙伴中，也显得十分突出。她新烫了灰白的短发，用一根彩色图案小丝巾在头顶俏皮地挽了个结。她的手风琴是宝石红的，个头十分小巧。她一面笑谈，一面随意拉推风箱，重复拉出几个小节，似乎是在与同伴探讨，怎样拉效果会更好，能控制那些行将满溢的情感，使之变得更加耐人寻味。

她看到我，惊呼一声，迅速把我拉进她的伙伴中间。她不容分说把自己的琴卸下，给我背上，让我体验一下手风琴的分量、音色，和那与我前心贴后背的热乎乎的亲切感。我按照她的指点，左手按钮，右手按键，迟疑着拉开风箱，忽然，一股欢乐又明亮的旋律跑了出来，我惊住了，三姑妈在一旁笑得像个高中生。

这个手风琴演出小队的队员，都是医院里的老病号。最早的元老如三姑妈，已经与胃癌搏战了20年，最年轻的一拨也退了休，开始了他们与病魔拔河的音乐旅程。

三姑妈告诉我，伙伴们最近的旅行计划，是要去新疆伊宁拍摄金黄的胡杨，并寻访那里的手风琴博物馆。因为那个博物馆的主人原先是很厉害的修琴师傅，这样，他们就能把“缺了牙”（指某个键哑声或音调不准）的手风琴拿去修理。

道别之后，这队红衣白发的老人继续背上琴，得意扬扬地弹奏着、切磋着，沿着太平北路往南而去。我意识到，不只是我，周围那么多偶遇的游客也在向他们行注目礼。

人生四十当复焙

老茶客都知道，红茶放过几年，无论保存如何严密，那股昂扬高远的香气，那种滋味的多元与丰富，都在渐渐走失。此时，你用茶则轻取一撮茶叶，在阳光下细细观瞧，就会发现茶芽上那细芒般的金毫已经消失，茶泡出来，那浓郁的红橙色竟然会变成带绿的香槟色，而红茶的叶底，竟也会有点返绿。此时的红茶，从火炭中来的那一股子烈性都不见了，余下的，只有寡淡和顺的口感。怎么办？茶叶界的老法师们说：复焙呀。

简单来说，复焙要把茶叶重新放上倒扣的焙筛，筛面向下，筛上放上几张直径为一尺二寸的厚毛边纸。衬纸的作用，在于炭火复焙茶叶时，火力不致过于刚猛。加火复焙时，要将温度控制在100℃左右。操作者都目不转睛，紧盯茶叶表面，只要发现湿热的蒸汽有所收敛，立刻就要徒手为茶叶翻面。经过三次翻面，茶叶摸上去沙沙响，有了非同寻常的骨力，掷于盘中有珠玉之声，香味馥郁。这才是一次成功了的复焙。

复焙有巨大的风险。茶叶已经不是从枝头新采的愣头青，有那么多的水分与柔韧性，有那么多的潜力可以被“火攻”所激发，它经历了火焙与吸潮返青的过程，就像一个在稳定行业里已经待了快20年的人，一种难以言表的疲沓之气渐渐涌上来，它的透爽高香，它滋味的丰富多变，余韵的厚实灵动都到了强弩之末。它的内质已经变得相当脆弱了，此时，若选择复焙，就像一个人从僵化的大企业里出来，重新在创业孵化器里，像个20岁的小伙子从头开始一样，进入一段不确定的旅程。

火力如何夹攻，时机如何掌控，炭味如何消除，如何在刚猛的高香之外，再把那股后劲蓄得更醇厚，这都需要像走钢丝一样把控好。差一步，红茶的金毫光芒不会再现，那股初焙时隐现的甘栗香、桂圆香与蜜香，都不会那么明确地在金橙色的茶汤重现；过一步，茶的骨力皆散，很容易破碎，还容易出现一股难掩的火燥之气。只有这一步走得刚刚好，茶叶才会散尽岁月给予它的平庸疲沓之气，重新焕活生机。

复焙之茶，有时会获得比初焙之茶更明亮的锐气，更灿烂的汤色，以及更丰富的层次。两次火焙在不同的层面上给予了茶鲜活的生命力。这就像一个人在中年之时，若抓住机遇重新进入创业旅程，他的青春，可以比同龄人要长得多；而他此中的煎熬与重生，也是那些没勇气经历“复焙”的同龄人无法领会的。

绣球的魔术

76 岁那年，二伯执意要带着老伴住进养老院。他们一生没有孩子，住进养老院有基本的医疗服务。最重要的一点是，二伯作为一个植物学家，想在还有精力写作的最后五年，好好把自己的经验整理出来，写一本书。所以，他需要摆脱烦琐的家务，摆脱围绕着一日三餐、看病拿药的奔波。住养老院是最好的选择。

有意思的是，二伯找养老院的首要条件，就是要有一个大院子，这样，他得空可以在那里养花植草，把院子打理成一座“梦幻花园”。

二伯种的第一批花，就是绣球。这是一种易活的灌木，能够在三个月之内，从扦插的幼苗，一路开枝散叶，蓬蓬勃勃结出一个个比婴儿脑袋还要大的花球来。

黄梅雨天，我去看望他的时候，发现冬季还是一片萧瑟的小径两侧，已经错落开满了红色、紫色、蓝色、粉红、浅绿的绣球，高的过人头，矮的及人腰。养老院的老伙伴们，拄着拐杖的也好，坐着轮椅的也好，中风后一拐一拐用个助步器学走道的也好，趁着雨歇，都出来看花。自从有了绣球花，不愿到院子里活动，整天唉声叹气的老古板们表情都活了，变得喜悦可亲。有的老人轻挽过一枝花，闭目深嗅，无比陶醉；有的老人在工作人员的辅导下，甚至会用智能手机上的微距镜头，拍绣球花的结构。

二伯满脸得意，说：你瞧，只要一个人对美还有感应，他就会觉得，活着真好。他就不会被老病所打败，不会被生命之火将熄灭的前景，搞得一脸抑郁麻木。

二伯向我介绍这里的绣球花品种。恩齐安多姆，花开放时是晚霞一样明艳的鲜红色，二伯收集了食堂里的橘子皮，切碎后泡水发酵，浇灌这种绣球花，把土壤改变成酸性，花朵就变成了犹如童话的深蓝色。二伯说，他退休前曾去日本镰仓的古寺庙考察，就在一个叫“明月院”的寺庙里见到这种蓝色绣球，当地人爱称为“明月院蓝”。它蓝得那么纯净，那么深湛无邪，就像潘多拉星球上的蓝色。

奥塔克萨，这是日本人培植的矮生品种，是专门种给要坐轮椅的老伙伴鉴赏的，刚开放时是一种淡淡的少女般的粉红，带一点忧伤的粉紫色调，浇灌少量橘子皮水之后，变成清爽的粉蓝色。

大八仙花，是很常见的绣球品种，刚刚开放时是春天月光一般的嫩绿色，等整个花冠都彻底绽开了，它的魔术就开始了——如果土壤是偏酸性的，花球就变成深蓝与浅蓝交织，若是在被草木灰改良的偏碱性土壤里，花球就变成俏丽的粉红色。如果在掩埋草木灰的地方再喷上橘子皮水呢？因为土壤偏近中性，花球就变成了浪漫的粉紫色。

二伯说，上个月，养老院一位独居了十年的92岁的老爷爷，看中一位会跳民族舞、会包饺子的78岁的老奶奶，天天要跟二伯讨一枝绣球，一大早，就去挂在老奶奶的门把手上。

每天，他讨得的绣球的颜色都不一样；每天，老爷爷都要用他小时候读私塾攒下的童子功，以端正的小楷写一句诗在小卡片上。“绣球花仗满堂前”啊，“绣球圆簇白如霜”啊，“笑倩傍人认绣球”啊，“殷勤来献绣球红”啊。

大家有意撮合他们，经常有人去老奶奶那里夸她新插的绣球花，对她一语双关地说：有人向你抛绣球了呢，你可是喜滋滋接了呢。又说：你瞧这一笔字，这是个多么有涵养的老人家。

“那老奶奶心动了吗?”

“再过一个月，他们就打算结婚了。我们这里的老伙伴，打算以最后一批绣球花，给他们搭一个花团锦簇的婚礼拱门。你到时一定要来看啊。”

溱潼鱼圆

在溱潼古镇遇见那对婆媳之前，我并没有意识到这里的油氽鱼圆，会顷刻之间俘虏我的心。

那年四月，我一个人背上背包去苏中大地。丈夫病逝，孩子远去千里之外上大学，紧密的三口之家只剩我一人。生活碎裂的声音是这样猝不及防，我急需走出去，到乡野之间透一口气。

我本来是奔着溱潼会船节去的，然而很显然我来晚了，万舸争流的场面已经消失，连田野上的油菜花也已经结子收割。镇里古老的榨油坊日夜发出哐啷哐啷的撞击声，勤劳的溱潼人正在榨取新的菜籽油。而只有这新油汩汩涌现的时候，溱潼古镇的鱼圆作坊，才会架起直径两尺的大油锅，油氽他们质量最好的鱼圆。这些鱼圆，全部由溱潼湖上 10 斤以上的大青鱼，剔出雪白的无骨鱼茸，配上胶着力最强的土鸡蛋蛋清，经过成千上万次徒手搅打上劲而成。

我到镇上最有名的一间鱼圆店驻足观望。这家的婆婆赵妈正与媳妇小昭配合，油氽鱼圆。只见赵妈就用拇指与食指一推一送，虎口处就挤出一团鱼茸，落入波澜不惊的热油中。瞬间，鱼圆就吱吱作响地漂浮起来，周围像小团鱼吐泡泡一样聚集着小小的油泡。小昭不慌不忙地用两尺长的竹筷子，麻利夹起正在载浮载沉的鱼圆，放进旁边的大笊篱里沥油。

为什么不用小笊篱直接捞取呢？小昭说：这还用问，我婆婆挤鱼圆那是有先有后的，一笊篱下去捞出五六个，肯定有过嫩的，也有过老的。这里吃惯鱼圆烧青菜的老人家，要数落的。更重要的是，筷子轻夹鱼圆，挤出内中的油分，再放松一下，这一松一紧之间，鱼圆就会生出一层韧赳赳的脆皮，这就是油氽鱼圆的鲜香独特之处。

我眼巴巴看着这对婆媳如行云流水般的表演。赵妈挤下鱼圆后就不管它了，小昭自会看顾这20来个正在翻腾的鱼圆，谁先谁后，谁嫩谁老，她一点儿都不会搞错。这出神入化的配合，我以前只在杂技演员身上看见。只不过，杂技让人揪心紧张，这对婆媳的配合却让人感觉春风暖意都上脸。

忽然，小昭右手执筷，左手执一个长柄勺，舀了两只鱼圆递到我面前。停了几秒，我才反应过来她是让我尝尝。

一咬开鱼圆淡金色的脆皮，里面的鱼肉已经被热油所激，变做象牙色。这与我通常吃到的像豆腐一样软嫩松散的水氽鱼圆，简直有天壤之别。我这一口下去几乎流出热泪：好治愈的味道，有这么一口，生活中所有的挣扎都可以忽略不计。

我立刻买了五斤鱼圆，准备分送好友。小昭关了火，帮我分装鱼圆，一面扪嘴偷笑：你幸亏不是溱潼会船节那几天来买鱼圆啊。

为什么？我很惊讶。

“因为家里做鱼圆最好的老把式，比如我婆婆，都组织老妈妈赛船队，与小伙子们拼赛船去了呀。家里就只剩我和小姑子做鱼圆了。鱼圆的味道跟我婆婆做出来的，还是有差的。”

我更加惊讶：“老妈妈们摇赛船，拼得过那些年轻小伙子？”

小昭瞪大了眼：“你可不要小看这些五六十岁的老妈妈，她们出场才是会船节的高潮，她们头戴统一的绣花帽，鬓插绒花，一个个精神抖擞。她们要么是打鱼人，从小就摇船；要么是鱼圆店的女掌柜，每天都在大木盆里搅动十几斤的鱼糜上劲，胳膊上的力气可都不小。我婆婆这支队伍，今年闯进前六名，拿了两万元奖金呢。”

我有点好奇：鱼圆做得没你婆婆好，不会挨骂？

小昭脸上泛起不好意思的红晕，她这么总结顾客的心理：“围观会船的时候，人都兴奋嘛。不只是那些开了几百公里车来凑热闹的外地人，连看了很多回的本地人都太兴奋了，这一兴奋，鱼圆味道差这么一点儿，就吃不出来了嘛。”

赵妈看着调皮的媳妇，也笑了。小昭这种可爱的实诚，也是鱼圆之所以味道好的原因之一吧。

一路葵花

“请问有人吗？请问种葵花的老乡在吗？我要买 6 个大葵盘儿。”夕阳西下，刘哥在葵花地里扯着嗓门吆喝了一阵，也没找到值守的老乡，就折了 6 个葵花盘儿回来。我亲眼见他把 100 块钱，压在了看守人小草屋的水瓢底下。

刘哥是搭载我从内蒙古去格尔木的长途货车司机，也是我闺蜜的表哥。他开这种驾驶室是双排座的大货车已经七年。听说我要去格尔木采访民歌艺人，主动要搭载我去。说实在的，一开始我并不想窝在高高的驾驶室走这寂寞长途，但刘哥一句话就说服了我，他说：“你就不想看看沿途动不动上千亩的葵花田吗？这会儿，正是葵花盛开的时候呢。”

果然，进入内蒙古的巴彦淖尔地界，我就完全没有了困意——外面都是葵花组成的青纱帐啊。高的葵花都超过两米，矮的也有一米五左右。金黄的葵花，明黄的葵花，橙黄的葵花，红橙色的葵花，我还看到了暗红色微微散发青铜光泽的葵花！这个季节，葵籽儿慢慢地坚硬饱满起来，而葵盘边缘的舌状花就好像被一整个夏天的烈日灼伤了一样，开始出现皱卷与萎缩，各种焦黄、棕黄、黑黄、暗红的颜色都在葵盘的边缘出现了，葵花仿佛从一场热烈的高烧中醒来。我趴在车窗上观望，深有感慨地对刘哥说："以前，我觉得凡·高的那幅《向日葵》，是他天才又疯癫的想象。现在看来不是的，原来，葵花地在快要收获的时候，真有这么多疯狂、挣扎的颜色。"

刘哥专心驾车，并不把我的激动当回事。显然，他知道随着夕阳西下，更迷人的葵田风景即将开启。

车行三小时后，月亮升起来了。我发现，另一片辽阔的葵花地上，仰着脸儿的葵盘纷纷低垂下它们的头颅。为什么葵花的向光性不见了呢，难道就是因为阳光是暖的，吸引着花盘抬头，而月光是冷的，让花盘变得如此忧伤和谦卑？

刘哥回答说，他刚开长途货车时，也有我这样的疑问。向葵农请教，老农大笑说："傻少年，这是因为内蒙古荒原上的露水，把葵盘背面的刚毛都打湿了。"露水沉重，让花低头；这种习性，也可以预防葵籽儿被打湿，防止成熟后的花籽霉烂。

此时，葵花地上，月亮正在追着我们的车行走，两米多高的葵花们，一改白日的壮丽景象，变成了一种瑰丽宏大的孤独意象。是的，很孤独。虽然葵花与那么多同类站在一起，但每一株葵花到了月光如雪的时候，都突然有了满怀心事的韵味。

车到格尔木，6个大葵盘儿被刘哥送给了加油站的老贾。这个加油站由老贾夫妻主持，加上媳妇、小孙女。刘哥说，老贾的大儿子在高原因公殉职后，伤心的老贾夫妻为了离儿子的安葬地近一些，也为了帮衬媳妇和小孙女，离开陕西老家来到格尔木，接手儿子承包的加油站，这一干就是8年。老贾有个很朴素的愿望：长途货车的司机们，总要有一个加油、吃饭的地儿啊。喝一碗我老婆烧的酸浆面片汤，解乏消困，就不会那么想家了呢。

于是，经常跑这一条线的司机，包括刘哥，都想着能给那在襁褓中就失去父亲的小姑娘带点礼物。

刘哥这次的礼物，就是6个结结实实的大葵盘。小姑娘欢呼雀跃，看着奶奶把那太阳一般的连枝葵盘，在场院里倒挂起来风干。

这些葵花籽，将是这家人度过今年冬天的好零食。能陪伴这户人家，度过这戈壁上寒风肆虐的寂寞长冬，这些内蒙古的葵盘，千里迢迢来到这里，也是极其高兴的吧。

稻田里的现代舞

2013 年 11 月，深秋，我与家人在台东花莲交界的池上乡旅行时，正逢这里的晚稻成熟，满目都是金黄色的稻田，空气里弥漫着让人口舌生津的稻禾香。当地朋友小葛，要我们暂且放下选购撑腰糕和新米的计划，赶紧跟他走，赶往锦园村背山面水的那片稻田。去那里干啥？小葛神秘一笑，说：舞台已经搭建在稻田中央，有一场现代舞马上就要在露天上演。你们来得巧，可同这里的上千名种稻人一起看云门舞集的演出。

一到现场，所有的人都被震撼了。果然是稻田里的演出。远处是懒洋洋的云和山，近处大约有一百平方米的区域，稻子已经先行收割。舞者连夜平整土地，就在稻茬子刚刚清理干净的泥地上铺上灰白色的地板，地板铺上去有一点透明的反光，远望就像这块土地已经放水休养，准备下一次播种。

年轻的舞者在上面跳了一支又一支现代舞，就在金黄色的稻穗包围下。风来了，云朵在大片大片的稻田里投下急速变幻的阴影，吹得男女舞者的衣袂猎猎作响；雨来了，稀疏的雨点打在旁边的稻穗上，嚓的一声激发出更浓的香气，舞者在突来的雨点中举起高竿走动、跳跃、轻挥，就像在驱赶成群结队的偷嘴飞鸟；很快，冲积平原上的大太阳又莅临了，阳光迅速蒸干了舞者衣服上的雨水痕迹，舞者沉稳踏地，用一种闷闷的、倔强的身体语言，在大开大阖中倾诉对大地、对稻米的深爱。

这支舞叫《稻禾》，是云门舞集的创始人林怀民专门创作的。它计划要去全世界最好的剧场演出，在征服那些挑剔的都市观众之前，它回到酝酿的初始地——池上，演给这里的父老乡亲看。

半个池上乡的种稻人都来了。大部分观众年过五旬，在稻田中劳碌了 30 年以上，双手骨节粗大，坐下后再站起来的时候一定要一手扶腰，因为长期在稻田劳作的腰椎会发出咔咔的响声。

从来没有受过艺术教育的人，在泥水里劳作了大半辈子的人，能看得懂这些抽象的现代舞吗？看得懂啊。旁边坐着的老阿姐解释给我听：这是犁地，播种；这是风在让稻田变得凉爽，你看跳舞的人就像被风吹歪的稻子一样，上身摇摆，可底盘扎实着呢；这是授粉；这是太阳光变辣了，稻子开始结穗饱满；这是谷时，要收割了，全村人都两头忙到见星星；这是焚田，火烧着稻茬子，草木灰变成了肥料。人要躲着火，又要撩着火，乐趣就在这里；这是放水，让稻田喝饱了水睡过去，为明年的种稻做准备……

我听了目瞪口呆。这样完全现代的身体语言，种田的老阿姐竟然完全看得懂！

老阿姐笑言：我们池上的农民，打小会写春联，会演戏，会打太极，见过大世面，这舞会看不懂？再说，老林还带着这些跳舞的弟弟妹妹到我们村收过稻子，用镰刀！体会那种直不起腰又要继续干活的滋味。舞能跳成这个样子，我有数！

池上乡锦园村的上千亩稻田看不到一根电线杆，这样，一望无际的稻浪才组就了壮阔的、毫无挂碍的风景。据说这也是林怀民选择这里做“天然舞台”的原因之一。原来，多年前，台湾电力公司要在田间架设电线杆，村主任率村民抗争，让电线走地下，今天这幕舞剧才有这般震撼性的浩瀚背景。

直到今天，我仍然记得在《放水》的一幕，舞者的脚趾勾连黏土，脚背轻撩的姿势就仿佛舍不得惊动这秋水掩藏的梦。又一批稻谷离家了，大地母亲露出欣慰又疲倦的笑容。这种惆怅的氛围深深感染了左右端坐的台湾老农，他们用手背忙乱地擦拭着泪水。稻谷成熟离家了，儿女成熟离去了，只剩下种稻人固守着这一方家园，感受着这安身立命的自豪，如此寂寞，又如此安适。

这场舞，说出了这些“面朝土地背朝天”的人难以言表的心里话。

抢救彝族老绣

“姑娘，你家族中最老的婆婆是谁？可以带我去看看她老人家出嫁时亲手绣的嫁衣么？”

在彝族的火把节上，当地人围成巨大的圆圈，手挽着手，前后摇摆着跺脚舞蹈。每个人都左两步、右三步，嘴里发出“嘿呦嘿呦”的声音。就听见姑娘嫂子们头上的银瓔珞、腰上的银锁片轻轻磕碰，发出唱式的脆声。此时，任何人都可以向陌生人微笑并问稀奇古怪的问题，不过，大部分问题都指向男婚女嫁，是没有人问老年人的绣品的。区曼妮记得，一开始，只要听到她的问话，跳舞的姐妹都警惕地松开手，朝旁边跨开一步，拉住了她另一侧彝族姐妹的手，独独把区曼妮孤零零留在舞蹈圈子的里侧。

她一看就不是当地人，穿着黑色长裙，色彩艳丽的彝族绣片只在门襟上点缀了一点点，在一大群从头到脚都是艳色刺绣的当地人中间，她就像混入了锦鸡群的黑乌鸦。区曼妮知道自己的不合时宜，与卖给游客的简单绣品不同，大部分精品老绣，是彝族女子从八九岁拿起绣针开始，为自己的一生绣下的传神细致的轨迹。刺绣的精品一辈子都穿在身上、藏在箱底，除了传给女儿，绝对不会出让。

那些色彩辉煌、浓烈如酒的花朵鸳鸯、蝴蝶凤凰，浓缩着她们无法用言辞表达的逍遥梦想，浓缩着山歌里也没有的炽热咏叹。她们一针一线绣出来，光是一条放在背篓里的靠垫，先是背过弟弟，又背过儿子，再背过孙子。而装饰衣领的绣片，完全以大红明绿的丝线绣成，先是装饰过自己的订婚嫁衣，后来装饰过女儿的，如今又被外孙女点缀了中学毕业舞会的礼服。时间像山间的溪水一样冲刷着绣娘的容颜，绣品凸出的针脚摸上去，不再那么硬朗倔强，而是变得柔和安宁。年纪越大，穿着全套绣衣出门跳舞的机会越来越少了，饶是如此，好的绣品依旧珍藏在樟木箱里秘不示人。彝族有传统，老人过世时，她这一生穿戴过的绣品，都要放在薄薄的棺木里，参与火葬。

区曼妮并不是彝族人，她是深圳的一位服装设计师。从五年前第一眼瞅见彝族老绣开始，她就被迷住了。彝族有很多分支，黑彝、白彝、红彝、甘彝、花腰彝……隔了一个山头，山歌的音律截然不同，祖传绣艺都不一样。平针绣、绕针绣、乱针绣，色彩有的鲜明活泛，有的沉静深郁，有的喜乐天真，有的忧郁稳健。每一幅老绣，犹如彝族人的一款方言，它里面暗藏着彝族女人的成长悲欢、命运跌宕、婚丧嫁娶。区曼妮亲眼看到，一位 79 岁的花腰彝老人过世后，她一生中绣成的上百件绣品被付之一炬。幸而，老人的孙女有心将老太太剪下的绣纹纸样全部保存了下来。

作为设计师，区曼妮被这些不假思索、徒手剪成的纸样所震撼：一个种地婆婆，能让蝴蝶的正面与侧面同时呈现，就像毕加索的立体主义画风一样。她究竟是看到了蝴蝶如此闪现，还是在艰难耕种、生儿育女的一生中，梦见了这般的蝴蝶？自从见过这些纸样，区曼妮就在与时间赛跑，抢救彝族老绣。每过两三个月，她就要飞抵贵州一次，坐上十五六个小时的颠簸中巴，为的就是深入那些僻远的彝寨，找到堪称老绣活化石的老人们。她要说服她们，出让绣品，让她有机会办一个小型绣品博物馆，让世人都知道彝绣的美。

八九十岁的老太太们岂是那么容易说服的，虽然是公平买卖，考验依旧层出不穷。有的老人给出一方绣帕，让区曼妮做一双做寿用的绣鞋；有的老人给出一条绣得眼花缭乱的腰带，让区曼妮把花样剪出来；更大的考验来自一位 90 岁的黑彝族婆婆，她尚有力气操纵从妈妈那里传下来的土织机，把土布从织机上卸下来，以蓼蓝的浓汁染成蓝黑色。她要考一考区曼妮，这像铁一样硬的粗麻布，应该如何捶软打磨。

区曼妮胸有成竹，先在窄幅的土布上铺上一层柔软的白布，将它们一并卷在一根超长的擀面杖上，然后把这卷布夹到两块石板间，人站上去，像踏水车一样左右摇晃，足足唱了一小时山歌。最后，麻布已经像被生活驯服的妇人一样，摸上去柔韧细腻，不再那么硌人了，而麻布上的浮色，都被夹在其中的白布吸收了。区曼妮把这布拿到晒场上晒，晾干后用牛角磨砂板来回打磨。奇迹出现了，暗淡深沉的土布被老牛角来回搓磨，竟出现了皮革一般的幽深光泽。老婆婆见区曼妮跪着打磨粗布，牛仔裤的两边膝头都染上了隐隐的黑蓝，终于笑了。她唤回了孙媳妇，把她的陪嫁樟木箱打开。

区曼妮只觉眼前一亮，30多件珍藏至今的绚烂老绣发出歌唱与呐喊，好像太阳神的车轮辚辚滚过，万物都在发出光彩。那一刻，已经见识过那么多老绣的区曼妮，都被这种绚烂天真的美施了定身法般，动弹不得。

那天，区曼妮记得，她转身离开，走过一个山头，依旧见老婆婆站在自己的院门外，向她走远的方向翘首以望。毕竟，这个陌生女人肩头的土布包袱里，驮着她毕生所绣的精品，还有她半个世纪前为女儿所绣的嫁衣——在20世纪70年代初，老人的女儿一声不响地逃婚走了，最终在大城市穿着翻领掐腰的军绿色外套结婚。那一年，懊悔与惆怅，让老人流下了无数的眼泪，视力模糊，几乎看不见绣针的针鼻。

区曼妮知道，她这一走，就带走了老人这一生悲欢离合的众多线索，她是怎样说服老人的？她说这些彝族老绣将进入年轻人的视野，镶在画框里，拼缀在茶席上，缝在礼裙的肩头或衣摆上，伴随着女孩们订婚和结婚。更多的老绣，将原封不动地成为博物馆中的珍藏。“我想让今天的女子，听到祖母们的青春故事。当年，她们一生去过的地方，可能不过百里，然而想象的翅膀，依旧翱翔万里。”

老人的大孙女用彝语翻译给奶奶听，奶奶忽然淌下一行老泪，她放开了紧攥这些老绣的手。

西瓜沉浮录

朋友仲诚老家在皖南，世代是种西瓜的人家，乡邻也是如此。

仲诚至今还记得小时候，村里每年都要在7月底举办西瓜大赛，种植户们将自家最大的西瓜小心翼翼放在稻草垫圈上，用板车运到宗祠前面的广场上，参加西瓜大王的评比。

西瓜们系上红绸结，像得胜归来的大将军一样趾高气扬地接受人们的称重与检阅。得到冠亚季军的西瓜，个头大、分量重，花纹均匀美观，像水浒传里的阮氏三兄弟一样透着力大无穷又精明狡黠的光。

主人得到数千元的奖励，大为振奋，立刻开瓜分享给看热闹的乡邻。西瓜太大了，连那些没有拔得头筹的西瓜也有二三十斤重，只要薄薄的一片，就够人吃得肚皮滚圆。切开瓜，都是沙瓤，瓜心更是肉眼可见凝结着一粒粒微小的糖晶。居中咬一口，冰爽宜人，两腮上都涂满糖汁。

这样的西瓜装在船上，沿着清溪及秋浦河送往两岸的城镇。当时三代同堂的大家庭都是成麻袋地买，百多斤西瓜也只有七八个。一个礼拜就吃完了。

种瓜很苦，刚种下去的苗要搭篷防晒，此后施肥、除草都要跟上。等开始结瓜，瓜农的心无一日不吊着，天旱要愁，必须连夜借了抽水机来浇灌；天雨要愁，低温和雨水会让西瓜口感变得寡淡，水叽叽地像白瓤菜瓜一样难吃。所以，卖炭翁是“心忧炭贱愿天寒”，卖瓜人绝对是“心忧瓜贱愿天热”。只有天气暴热，每隔三五天下一场短暂的透雨，西瓜中的糖分才积蓄充足，行情才会好。

卖了瓜，正好交上孩子们上高中、上大学的学费，这是在烈日下劳作了一夏的瓜农，最欣慰的时刻。

然而，近十年，西瓜在夏天当之无愧的霸主地位已经被动摇。随着城市家庭的日益小型化，两人居乃至一人居的家庭越来越多，越大的西瓜越卖不出去。仲诚老家的农业技术员下村指导，将新的育苗种子分发给大家，说城里人最喜欢三五斤重的迷你瓜。瓜的甜度也不是越高越好，热衷于健身的年轻人非常关注糖分的摄入，瓜的口感最好在水灵中含着隐约的花香，瓜瓤的颜色要新奇，粉玫瑰色、深黄色、渐变香槟色，都会很吸引人。

仲诚的老父亲听得目瞪口呆。他没有想到城里人对西瓜的要求，已经苛刻成这样。周围的瓜农前几年就已经重耕田地，开始改种蓝莓、杨梅和油桃。这些颜色艳美的水果容易在快手和抖音上直播带货，方便做成各种新奇的奶昔、冰沙、水果酱，甚至做成比萨饼上铺的馅料。西瓜似乎在颜值和可爱度的比拼上完全败下阵来。仲诚的父亲曾连续五年获得西瓜大王比赛冠军，而今，这荣耀是一去不复返了，他的两颊因为无比的失落而迅速垂挂下来，眼神黯淡，让人瞧着伤心。

为着让父亲重振精神，作为微博大V和卓有影响力的文化人，这两年，仲诚每年花三个月的时间做了一件事：号召城里朋友下乡种瓜。仲诚筛选了20多个孩子在七八岁到十一二岁的人家，每个家庭在他父亲的地里栽种一垄地的瓜秧，认养它们，闲时来搭篷、浇灌、施肥、人工授粉，瓜长到孩子玩耍的皮球那么大，这些家庭还在仲诚的组织下，编织稻草绳，将草绳盘绕成蚊香一样的垫子，垫在西瓜下；同时将田垄两侧的排水沟挖深，以防排水不畅，造成西瓜的沤水和减产。每次，劳作都让这些细皮嫩肉的城里人晒红了脖子，主妇们一天之内，就替丈夫和孩子抹掉了大半管防晒霜。可饶是如此，大家照样忙得两手是泥，兴高采烈。尤其是西瓜刚膨大到网球一般大时，城里孩子蹑手蹑脚拨开瓜叶，想摸一下西瓜又不敢摸的样子，与偷窥家中新生的小猫，也没有什么两样吧。

自从有了瓜田，城里家庭仿佛与广阔的乡间土地有了紧密的联结。仲诚的老父亲也学会了拍摄视频，每次大雨狂风，或连续烈日之后，都会拍摄瓜田整顿后生机勃勃的面貌给大家看，连瓜田里跳跃的蛤蟆、低飞团聚的红蜻蜓，以及偶然拍到的偷吃西瓜的刺猬，都会在种瓜群里收获一大拨惊叹与讶异。

瓜一拨一拨地被装在城里人的车后备厢里，被带走了。仲诚打算在立秋后，在父亲的瓜田里举办一次“拉秧节”，除了收获最后一批西瓜外，城里来的朋友们还要动手将笼盖田地的西瓜爬藤全部拔除，平整土地。接着，大家带上乐器、音响和麦克风，带上绸扇与手鼓，一起在收获后的田地上且歌且舞，庆祝丰收。仲诚正在为“拉秧节”售票，一张票15块钱，“拉秧节”的收入，将捐献出来，为村里的留守儿童们添置图书和乒乓球拍。

如今，连城里人都知道，黄昏时分的瓜田，会看到火烧云和最早的星辰，会看到三三两两的萤火虫，会看到土地收获后的温暖与疲惫。

离家万里，“粽”有亲缘

高姐侨居加拿大已有18年之久，为了儿子的教育，她痛下决心，在38岁那年远渡重洋、重读硕士。她与先生年过四十才重找工作、白手起家，个中艰辛，真的难以言表。这几年，高姐从事中加贸易，做得风生水起，可有一样，年岁渐长，她越来越怀念家乡，怀念太平洋这边的亲朋，不仅每年都要回无锡探亲，哪怕身在加拿大，中国人热爱的节日，她一样不落地都要庆祝。而老家的亲友，人托人，也把来加拿大读书的孩子托付给她关照。高姐的儿子已经成家立业，她的一腔母爱，逐渐给了这些后辈学生，拿他们当自家小孩看待。

鉴于当年自己也当过穷学生，她特别能理解“每逢佳节倍思亲”的感受，因此，临近节日，她都会花大工夫准备如小山般的节庆食品，与这些中国留学生分享。2010年，加拿大疫情严重，大家都自觉保持社交距离，自农历新年以来，高姐家已许久没人上门作客。

高姐丈夫的意思，今年就夫妻俩过端午节，何必劳师动众再去湖湾里采芦苇叶、包粽子？高姐却说："当然要包粽子！没能回国的孩子们差不多有三个月没有出门了，这个时候，能吃到家乡的红豆粽、豌豆粽、咸蛋黄肉粽，是多大的安慰。包好了粽子，咱俩开着车，一袋袋给他们送过去。搞个无接触递送，包上两层干净的袋子，就放在学生公寓的门廊上。打电话，远远看着孩子出来拿了就行。"

两口子立刻把家中最厚的围裙袖套都拿了出来，一同开车去湖边，换上高筒胶靴，"打粽叶"去。这是一项艰苦的工作，要一直走到湖水没膝的芦苇荡深处，凭着一股子巧劲，把又肥又宽的芦苇叶"打"下来，注意，不是"折"，不是"拗"，而是像亲昵地拍一下小孩子的头，将芦苇叶从茎干处打下来，这样，被太阳晒得发脆的叶子，才经得起弯折，不破不裂。一株芦苇，符合包粽子要求的叶子只有三四片。一天下来，头被晒得发晕，若是不戴袖套，满手臂都将是芦苇叶刮出的划痕。

芦苇叶带回来，要清洗，要浸泡。同时，要准备包粽子的馅料。3月初，疫情还不是很严重的时候，高姐就提前从中国超市买回了糯米、紫米、红豆等原材料，加拿大有的是速冻豌豆、冷鲜猪肉，这倒不用担心。但高姐一直买不到真空包装的咸鸭蛋。仅有的咸鸭蛋早就被宅家隔离的亚裔移民抢购一空，连鸡蛋货架上和存货也快售罄。高姐只好买了8打鸡蛋，清洗干净，按照视频上的办法，现学腌蛋。洗净晾干的鸡蛋，放入高度白酒里，裹上一层酒液，杀菌去腥，再滚上一层亮晶晶的海盐，封在玻璃坛子里。她很聪明，咸鸡蛋的蛋黄同样沙沙出油，像流心的太阳一样。

如此，在极为艰难的情况下，依靠自力更生，高姐包起一百多个粽子，有甜、有咸，架起火来，每批粽子煮4个钟头。高姐利用生意停滞的这段时间，自己编织五彩线网，挑选形态娟秀的咸鸡蛋，给留学生们每人编了一个祈福的鸡蛋网兜。她和先生给每个孩子手写了祝福卡片，上面多半是几句隽永的古诗词，例如“五月五日午，赠我一枝艾。故人不可见，新知万里外。”“五色新丝缠角粽，菖蒲酒美清尊共。”“门前艾蒲青翠，天淡纸鸢舞。粽叶香飘十里，对酒携樽俎。”高姐在卡片上叮嘱说：

“吃粽子的时候，孩子，一定要录一段小视频，安慰下你在中国牵肠挂肚的父母。”

门前的一平方米空档

加班后回家，在黑暗的共用走道里摸索门锁，忽然发现门把手上挂着一个绳网小兜，兜里的东西摸上去是温热发黏的，是粽子，我的心头一阵温热：果然是邻居吴婶送粽子来了。

为了女儿上学，我们搬来市中心的这栋老宅已经十年了。这十年间，我家与吴婶共用这段朝北的走廊，走廊面积最多四平方米。吴婶一家三代六口人，就住在走廊西头不到 60 平方米的房子里，出出进进都要路过我家门口。

我们刚搬来的时候，吴婶的儿子还没有结婚，最喜欢在楼前的空地上玩空竹，他能把空竹抖得像一架上下飞旋的无人机一样，发出震耳欲聋的嗡嗡声，令人啧啧称奇。吴婶总是跟我叹息：儿子快 40 岁了，依旧不曾恋爱结婚，父母急在心里，嘴上却不方便催，这可怎么办？谁知，姻缘说来就来，吴家儿子就在 40 岁那年，与一位年轻朴实、从乡下来打工的女子结了婚。婚后三年，生了两个孩子，依旧与父母挤住在一起，方便照料小孩子。

住得挤，吴婶就悄无声息地拓展门口的地盘。先是在走廊边缘打了木架子，放上了几盆花和十几双鞋；见我没有反对，又挪出了家里晒干果的淘箩，晾饺子的竹匾，煮卤味的大铁锅，炖鸡汤的高腰砂锅；见我还是原样打招呼，脸上不见愠怒，吴婶就试探着把家中大大小小的几个粗陶坛子也挪了出来。这几个坛子，我认得的，有的夏天负责晒黄豆酱，有的冬天负责腌五香萝卜干和糖醋蒜头，有的负责在立夏前后腌咸鸭蛋，到端午节正好开坛来吃。吴婶特意去乡下挑选吃螺蛳的麻鸭下的蛋，蛋黄沙沙出油，像流心的太阳一样。吴婶一个个精心挑选形态娟秀的鸭蛋，亲自腌制，是为了在端午节给两个孙儿编鸭蛋网兜玩，也是为了包大家都喜欢的豌豆蛋黄粽子。没错，我们这栋老楼依旧惠存着怀旧的民风：家中做了费时费力的节庆食物，都要先遣邻居品尝。这不仅是彰显自家手艺的机会，也在悄无声息间，弥合了近邻相处时不可避免的嫌隙。

吴婶把粗陶坛子放在共用走廊里，我家买了新椅子都无法进门，唯有请她来把门口的坛子抱到一边，我家的门才能完全打开。这是有点尴尬的事情，但是，吴婶才煮好的玲珑碧玉的鸭蛋，一色一样装在她亲手用五彩丝线编出的小网兜里，既挂在她家孙儿的胸前，也挂在我家女儿的胸前，我怎么好意思对这样的小事耿耿于怀呢？可怜天下父母心，吴婶盼到65岁，才有了儿孙满堂的日子，我为什么要为门前一平方米空档属于谁，给她添堵呢？

我便什么话也没有说。吴婶也是心中有数的长辈，从我们成为隔壁邻居开始，她悄悄挂在门把手上的吃食，令我记起了那些容易遗忘的节日。立夏的樱桃和饺子，冬至的萝卜丝团子，中秋的菱角和霉干菜月饼，当然，还有端午的手工粽子。端午当天，吴婶清早

6 点钟就起床，包粽子花 5 个小时，煮粽子花 5 个小时。她还从秦淮中医院定制了绸布做的香囊，里面塞满了驱虫安神的中草药，让我挂到女儿床头，可保孩子一夜好梦。

她既是一位精明能干的奶奶，藏着狡黠的私心，也是一位慷慨好客的芳邻。你要在她的身边过得惬意，全看你看重的，是她性格中哪一面。

给大山绣花边

五月底，在外打工的龙脊子弟纷纷休假，赶回山乡。召唤他们的不仅有榨油坊里浓郁的菜籽油香，还有秧床上已经育好的晚稻秧苗。

这是龙脊梯田腹地的乡村一年中的大忙季，菜籽已收，有的正在翻晒，有的已经上笼，蒸熟的深褐色菜籽被稻草快速包裹成一寸半的圆饼，像一摞摞金色的车轮，被运至榨油坊。而育成的秧苗，正等待移植到绸带般的梯田间。

在灌水插秧之前，当地人还有一桩吃力的活计要做：他们要挑着一担担的泥土碎石，将梯田破溃的边缘夯实补齐。每一条梯田，宽处不及三米，窄处不过五六十厘米，如果边缘夯筑得不仔细，一下大雨，上层的水快速宣泄下去，上层的作物会旱死，而下层的作物会淹死。为保证梯田的蓄水力上下一致，农户要带着两脚泥，用泥土混合稻草，将被田鼠刨穿，或不小心被锄断的梯田堤岸，补到一拳高，再在薄弱处筑上碎石块。

作为游客，我兴致勃勃将裤腿挽过膝头，要下田体验插秧。农家乐房东老齐的老婆不容分说让我换上她的长筒雨靴，并把她的遮阳斗笠扣在我头上。

去了梯田，就知道老齐老婆的先见之明——梯田之上一点儿遮蔽都没有，挪动在比簸箕大不了多少的水田中，雨靴上的泥土让我趔趔趄趄、举步维艰，明晃晃的水汽从脚底蒸腾上来，我很快像上笼的包子一样浑身冒汗。老齐把宽绰处的梯田让给我，让我小心翼翼又东倒西歪地倒退着插秧。他自己，像一只单脚站立的鹭鸶一样，岌岌可危地立在梯田边缘，把手中的秧苗分成小束，像投镖一样抛掷出去。没错，窄处的梯田根本没有可供插秧人站立的地方，因此不得不采用抛秧法。抛秧考验人的眼力、臂力和一股恰如其分的巧劲儿，老齐说，他已经抛秧 20 多年了，每次抛秧季，右臂上使力的那根筋，就会突突跳痛。

乡村的直播小分队，停下来拍了一组老齐抛秧的镜头，老齐调皮，故意一边抛，一边前仰后合，有那么一两秒钟，你觉得他将收不住动势，一头栽倒在水田里，但他偏偏硬生生收住了身子，就势一个猴子捞月，又弹抛出两束秧苗，秧苗稳稳地立住了，他也立住了，引得举着直播拍摄杆的年轻人一顿叫好。老齐得意地笑："演出费就免啦，九月底晚稻成熟，直播卖新米，你们可要带我一个。"

老齐承包的这两座山头，并不只种晚稻，有一批梯田早已种上早籼稻和芋头。老齐跟我解释：自从龙脊梯田成为摄影爱好者和旅行者钟爱之处，种田就要听乡里章技术员的。章技术员不仅对土壤肥力的栽培、种子的遴选有自己的研究，而且被这里的农户称作“梯田绣花师”。他自己也是摄影爱好者，回乡里工作不到两年，就发现龙脊梯田要拍出云雾缭绕、如仙如幻的好照片，空气湿度要超过40%，但不能超过80%，否则，梯田全部被云雾遮蔽，霞光山色均会大打折扣。控制山间的空气湿度，一是靠老天爷帮忙，二是控制水田的面积，搞多样化种植。从吸引游客的角度来说，多样化种植也能让景观层次丰富、梯田变得色彩斑斓。而图省事的单一种植，将使风景变得整齐划一，色调不够丰富。比如，三月底，油菜花黄了就一起黄了，油菜籽同时成熟，曾经金黄灿烂的梯田转眼间就暗沉下来；水稻的插秧、抽穗、成熟时间若完全一致，游客晚到十天，金褐色的风吹稻浪场景，就一层层消失殆尽，给人“来龙脊很不值得”的印象。章技术员下乡来到老齐这个村，手把手教村民们规划一年的种植：油菜一层种早熟品种，一层种晚熟的，从上到下间错开来，水稻也是，从山顶眺望，有的梯田像一粒巨大的翡翠缠绕着金丝带，有的梯田像仙女的披肩一样葱绿宜人，皱裥层层，中间却织进了金褐色的飘带。有风景可看可赏的时节被大大拉长不说，农户抗御风险的能力也大大增强。要知道，梯田是无法机械化种植和收割的，它从古至今都依赖人力，是南方人精细耕作、保持水土的典范。因此，为何不更进一步，让梯田的种植像绣花一样美呢？美，本身就可以吸引更多的城里人来到乡村，让他们的孩子亲近自然，沾两脚新鲜的泥巴，足足地接上地气。

一开始，包括老齐在内的农户，都对章技术员的这套说辞将信将疑。有人问：祖祖辈辈种地都是山顶种到山脚，一色一样。这会儿，偏要让咱动脑筋给大山绣上花边，多烦呵。

笑声未落，章技术员就说服了他们：大山若是没绣花边，你怎么说服那些在城里打工的孩子们返回老家生活？他们玩直播，他们拍视频，他们上传抖音和快手。老家山水的美不值得骄傲，他们为什么要回来长久生活，要归来创业？

坐看日落

春天，17 点 40 分，小庄准时关上烧饼店的门，穿过小巷，沿着内秦淮河畔的杉木步道回家。天气很好，他一定会在途中某个时辰看到渲染了七彩云霞的日落。

沿着这条路走了整整十年，小庄甚至能分辨出春夏秋冬日落的不同，春天的落日是软嫩的，透过软款纷扬的出芽柳丝看上去，像没有见过什么世面的小姑娘，以安静掩饰内心的惊怯；秋天，落日是老辣烁金的，在吱吱作响落下去的十几分钟里，秦淮河畔的一丛丛芒草与芦苇飘摇不定的顶梢上，都渲染了一层迷离的金色调，顿时变得生动起来；落日最好看的时节肯定是夏天，尤其是下午的短暂雷雨过后，夕阳从大朵大朵追赶着跑动的云彩中露出脸来，在行将隆隆坠落的半小时内，为乌云镀上无穷的色彩：浓金色，橙色，橘红色，熏紫色，烟灰青……小庄干脆坐在步道的栏杆上，出神眺望。

落日特别出色的那几天，他到家还要晚 20 分钟，秦淮河畔的钓鱼人都带着鱼竿出现了，纷纷跟他点头招呼。小庄到家，全家人都吃过饭了，老大拖腔拖调在朗读课文，丈母娘在呵斥老二快去洗澡，妻子在缝纫机上替小舅子家的孩子赶做衣裳，老丈人照例将电视机开得山响，在看当日新闻。小庄一下子回到喧嚣拥挤的大家庭中，他略略定了定神，走向饭桌。妻子从缝纫机上抬起头，稍稍打量了他一眼，问他凉掉的菜要不要再热一遍，小庄回说不用，又没头没尾地感叹了一句：清凉门桥边，种了一大拨连翘，瀑布一样开了黄花，你应该去看看。

妻子出神聆听，只回了一个字："好。"她继续埋头踏缝纫机，并没有质疑丈夫的奇怪癖好，小庄已经很感激。对他非要在夕阳西下的那一刻，在秦淮河边流连的毛病，人们有过各种各样的议论。隔壁卤味店老板说：这小子离了高中20年，还是一个文科班的课代表啊。卖酒酿的大嫂接茬：可不是，咱做生意的，起早贪黑吃辛苦，有点时间不抓紧喝一盅酒，摸一把牌，看啥日落？文具小超市的老板娘接着爆料：听说他买的那个一点点大的小三居，丈人丈母娘跟过来养老不说，丈母娘还打算把小舅子家的大小子带过来上学，说省城学校水平高。小庄一天卖几百块烧饼，都是为老婆娘家奔忙哩。我看，他借着看风景在外头多待一阵，是不想回到那个吵吵闹闹的家里去吧。

在菜市场附近开店的人，都不惮当面议论别人的家务事，小老板们一面议论，一面偷看小庄的表情，见他轻松自如地卷着油酥，擀着面胚，播撒芝麻，脸上微微荡漾着笑意，全然不为所动。议论者也就深感无趣，纷纷散去。

人总要活得稍稍与别人不同，才能品出自己的滋味。小庄记得高考落榜后，班主任在自己的毕业留言册上写下的话：也许我们不得不花 95 分力气来忙于生存，但人生是否愉快，往往取决于另外 5 分力气，你花在了哪儿。

在打烧饼的间隙，小庄也在手机上浏览他关注的文学公众号，在那里，他看到很多有趣的文章，调皮的，诙谐的，严肃的，脑洞大开的，引发人的微微怅惘的。他记得有人写过这样一句话：有多少在加班吃外卖的人忘了窗外的日落呢？一年 365 天，你才看过几次日落？太阳庄严又感伤地落下去时，在地平线上停留片刻，让世界静止，却让某个声音在你心里轰响，它在提醒你，这永不再来的一天，你过得值吗，你迈过这昼与夜的门槛，有遗憾吗？

小庄记得自家父亲停下用长柄水斗浇芋头的劳碌，领着自己坐看夕阳，如何一点点潮水般向西收尽光芒，让垛田的轮廓忽然变得深郁起来；他记得高考结束后，老师专门领着他们这群闭门不出的落榜生，坐着踩蛤人的拖拉机，去看滩涂上被盐蓬草染绿的夕阳；他也记得刚到南京时，与妻子挤住在直不起腰的阁楼上，某一日打开天窗，看到夕阳把老城南的鱼鳞小瓦都镀上明亮的金色，心中的雀跃之情。是的，在为前程，为柴米油盐，为儿女奔忙之外，总要有一点点光阴，要留给那些追忆、怀想、思索、自省的时刻，留给那个突然浮现的自我。这十几分钟或半个小时，无法换算成收益，也没法征得人理解，但它无声无息地滋养了你，帮你驱除忐忑与烦躁，失意与沮丧，让你有力气心平气和地回到生活的核心，应对那些汹涌的无奈。

今晚，色彩、光线、推涌变幻如此莫测的夕阳，你看到了吗？

垛田上的菊海

“咬定青山不放松，立根原在破岩中。千磨万击还坚劲，任尔东西南北风。”当船娘以抑扬顿挫的兴化口音，缓缓念出郑板桥的诗时，我们的心都静了下来。凉风习习，垛田上的万寿菊都开了，菊科植物特有的清气贴着船帮袭来，令人心旷神怡。

船娘一路摇着平顶的篷船，木船已在数十年的流水浸泡下泛起乌檀色，船娘身穿白底蓝花的斜襟小袄，戴着蓝底黑花的头帕，如一支傲霜的蓝色菊花站在船尾。这里的船娘普遍独当一面，摇橹、唱歌、念诗，信手拈来。她教我们欣赏垛田：“不要以为我们这里的垛田是一色一样的，仔细看，有的垛田像个‘凸’字，有的像个‘凹’字，有的像个‘巨’字。”这真是水乡人特有的语言：如果你站在稍高一点的地方俯瞰垛田，垛田就是汪在辽阔水面上的松软汉字，仿佛由一名巨人蘸着彩墨写下。

在这里，我们如同刚识字的儿童，不时为水面上新出现的“汉字”轻轻赞叹：这里的垛田，有如一个“山”字，那里如一个

“与”字，远处，还有“斤”与“非”字。而在11月，无数色彩绚丽的万寿菊在垛田上盛开，让这些松软迷人，上接天光又下有倒影的巨大汉字，渲染了色彩，带上了清香。

船娘称，在她妈妈还是家中主要劳动力的时代，垛田上只种油菜、芋头、大葱等，从来就没有种过菊花。垛田，是这里的菜农们坚持不懈地罱泥，将湖荡河沟里的淤泥捞上来，堆在湖荡间的高地上，逐渐成形的。堆高后的垛田能防止洪涝灾害，肥力充足养分丰富。加上垛田面积不大，四面环水，光照足、通风好，种什么蔬菜都根深叶茂。出口日本的芋头与大葱，都是在这里生产的。三四月份，垛田被嫩黄灿烂的油菜花所笼罩，连蜜蜂也会兴奋地在垛田迷宫里迷路，种田的农人摇着船来往干活，却从来没有为此特别激动过。因为，种植油菜，就是为了吃上土法压榨的菜籽油。这里的人，炸虾丸、煎鱼饼、炒年糕，都要加一勺金黄灿烂的菜籽油，先在大柴灶上熬出香味。

“网红”垛田油菜花，只不过是偶获的副产品。

那这里为何又种起了万寿菊？船娘笑道：“外乡人包船看油菜花，带着摄影三脚架，凌晨5点就上了船。这种积极性，也很感染人啊。”时间一长，本乡人也在考虑，怎样让垛田变得更美。他们发现种植菊花是一项好举措，春天，收完油菜籽，就把万寿菊的种子播撒下去。这种菊花喜欢肥力足的土壤，色彩繁多，以黄色、橙色、红色为主，很有秋意，加上万寿菊的根与花都是中药，根可治疗小儿腮腺炎和新手妈妈常见的乳腺炎，干花瓣能化痰止咳，每一年都有中药商上门来收，农户就自发地开始种菊花。

如今的兴化垛田，已实现了“人在花中走，一垛一颜色”的奇幻景观。千亩水上菊花散发的浓烈气息，让人顿有归隐田园的神清气爽。这里也是当年施耐庵写作《水浒传》的地方，望着这些浮漾在水面上的“黄花大字”，我有一种奇妙的猜想：要是没有这垛田，没有这迷宫般的错综水道，施耐庵也写不出《水浒传》中动人心魄的水军鏖战场景吧。

第四辑

百业滋味

竹艺的极致

在竹编队伍里，老刘绝对是个异人。握手的时候我就能感觉到他的与众不同。别的竹编工匠手都像用久了的尼龙板刷一样“硌人”，是一双被砍竹锯竹，刮青做篾丝搞得伤痕累累又无法顾及的手，老刘的手，虽然骨节宽大，沉厚有力，却毫无毛刺，细腻得像得道高僧的手。旁人向我“揭发”说，“30 年前老刘老婆的擦脸油就让他全当手霜用了，你去看看他怎么做篾丝的，就知道他这双手，为何跟那些编篮子编菜篓的人不一样”。

我是观赏了老刘的竹编名画《虢国夫人游春图》，而找上门来的。那幅画本是中国历史上盛唐图景的再现，丰盈丽人，肥壮骏马，整个画面洋溢着举步雍容、安详淡定的韵味。马额上俏皮的鬃毛，虢国夫人随从们的帽带在几乎难以觉察的微风中微微荡漾。仿佛这世间没有什么值得争夺与奔忙，人人沉醉在志得意满的惬意中。这幅画，只有贴到距画面十厘米的位置看，才能惊讶地发现，画面上有头发丝粗细的竹丝痕迹，是它们构成了竹编画面的经纬线。也就是说，竟是蜀中随处可见的摇曳慈竹，构成了这画面轻薄如绸、幽光闪烁的根基。

一根慈竹，从挑选到剖成篾丝，老刘全部亲力亲为。做竹编字画，需要一年生的慈竹，而且竹子必须生于溪岸之上，方圆十里不能有工业排放。慈竹砍回来，去头尾，只选择中间最直的部分，把最外层的青皮刮去，只留下紧贴青皮的竹簧。“做篮子和比较粗糙的工艺品，青皮下面可分出 12 层竹簧来用，我只用前两层。”

片竹簧，划竹丝，有什么诀窍没有？老刘说，没有什么诀窍，唯心头要与潭水一样空，无浪无波无痕。空到有船停在水上，好像悬泊在空气中。你心里一有杂念翻腾，手中的竹丝不是划厚了，就是划得上窄下宽，成了废品。

在老刘手中，一厘米宽的竹片能划成 48 根均匀、活泼的竹丝，厚度可薄到 0.015 毫米。划好的竹丝就像《三生三世十里桃花》那种奇幻剧里上仙的发丝，是雪亮透明的，抛在空中，能像蒲公英一样自由飞翔，久不落地。只有这种竹丝才能用来编织名画，因为它的柔韧度与细腻光泽，终于可以展现转瞬即逝的衣袂飘飘，与主人公脸上悠游闲适的笑意。

老刘以 40 年认真揣摩，创造了这种指间翻飞的艺术。他的《富春山居图》，将分割海峡两岸的残卷，编织在一起，款款展露出令江南士子经久难忘的淡雅山水，归隐心意；他的《东篱赏菊图》，被誉为抓到了陶渊明“晨兴理荒秽，带月荷锄归”的魂，并将主人公脸上那股明净自得的况味，与弥散在空气中的野菊香气，表现得淋漓尽致。

50 公斤的慈竹，经过耐心加工，只能得到几近透明又活弹有力的竹丝 400 克。带徒弟，也是这样一个去芜存精的过程。顶着国家级非遗传人的头衔，老刘每年盛夏都会选一批徒弟。“挑一个大暑天选人，想当学员的人，每个人走进来都汗湿透衣。不开空调，看我编竹，十分钟内脸上烦热之气都收了的人，才配学艺。”

饶是这样，学了数月，就赶着在快手上拍视频圈粉，或者打着老刘亲授门徒的名义开工作室，兜售竹编艺术品的年轻学徒也不少。老刘不怪他们，只是淡淡地说：你应该离开了，别扰了其他师兄妹的心性。古人有句诗叫作“竹生空野外，梢云耸百寻。无人赏高节，徒自抱贞心。”不明白“徒自”二字，竹艺的极致，你是够不到的。

皮影忘年情

武松闪避、腾挪、逗引，潇洒的动作中隐含着浑身的酒劲儿被吓醒的恍惚感；而老虎也扭身、剪扑，带着志在必得的凌厉风势。老虎一而再、再而三扑空后，可以感觉到影窗之上，老虎的步伐已乱，攻势忽然没了章法与根基，武松打虎的锵然节奏，就在这时一阵紧似一阵……

那是在北京上学的湖南姑娘张浅，头一次看到皮影戏。她清清楚楚记得，那天，在前门的大茶馆里，她到得很早。表演皮影的魏爷爷正在就着烧饼喝茶，权当晚饭。他脚下的道具箱里，摆放着一堆皮影人偶。魏爷爷那一年 72 岁，来自陕西华县，依旧在为了生计跑码头。他对张浅说："会演到什么时候打道回府呢？要演到我的十个指头操纵不了老虎扑倒武松的 18 个动作为止。"

"90 后"张浅，着了魔一样跟着魏爷爷看了四场皮影。老艺人感其痴迷，特许她到幕后来看，这一看，竟让张浅目瞪口呆：原来台上"一口叙说千古事，双手对舞百万兵"的皮影故事，竟是这么来的！老人家这么大年纪了依旧要佝偻着背，高举双手操控皮影。在近一个小时的表演中，魏爷爷要一个人脚上伴奏、手上操作、口中念唱，把全身的每个细胞都调动起来，沉浸到景阳冈那九死一生的氛围中。数九寒天，茶馆中的暖气不足，他却满头热汗涔涔。

随着剧情的发展，他要与手中的皮影融为一体。当武松被“大虫”吓出一身冷汗时，他也皱起眉头，手上趔趔趄趄、又抵又推；当“大虫”的两次剪扑都被武松闪过时，他也眉头松开，肩胛放松，手指轻挑慢揉，表现武松的侥幸与后怕；当“大虫”与武松转着圈找寻对方的破绽时，爷爷也蹲地跑圈，手上的皮影呼啦一下反转，又一下反转……如果不去看爷爷的手，看他小臂上因为用力轻轻蹿跳的肌肉，只看影窗上的武松，那武松就是一个浑身上下灌注了英雄气概的大活人，他依靠打虎，实现了从失意落魄到意气风发的大转折。然而，只要舞台上的灯光一灭，魏爷爷就手将皮影收拢时，武松，就光彩尽失，变成一个瘪瘪的、镂空雕花的皮影人偶了。

这一切转换得太神奇！包括魏爷爷本人，演出时，他完全不搭理张浅的叫好，好像幕侧就没坐着这个人一样。

张浅能说出老艺人表演中最自得的地方：老虎剪扑武松落空时，因为生气，胸脯在微微起伏。这应该是很难做到的一点……能感知到这里面不同凡响的功夫的人，哪怕相差 50 岁，也会成为知己的吧。

为了拯救魏爷爷倾注了一辈子心血的皮影，找到他的年轻粉丝，避免这门古老的艺术没落下去，两年前，张浅毅然辞职，当上了一名皮影艺术的推广者。她组织皮影表演进学校；让家长带着孩子来到皮影课堂上，学习皮影的雕刻、缀结和操纵艺术；她甚至与小伙伴通过众筹，搞了一个迷你的皮影艺术节，让天南海北硕果仅存的老艺人相聚切磋，知道自己不是一个人在战斗。

张浅深信，皮影会像欧洲的木偶戏一样，经历了一个低潮期后获得复兴。它会带来一个光影迷离的晚上，让奔波劳碌的人停下来，沉浸在如痴如醉的想象中。

候鸟守护人

晚上8点半，在白洋淀附近的一家小旅馆里，刘姐与她的小伙伴们，正在整装待发，预备去做拆除鸟网的工作。他们换上高筒胶靴，刘姐在每个人手指开裂的地方，缠上新的胶布。

外面的气温已经降到零下5度，在这种天气伏守在芦苇丛中，手指很快就冻木了，但刘姐坚决不肯戴上手套，因为他们干的是与捕鸟人斗智斗勇、争分夺秒的活儿，戴上手套，拆除捕鸟网的速度会慢一半，就不能赶在捕鸟网将鸟翼缠伤之前，把它们都剪掉。

只要进入白洋淀的浅滩苇塘，走上十分钟，泥泞携裹的寒气，就上蹿到膝盖处，脚趾都是麻木的。然而志愿者们一声不吭地行走，连手机上的照明电筒都不会打开。刘姐事先已经交代过，要悄无声息地包抄到张网处，因为只有觉察到毫无危险，捕鸟人才会把芦苇丛中的诱捕器打开。芦苇荡苍苍茫茫，如果不是凭耳朵判断诱捕器的位置，护鸟志愿者很难迅速发现捕鸟网安设在哪儿。

风婆娑着芦苇的梢头，可以听见螃蟹攀爬时折断苇梢的声响，睡梦中的野鸭发出的模糊不清的咕咕声，就在这一片杂乱无章的声音中，刘姐和小伙伴们，准确捕捉到一缕整齐的嗡嗡呜呜的声音，像一个老烟枪在打盹时喉管里发出的声音。来了！诱捕器已经打开！再等约莫十分钟，刘姐判断捕鸟人已经撤到他的窝棚里睡大觉去了，低喝一声：赶快动剪子！

凭着声音的方向，他们第一时间摸到了支网的竹竿子，开始动手拆网，并把绵延几十米的捕鸟网一点一点剪碎。拆了这一处，还有另一处，贪婪的捕鸟人真是无处不下手。拆到后半夜两点钟，刘姐发现刚拆下的网上，已经黏上了十几只鸟，一只小松雀鹰，还在奄奄一息地挣扎。刘姐赶紧把它从网上解救下来，请一位伙伴捧着鸟儿，自己动手帮松雀鹰剪去翎毛上粘连的黑网。手电筒形成的光圈里，鸟儿一直在惊恐地瑟瑟发抖，黑亮的大眼睛里，琥珀色的瞳仁盛满了祈求、哀告之色。直到刘姐剪掉那恼人的粘网，在一个一次性的水杯里倒上水，让鸟儿喝了两口，小鸟惊怯的战栗，才逐渐平息下来。

这只鸟的受伤情况不严重，刘姐打算把它交由旅馆老板养两天，等这里的“清网行动”结束后，找一片安全的芦苇荡，将它放飞。为了解救鸟儿，刘姐他们也会前往当地的野味餐馆，买下鸟儿放生。一次，餐馆老板仰面朝天，望着行将入锅的美味呼啦啦飞走，不解地问刘姐：“你们这伙人倒是心善，可你们忙活这些事儿有什么意义呢？天上少几只鸟儿有什么关系？”

刘姐一眼瞧见老板约莫 10 岁的儿子正伏在收银台上写作业，便高声应答：“怎么没有关系？晓得那首诗不？‘两个黄鹂鸣翠柳，一行白鹭上青天’，以后咱们的子孙要是问起，黄鹂长什么样儿？白鹭又是什么东西？咱也不能只给他们看博物馆里的图片和标本吧！你看看咱们白洋淀，多少玩摄影的朋友都说，这里的夕阳拍出来越来越空寂、凄凉，你知道为什么吗？因为鸟儿少了，夕阳下的芦苇荡，少了鸟儿的盘旋、鸣叫、起舞……就少了一种昂扬的生气。”

刘姐说完就走了，可她清楚地记着，那个收银台上的孩子，目光一直在追随她。

心弦如丝做利坯

“小时候，家中还没有洗衣机，洗了粗重的床单被罩，母亲都喊孩子们去帮忙绞拧。但她不许我沾手，因为，我要学利坯。”

30年前，老葛还是小葛的时候，就深受管束，父母不让他掰手腕玩，不让他帮家里割稻子、扬谷子、捣年糕，不让他做任何有可能扭到手腕，或导致手部震颤的活计，原因就是“你师父说的，孩子的手腕要是不小心吃到力，利坯这一行就不能做了。”

利坯是制作薄胎瓷的重要一环。以一只敞口薄胎白瓷碗为例，拉坯师傅做好器型以后，碗还是混沌初开的模样，厚墩墩地憨态可掬，碗口、碗腰、碗底处都有少许的蓄泥，拿在手上有点坠手。而利坯就是把这坯体尽可能地削薄，只留下薄薄的一层胎骨。一只100克的碗，利坯后只剩不到20克。在利坯的过程中，器型的风骨开始呈现。清冷孤傲的气韵，并非上品，极品薄胎瓷看上去有一种很柔和的暖，“微微冒汗”。这种毫不孤冷的视觉效果，完全由利坯师傅所赋予的弧线来体现。

利坯的第一步是磨刀，小葛上到小学六年级，就开始学习磨刀。光这一步就学了两年。利坯用的刀，其实都是用细长的钢条再次淬火，经锻打锉磨而成。这是每位利坯师傅安身立命的吃饭家伙。师父不会把他用熟了的刀给你，因为你使不惯。每个人的手型不一样，利坯的速度不一样，“咬刀”的习惯也不一样。瓷器的造型和弧线千变万化，所以刀刃的弧度必须跟随器型变化。坯体越修越薄，刀刃越要与泥坯的弧线咬合得天衣无缝，不然，“嗤”的一声，你精修了两个钟头的坯体，一秒钟就被修废了。

30 年光阴倏忽过去，小葛变成老葛，跟随他的利坯刀，从二三十把，变成一百多把，板刀、条刀、挽刀、底足刀、外形刀、蝴蝶刀，这些刀就像他的兵器一样，每天都要在手中掂量磨砺。老葛在他的工匠生涯中，养成了习惯：每天都要磨刀，一磨就是一下午。从他吃完午饭开始磨刀开始，家人就知道，无事不可扰乱他的心神。这 30 年，老葛成长为景德镇首屈一指的利坯师傅，靠的就是高度的自律：他从不喝酒，因为酒精容易使手腕震颤；他不看情节粗暴的影视剧，怕自己沉溺分神；他也从不在白天工作，因为利坯时需要绝对的心神宁静。所以景德镇有一句老话称：“利坯练的是‘阴功’。”

下午把刀磨好，前半夜老葛都在喝茶、读经，看他从西安碑林带回来的碑帖拓片。他并不练习书法，他只是看，捕捉那笔锋的走势，水墨的速度，连笔的弧度。他细细观瞧，直到酷暑天，身上也凉浸浸地没有一滴汗。这样，到了后半夜，他做利坯的心气就养成了——身体微倾，耳朵紧贴在钢条刀具的另一端，靠听走刀的声音判断胎体的厚薄。此时市声已消，灯火渐暗，猫走在瓦楞上的声音都清晰可闻。刀条擦过泥胎卷起飞扬的细浪，瓷泥特有的涩味钻入鼻孔。老葛已经锻炼出这样的本能——无须盯着泥胎反复观瞧，只要耳听手摸，就能判断胎体的厚薄。听一下刀在泥胎上走的声音，如果是“噗”，说明胎体尚厚；如果是“嘶”，说明开始走薄了，越往后，声音变化越是在毫微之间。

景德镇的薄胎瓷源于宋代影青瓷，那时，这种瓷器就有“滋润透影，薄轻灵巧”之说。明代万历年间，著名陶瓷大师吴十九创制了一款“卵幕杯”，“薄如鹅卵之幕，莹白可爱”。说的就是吴大师能将茶杯的厚度，利薄到犹如鹅蛋壳里面的那层卵衣。

这种脆弱又坚韧的美，靠的就是利坯师傅的功夫。午夜，老葛的左手，一直小心翼翼地托举着泥胎，犹如正托举一个十世单传的婴儿。他在这四个小时中不喝水，不看手机，不上厕所，不交谈。他只是沉浸在自己的节奏和旋律里，如此忘我，直到一气呵成。

利坯成功的喜悦是怎样的？老葛说，形同12岁那年的春天，在油菜花田里伸出手去，一只蝴蝶停在他的手背上。他失去了欢呼雀跃的本能，只是感受那痒酥酥的幸福。

有一天，叶落归根

55 岁那年，老印染工徐师傅从东莞服务了 20 多年的印染厂退休，返回杭州，回到他离京杭运河很近的家。

从他回家第二天起，邀请他再次出马做印染行当的人，就窸窸窣窣没断过，邻居经常听见老徐的大嗓门："不做不做，快把你的礼物拎走。开这么多小印染厂做甚？平白无故搞出那么多污染。我老了，而今只愿河里能钓鱼，钓上来的鱼我自己敢吃。"

老伴劝他对客人和气些，他眼睛瞪得跟长坂坡上的张翼德一样："脾气不刚，怎么轰得走这些死乞白赖的家伙？你不晓得，我在东莞，看到周围小印染厂排出来的水，红的绿的蓝的，上面浮着一层油膜。别说鱼了，水鸟不小心沾上那油膜，几天就死了。不处理就排放，政府不让，没良心的就半夜偷着排。这将来得花多大的力气来治理？我如今老了，总可以不帮着造孽吧。"

隔了些时，老徐出山，去帮萍水相逢的王老板开办蓝印花布作坊时，老伴笑话他："讲话不算数，这会儿又肯染布了？"老徐急了："你自己到作坊里来看，咱用的啥颜料，有白花的地方盖的是黄豆粉和石灰调成的浆，染缸里的染料是蓼蓝，原本就是野生的中草药。不相信？你换上胶靴，随我来看。"

老伴就随他去了运河边的作坊。那是一个简陋的院落，宽绰的厂房中依次排列着十口巨大的染缸，除第一口缸盛着清水外，其余九口，盛着一模一样的蓼蓝染液。

徒弟们依照老徐的指导，将镂空花版铺在湿润的白布上，用刮浆板把黄豆粉和石灰调成的浆，刮入花纹空隙，漏印在布面上。这工序，与当年的雕版印刷，原理几乎是一样的。防染白浆刷好后，缓慢晾干，让白浆长到布的肌理中，就到了老徐大显身手的时刻。只见他开始动手将布一层层围绕到绷架上，每层布之间留有均匀的空隙。缠绕好的布，像一个八角形的巨型灯笼，徒弟们用滑轮，慢悠悠把"灯笼"浸入池水中，第一次是清水润布，从第二个蓝池子里出来，"灯笼"就变成淡淡的绿色，几分钟后，蓼蓝颜料氧化，布就变成浅蓝色；透风半小时，让颜料在布的经纬间长牢了，将"灯笼"上下颠倒，入下一个池子。老徐解释说："天然植物染料，容易沉淀；绷架上下颠倒，是布帛染色均匀的关键。"九遍染色之后，布被摊放晾晒，氧化还在继续，空气中弥散着蓼蓝的药香，布的蓝色逐渐变得老成，这种老成之色，难以形容，它是沧桑的，又不失纯真烂漫；它是厚实又沉静的，却又不失野性活泼之味。

晒得透透的，老徐开始与老伴一左一右，拉扯布面，防染浆面就这样扯松了，把它们轻轻刮掉，入水清洗，蝴蝶飞舞，飞鸟衔枝，云朵变幻，花果绽放，自然的生气，就从晾布的竹竿上高高悬挂下来，随风鼓荡。

干了半天下来，老徐和徒弟们的手脸是蓝的、衣服是蓝的，眼睫毛上染着黄豆的粉灰，却是白的。老伴与他端着大海碗坐在工坊门口吃饭，初冬的太阳暖融融照着，晒到骨头缝里像温水一样舒服。老伴瞄了一眼老徐碗里：“饭量比儿子还大，你这算返老还童了?”

老徐以筷子指天，笑道：“你瞧不见这活计的分量?”是的，这由半空中悬挂下来、瀑布一般的蓝印花布，都是老徐用竹竿一挂又一挂地挑上去的，那几十斤重的湿布，可都是体力活。然而，这活计干得舒心顺意，老徐刚退休回乡时，松塌无神的腮帮子，都长出了鼓鼓的肌肉来了呢。

老徐说：要谢谢那些肯用蓝印花布的人，那些开茶楼民宿、书坊面馆的人，那些拿蓝印花布做布包帽子的人，让我这一胳膊的力气，派上了用场。

一张捞纸帘的诞生

小朱至今还记得他学习编竹帘的起始：中考结束，他们这拨野马驹都兴奋过了头，半月之内，小朱闯了两次祸，一次是削篾作剑，在竹林里玩侠客激战游戏时，竹剑不留神戳到小伙伴眼角，血流满面，差点让人瞎了；另一次，是见别人的打火钥匙忘在摩托车上，小朱偷骑人家的车，下坡时连人带车翻沟里去了，小朱倒没事，后座上的小伙伴小腿骨折。

两次事故，赔掉父亲一整年做捞纸帘的钱。加上小朱中考成绩不理想，上不了高中，父亲接连一个礼拜，脸沉得像黄梅雨天的一大块生铁。小朱的心也足足绷了一星期，最后，他听到父亲淡淡地说："跟我学手艺吧，如今泾县的宣纸有一半都出口国外，捞纸帘子不够用，我跟你妈忙不过来。"

惩戒来得如此之轻，小朱简直不相信自己的耳朵，不过，依照他的倔脾气，还是犟了一句："我可不学织帘子，坐在织机前屁股一天不能抬，闷都闷死人了。"

父亲呛他一句：“你暂时还没资格上织机。你这毛躁性子得打磨，先抽竹丝，再学着在成品帘子上抹漆吧。”

朱家世代是做捞纸帘子的，就是一幅细密的竹帘，四周钉上木框，就可以在纸浆池子里来回荡漾，让纸浆在竹帘上薄薄地附着。竹帘倒扣，轻轻掀起，一层湿纸便留了下来。捞纸帘子的质量是否过得硬，是手工宣纸是否匀、平、光的第一步。

小朱即开始与父亲学做捞纸帘，一开始，他只做一件事：父亲剖好了细竹丝，他把竹丝从铁板上一个直径不到2毫米的圆孔里穿过去，左手穿，右手拔，只听“刺啦”一声，一团竹绒就在铁板左侧浮现。穿过孔洞的竹丝，横截面就由方形变成圆形。这个工作单调又考验人的利落，抽拔的速度不够，不是竹丝半截断掉，就是抽到一半，竹丝卡在了孔洞里。抽拔竹丝的工作做了两天，小朱的手就开裂了，涂护手霜也不管用，那些升腾的竹绒，把他手上的油脂都带走了。

不过，他好像不反感这项工作，空气里充斥着新鲜竹汁的味道，涤荡肺腑。父亲偷眼瞄看儿子，看他将一小束抽拔成圆形的竹丝举起来，迎着阳光观瞧，脸上有微微的惊讶与得意，父亲就安心转过脸去织竹帘了。

抽拔竹丝，是为了编好的竹帘紧密匀实。如果竹丝的横截面是方的，编织成的竹帘在捞纸过程中，竹丝的棱角会翻滚，帘上留下的纸浆就有厚有薄。

竹丝从圆孔中穿过去，就像穿过去无穷无尽的时间、无穷无尽的白日幻想。动作熟练后，小朱居然经常想起他初三时喜欢过的一个女孩，她甩着高马尾，去上县一中了，小朱知道今生可能不再会与她有任何交集，忽然，糙小子心里，浮上了一点怅惘，这点怅然若失像竹绒一样“刺啦刺啦”地在他心头升起来，越聚越浓，赶也赶不走。

小朱知道，他必须在工匠之路上继续向前走，他将与大部分同龄人分道扬镳，他将留下来，与老家的青山绿水发生永久的关联。他脸上的青春痘迅速消隐了，脸庞长开，眉宇间长出沉静之色。他学会了为捞纸帘上漆。漆树林里割来的土漆，用揉成团的丝绸在竹帘上抹匀，如果用棉布蘸漆来用，会在竹帘上留下很多细小的棉花毛毛，很难处理。漆涂完之后，要用猪鬃毛刷子再度刷匀，摊晾在太阳下，等着漆面氧化成膜。

最后，小朱终于学会了编织捞纸帘。小朱跟父亲说，他亲手制成的这第一张帘子不要卖，他要留个纪念。父亲只答了一个字：“成。”

小朱卷起那张帘子，就出门去了。他去了女孩的家，大门紧闭，透过大门的缝隙朝里望，里面的荒草过腰，一棵巨大的柿子树已经开始落叶，显露出那一树娇艳甜蜜的果实，像小灯笼一样明亮。问过邻居，邻居说，自打女孩考上县一中，家里就把宣纸作坊转手给女孩的舅舅，全家搬到县城去了，就近开了小吃店，方便照顾闺女。

小朱推了推门，居然发现大门虚掩着，他进去，惊飞了草丛里的宿鸟。他把捞纸帘挂在女孩家的门廊上，四下里静悄悄的，只有西风扫落柿叶的轻响，只有风势催动白云的轻响。天那么蓝，云那么浓，帘子筛下的光影那么齐整。一个少年的心事，在这里有了安静的交代。

在那一刻，小朱知道自己桀骜不驯的少年时光，已经翻过。

一把油纸伞的情缘

79 岁的吴江还要为他的老伴做一把贺寿伞，庆贺老伴的 80 岁生日。两人结婚快 60 年了，吴江还照着老习惯，尊称老伴为“菊姐”。两人青梅竹马，十七八岁，吴江还在菊姐家的窗下学鹧鸪叫，三长两短，听到暗号，菊姐就翻窗出来约会。

大部分约会时间，菊姐都在帮吴江还做油纸伞、做斗笠、做竹椅、做竹篾篮子和竹匾。吴家世世代代是篾匠，浙西山区有取之不尽的竹材，这些竹制的器具，窈窕又轻灵，充满了山野的清香与韧性，在年轻时的吴江还看来，就像菊姐苗条有力的身腰一样诱人。

60 年倏忽而过，这一个甲子的时光中，两人配合最是丝丝入扣的，就是做油纸伞。连伞把上的弹簧，都是在竹伞柄上挖了孔，用三角形的竹片轻敲进去的。还记得我们童年时，年幼力弱，需要将油纸伞头抵在砖石墙上，费力撑抵弹簧，才将伞撑开的场面？两位老人的紧密协作，就能让这幕旧时光幽幽闪回。

观赏一把油纸伞的诞生，就像观赏两人执手一生的默契。两人的动作像山歌对唱一样严丝合缝，有主歌，就有副歌，有快嘴念唱，就有悠然的和声——吴江还以木头削磨成伞头，开出30道小槽，菊姐已将她搓磨好的30根大骨架递来；大骨架刚以线穿起，埋入伞头凹槽；30根小骨架又已递到；安上伞把，嵌入弹簧，用细麻绳串连大伞骨的边缘，伞的骨架已经清秀匀称，菊姐已裁好30条粗纸，一条条依次贴上骨架，赋予纸伞以血肉。这种檀皮纸是菊姐用青檀树皮自造的，当地人用它来写毛笔字，包茶叶，包中药，包走亲访友的糕点。它呈米白色，上有素淡的植物纤维，是中国文化的魂。虽然，市面上有现成的白纸也可以用来糊伞，但吴江还说：纸还是老的好，柔而厚，温而润，许仙断桥会白娘子，伞上的纸是机器做的，分量就不对，戏就假了。

纸糊好了，伞头与伞缘外再贴一圈纸加固，完了吗？没完，伞还要穿皂衫，着黄袍。吴江还以锅底灰涂黑伞面，菊姐早以递上一钵子植物颜料，是她用山间中草药与熟石灰同捣而得，两位老人像过泼水节一样，以手撩动颜料，拨撒伞面，顾不得自己一手一身的颜料点子。伞晾干，在阳光与空气的作用下氧化变深，再把煮熟晾凉的菜籽油刷上伞面，连刷多次，直到伞变成一种万籁俱寂的老黄色，一种故乡在深秋、在记忆中浮现的颜色。油纸伞就像一个60年的光阴故事，静静地绽放在吴家庭院里。

吴江还做好了老伴的祝寿伞，最大的一把是给老伴的，略小一点的6把是给老伴的6位姐妹的。他笑着说：“当年在茶厂，她们是乡里的七仙女。”照计划，这七姐妹会脱下自己的婆婆衫，以旗袍加纸伞的造型，为替菊姐贺寿的乡亲表演。吴江还说，这些年，他的手工纸伞供不应求，票友们要做演出道具、景区走秀的演员靠它摆造型，爱穿汉服的小姐姐们更是靠纸伞酝酿古意氛围，连莫干山周围的民宿，也要订制纸伞做灯罩，做房梁、墙面上的各种装饰。吴江还笑着说：老话讲，晴天打伞是痴人，屋里头打伞是狂才。老话哪能料到今天的情势——我活到老，才知道纸伞不见得是雨里打的，恩爱夫妻不见得遭遇过坎坷患难。

到现在，吴江还还保留着在雨里检验新伞的习惯。听到疏雨打在伞面上发出“噗噗噗”的声音，比雨打芭蕉还要回响浑厚、悠然，他就知道，竹布与油膜，经受住了考验。

与青砂器绑牢一世缘

已经秋凉，烧青砂器的老人与他的伙伴，依旧像电影里的侠客一样，光身穿着一件土布织成的背心，一条过膝中裤，一双厚底胶鞋。煤烟已经把他们的衣裳、胳膊和头脸熏成烟灰色。背心像出土文物一样残破，上面都是火星子燎出的小洞。

此时，火焰从馒头窑底部的缝隙里溢出来，像岩浆的舌头不停歇地哼唱，发出只有内行人听得懂的曲调。老把式慢悠悠地吸烟，一言不发，静听那声响。忽地，他扔掉自己的烟斗，呼地站起来，大喊："开窑啰!"此时，馒头窑上的水泥笼盖已经被烧得彤红，温度有 1000 多度，人是不能接近的，必须用杠杆原理，把那馒头形状的窑盖掀起。只见老把式把自己吊在"秤砣"位置，双腿蹬地转圈，"秤钩"位置的窑盖就徐徐掀起，放于一边，一米高的火焰照亮了每个人的脸，照亮了这些黑的颧骨与鼻头、黑的衣裳，黑的小腿肚上的坚实筋肉。

烧红的砂器呈漂亮的铁水红，红中带橘、橘中带粉，艳得像着了火的灯一样。老把式与他的伙伴们，赶紧用一米长的铁钩，把这带把手的砂器，小心翼翼地钩取出来，整整齐齐码放到旁边的一口焖井里，在焖井里盖上木头锯末，再盖上湿的黑土，焖 40 分钟。

开井，取出的砂器经自然冷却，隐隐泛蓝灰色，有金属光泽。轻柔打磨后，老把式以手指关节上下轻扣这些砂罐子，嗔骂一声："这帮臭小子们总算把矸子土碾细了，听这声响，可以敲着唱山歌。一点哑闷处都没有。"伙伴笑话他："一个砂罐子就卖 40 块钱，您老还这么顶真。您看看咱这疙瘩（方言'地方'），还有几家馒头窑冒着烟?""就是，俺媳妇为了俺干这活计，在院门口专门搭了个棚屋让俺洗澡，说俺这身烟灰刮下来做成墨汁，够孩子写一年毛笔字的。"

老把式笑着反驳："你媳妇倒不说，干咱这一行，火里来烟里去，脚踏的地方都是暖的，窑工到了七八十岁，都不闹腰腿疼。儿子挑不动的担子，你挑得动。到时候你媳妇就跟着享福吧。"

徒弟们追问："师父，你这辈子，就没想过干旁的营生?"烧青砂器的营生，苦得很，馒头窑里的火，一天都不能断，一窑青砂器刚放去烟熏井里焖出釉色，馒头窑里立刻就要添加核桃大的碎煤，开烧第二窑。烧窑季节，工作从浓霜密布的清晨五点，延续到天色墨黑，起码干十二三个小时。中午，窑工们只能在馒头窑的边缘，放上一些土豆、红薯，烤熟什么吃什么。

老把式笑着不说话，他从未告诉徒弟们，当年自己的师父把一身本事教给他时，说过这样一番话："咱蔚县白河东村的青砂器，可焖饭、炖肉、煮酒，它孔隙均匀，传热温和，久煮不裂，耐得忽冷忽热。可你知道不，它最紧要的用处是啥哩?"

"煮药?"

"没错。以它煮中药，药效比不锈钢罐子煮出的更好。青砂器只以水土和泥，火木煅烧。跟百草晒切炮制的药材，性情最是相和。青砂器烧制成功已经500年了，这500年它救过多少人，你想想。老祖宗留下的手艺，咱怎能让它断了根?"

老把式当时还是19岁的小把式，师傅的话有没有进去呢? 恐怕没有。1990年，他撇下学了半拉子的手艺，远去北京打工，工友突然晕倒，被他就近送去了北京市中医院救治。工友住院治疗时，病友家属慷慨出借自己家的熬药罐子，叮嘱小把式："回去替你工友熬药，轻拿轻放，千万别磕到硬物。这罐子我家老爷子用了十多年了，你看，这光泽比日本匠人的铁器还美。"小把式回到出租屋，打开罐盖，只嗅见一股幽幽凉凉、沉笃安心的药香，小把式心中一动，把罐子翻过来，底朝上，果然见到师傅的那一方钤记，小小的篆体"启杰"两字。

小把式归来，30年火炭中踏来，烟尘中行来，成了非遗传人老把式。他说，俺这辈子，就跟这青砂器绑牢了，难分难解。

方向盘上，留下了你的手温

在30路的终点站，我追着一辆刚进站的公交车跑，刷卡进门的一瞬间，男司机提醒我：这车还有7分钟才发车，你可等得？我笑着点头，外面是三伏天12点钟毒辣无比的太阳，踩着点上车蹭空调的，不仅有我这样怕热的乘客，还有一位与司机一样穿蓝色短袖戴平安志愿者袖章的女子，她提溜着饭盒，熟门熟路地打开，递到司机手上："快吃饺子，还热乎着呢，虾仁香菇馅儿的，还有芹菜猪肉馅儿的。反正你要下班了，瞧，我还帮你剥了蒜。"

敢情这是一对公交夫妻，妻子来接丈夫的班，顺便把丈夫的午饭也带来了。两个人都是性格外向的中年人，成婚多年，越长越像，连笑起来鱼尾纹的走向都一模一样，我这坐得最近的乘客，听他们聊起彼此的缘分，也知无不言言无不尽，跟说相声一样默契十足。

女司机说："我20岁一进车队，一拜师，就被师傅瞄上了。他以前也没谈过恋爱，也不知道怎么谈，天天追着我，跟我谈怎么匀速行驶，离红绿灯有多远就踩刹车才节油，跟我谈夏天怎么防爆胎，冬天在雪地上开怎么防打滑。我心想：教官，你能不能把话说明白点啊？车队谁都知道你的那点心思，难道还要我一个女娃子来捅破那层窗户纸？”

我好奇：“最终难道是嫂子你表的白？”女司机大笑：“那哪儿行，得逼他先交定情信物啊。我打定主意，铁了心不说，今天给师傅泡茶，明天给师傅椅子上绑个腰垫，后天给师傅在车里吊个香囊，反正我俩开一辆车，就手的事。”

男司机咳咳了好几声，仿佛被蒜瓣呛到了，媳妇眼波盈盈瞄了他一眼，笑道：“敢做不敢认啊，我的电卷棒谁买的，带粉色儿的润唇膏谁买的？是谁说每天要打扮得精精神神，才能见乘客的？还有，是谁挖空心思打听了我的近视度数，给配了茶色眼镜来，还说，迎着日头开车，不戴防紫外线的眼镜，老了容易得白内障。‘我可不希望80岁的时候搀着看不见的小老太太’，你来评评理，这情话是不是说得很绝？”

我笑道：“原来嫂子是被一副眼镜骗上了车。”男司机立刻接嘴：“还用我骗？她原本就在这辆车上。不过当年，能不能追得上她，我真没有把握，她性格开朗又热情，开车能开得那些去超市淘便宜货的老大妈，专门等着坐她的车，端午给她送香囊，腊八给她熬粥喝，我一看就有了紧迫感，不赶紧把话说明白，老大妈把自己儿子介绍给了她，就成了港片中的‘公交巴士结奇缘’，这可怎么弄？”

家庭条件很一般的男司机，是怎样追上了媳妇？女司机说：“那年隆冬，下了漫天大雪，提心吊胆开回来，就觉得后轮拐弯时有点打飘。还没来得及说起我的担心，回到终点站，就见他手持千斤顶，冒着雪在等。给后轮上防滑链可是一桩苦活，得把棉袄垫在雪地上，仰面朝天钻车肚子底下捣鼓。寒气入了脊背，拔火罐能拔出一溜紫印儿。这些苦活，他从来不让我干。”结了婚，双方都感受到了彼此扶持的温暖，连车队领导，也知道这一对夫妻的老父母，不是身体不好，就是在农村有地要种，生了孩子，没人可帮带，所以特意安排他们开同一辆车，错开上班时间，好照顾小孩子。

说话间，女司机已经把茶瓶里的残茶倒掉，给丈夫续了杯新茶，说：“横竖下了车，找厕所不烦神了。你也熬了这半天，赶紧喝口好茶。”

男司机望向我，笑道：“瞧见没，她嫁过来十几年，操心了十几年。有时我都替她累得慌，每样责任都要尽，最后只能忘了自己。我娘从宿迁乡下来看望孙女，听不懂普通话，她每天饭桌上当翻译，就怕我娘不自在。”女司机有点不好意思，赶紧收拾丈夫的饭盒，提醒他啥时候去学校接孩子，啥时候该下单买菜，要记得留心老师在微信群里的通知云云……女司机微笑着对我说：“我家这位，笨嘴拙舌，漂亮话都说不囫囵的，不过，他是个行动派，女儿小时候，冲奶粉、换尿布，样样都干，女儿上了学，家长会多半是他去开，孩子的功课也是他管着，就为着我开下午的车比较安全。这些年，他要么开凌晨五点半到十二点的车，四点多就要起床赶往总站，要么开傍晚到半夜的车，很不容易。连大年三十，都自愿报名上班，好让我带着孩子回娘家团圆……”男司机瞄了一眼手表，催促道：“时间快到了，别韶叨了。我看着车，你赶紧小跑着去上个厕所……”

两人迅速交接，在发车铃响的刹那，我在左边车头的后视镜上，看到拎着饭盒的男司机在车外，缓缓举起右手，默默一攥；而已经戴上茶色眼镜的女司机，也在车内举起右手，紧攥了3秒。随后，她平稳沉着地发动了庞大的公交车。

烧鹅店里的孩子

烧鹅店是老板夫妻的第一个孩子刚满 5 个月大的时候开张的。时隔多年，老板满哥用一根竹管，往烧鹅皮下吹气的时候还不忘调侃媳妇：“你不晓得，这纯粹是小芹的主意，是她吃了秤砣铁了心，要背井离乡跑到城里来闯荡的，理由是：咱乡里能买到的配方奶，尝一口就没有表姐从城里寄来的正宗。将来，咱家儿子是要和城里小孩一起上高考考场的，配方奶就比人家吃得差，怎么行！”

排队等着斩烧鹅的老顾客就打趣道：“你俩来城里打拼，也可以把娃放老家嘛，你看这菜场里，贩卖蔬菜的、卖螃蟹水产的、卖熏鱼烧鸡的，有几个孩子不是小候鸟？暑假一开始，哗一下来了，闹腾得像麻雀窝，暑假一结束，哗一下走了，大人闲下来就可以摸个牌，哪像你们两口子，两个娃成年累月自己带，这份辛苦，没几个人吃得消。”

满哥大乐，他捂着口罩，立在巨大的烧鹅炉前，踮着脚、伸着头，把吹好的烧鹅一只只挂进去，炉子的热气熏得他满头满脸都是汗，也把他的脸膛熏出了烧鹅的颜色，他回说：“不瞒你讲，娃留在老家，让老人带，在我们老家也天经地义，可小芹不愿意，说娃扔在老家，养出一身的毛病，将来这后悔药谁能咽得下？当了爹娘哪能光顾自己过逍遥日子，把娃留在孤苦中，也增加爷爷奶奶的负担。”

排队的人又问：“你就这样被说服了？”满哥摇头说：“哪有这么容易，男人二十郎当的时候都贪玩。”他自己说了个故事：烧鹅店开张后不久，有一回孩子奶奶来送冬衣，就见自家儿子在菜场门口吆五喝六地与人下棋，小芹一个人背着娃儿在斩烧鹅，手臂上是一溜燎泡。老人一问，才知道她一个人又要招呼客人，又要招呼炉子，着急忙慌提溜出烧鹅来刷蜜水，烫到了。老太太大怒，立刻到菜场门口，搅散了棋局，拉扯着儿子的耳朵把他拽回来。满哥这才知道，媳妇背着儿子，每天工作十几个小时，喂了儿子的几顿辅食，就忘了自个吃饭，已经有小腿浮肿的迹象。满哥看着老娘轻轻抚摸媳妇浮肿的腿杆，一按，那小凹坑半天才回弹，终于愣住，一句话也说不出来。老娘当即下了死命令：做烧鹅的工作得你来，还有，你马上去买个带遮阳篷的手推车，让你媳妇把儿子放下来。天天背着斩烧鹅，谁吃得消？

胖嘟嘟的娃儿就在婴儿车里长大。遇上顾客稀疏的时候，芹姐就蹲在婴儿车旁读五言唐诗，她不知从哪儿寻来一本卷了边的旧书《唐诗三百首》，娃儿学说话，居然是和五言绝句一起学的。芹姐以歌唱的腔调，抑扬顿挫地念诗，逐渐地，让出一两个字让儿子接腔，再让出三个字，逐渐地，孩子话讲利索了，诗也会背了。这真是菜场奇景，不仅震惊了菜贩子们，也震惊了那些带着娃儿来斩烧鹅的城里人。

有人问芹姐："老板娘，你这是要把儿子培养成神童?"芹姐听出了其中含义复杂的调侃，她想了想，回说："等我儿子长大了、懂事了，他可以继承我们的烧鹅手艺，开个分店，也可以去干别的工作。我今天做的所有的事，就是为了让儿子将来除了吹烧鹅，还有别的路可走。"她说得心平气和又坚实有力，连满哥都说不出反驳的话来。随着儿子的长大，上幼儿园、上小学，每一个关口对烧鹅店的夫妻来说，都很不易。幸亏芹姐有远见，8 年前就贷款在南京买了商品房，把全家人都迁来落户，孩子才得以顺顺当当，留在父母身边上学。这几年，生了小妹妹，满哥夫妻的责任更重了。满哥过了 30 岁，年轻时爱玩爱喝酒的习性也改了，全身的筋骨都在日夜不停的劳作中被浇灌得铜雕铁铸一般，他负责踩三轮车进宰杀好的新鲜白鹅，负责在烧鹅炉旁劳作，负责调配卤水，还负责烧制鹅下水做成的美味串串，而芹姐负责给周围的小饭店送烧鹅，负责斩烧鹅，负责孩子的一应教育事宜。她甚至跟着小学课本重新学了一遍，不仅把古诗文倒背如流，有空还拿着一把做串串的竹签念念有词，琢磨奥数题。大儿子在门口支起小方桌，开了台灯做功课，有问题就提高声音问妈妈，正在砧板上忙碌的妈妈随口就能答问，还不耽误斩鹅手法的利落均匀。

三伏天，孩子留在烧鹅店外写作业、练大字，小背心上都是汗渍。顾客看着也心疼，对老板娘说："让孩子进店凉快凉快吧，店里有空调，你怎么舍得孩子待在外头?"芹姐就笑："店里打着空调，是为卤菜保鲜。孩子进来，转不开身。再说，这点苦都吃不得，将来能成什么事。瞧，满哥心细，已经尽量把孩子做功课的小桌挪得离烧鹅炉远了，还给孩子拉了线，吊上微风吊扇。”

算下来，满哥家的烧鹅店已经开了整整12年，他家大儿子今年都小升初了。烧鹅店里成长起来的少年沉稳有礼，做完了功课，不仅负责看护妹妹，还负责把一年级课本上的短文和诗歌，念给妹妹听，与妹妹一同唱歌般地朗诵。他们就是被称为“菜娃”的菜场子弟，然而长得干干净净，又与别的“菜娃”有一点不像。这天，气温飚升到三十七度，满哥的汗背心上结了薄薄的一层盐渍，就在他又一次踮脚伸臂，小心翼翼把吹鼓的烧鹅吊进炉膛时，忽然感受到脊背和腿胯上的凉风。回头一看，满哥就怔住了：只见他的一双儿女，妹妹学着哥哥，两人各拿一把蒲扇，在往当爹的背上扇风。

那一刻，满哥突然眼热鼻酸，他明白，媳妇这么多年来的坚持，是对的。

夜半，授粉人在行动

晚上不到8点，小姚就被雨打在芭蕉叶上的窸窣声惊醒了，她立马撑上伞去果园里，把夜间补光的灯全部打开。数万株火龙果树被千百盏灯照得纤毫毕现，小姚看到，一大批形似硕大湖笔的白色花苞已经露头了，而花苞外围的柔软萼片，沾满了雨水。

小姚心中充满忧虑，再过两小时，火龙果的开花时间就要到了，而此时若是遇上大雨，火龙果的花朵不是紧闭不开，过两天直接萎落，就是勉强开了，花粉也被雨水迅速冲走了，几百亩火龙果花田，就会只开花不结果。2018年盛夏，绵延两个月的雨，曾经给小姚留下深刻印象：接连四批花都没法盛开，整个果园损失了上百万元的收成。

22点10分，雨奇迹般停了，月亮穿行在渐高渐淡的云彩间，小姚赶紧在微信群里召唤果农：花在40分钟内就会开放，速来。

没等果农们赶到，火龙果花朵已经像芭蕾舞裙一样窣窣抖动，迅速盛放，这种形似昙花的花朵盛开后如薄薄的琉璃水晶碗，满盛着醉人香气。它十分害羞，只在深夜开放短短数小时，黎明即会闭合萎谢。这种花雌雄同体，但雌蕊的柱头偏偏比雄蕊高出一寸，雄蕊上的花粉很难落到柱头上，而此时夜已深，帮助授粉的蜜蜂蝴蝶等昆虫皆已睡去。这就需要果农熬上一宿，替所有的花朵做一遍人工授粉。

半小时内，睡眼惺忪的果农都已赶到，大部分是留守乡间的中年妇女，还有坐在轮椅上的残障人士，比如龙叔，他前几年在外地的建筑工地上摔坏了腰椎，两条腿都萎缩了，小姚特地把果园运输通道两侧的果树，都分给他授粉。因为轮椅能摇进去，加上火龙果的花都低垂在一米五以内，龙叔抬个手，就可以够到。

给火龙果的花授粉，必须是性格温柔的人才做得到。花朵与花蕊极其娇柔，授粉必须令花粉密布整个花蕊，又不能伤害到柱头与雄蕊。因此，授粉不能用毛笔或竹扫，只能折下一朵将开的花，将花萼与外层花瓣剥去，只留下花蕊和一层薄如蝉翼的花瓣，就是授粉的天然扫帚了。小姚带着几位新手近距离学习龙叔的手法：只见他左右手各持一只花蕊扫帚，同时探入两朵白花中，一手顺时针，一手逆时针，悬空扫动。龙叔说：手上的劲儿千万别使实了，你可以把花粉想象成潭水，你要像武侠小说里的轻功一样，点水而过，整个过程千万要压着水花。伤到柱头，这朵花就废了。

一朵授过粉的花，在 1 个月左右就能长成一颗硕大艳丽的火龙果，沉沉地垂挂在三棱形的枝条尽头。火龙果是仙人掌科的植物，长得就像一个个桀骜不驯的朝天拖把，又像摇滚乐手的飞扬脏辫。每一根棱形的枝条上都密布仙人掌般的刺，因此，无论是授粉还是收获，果农一不留神就会沾上一胳膊的刺。

夜深人静，花朵此起彼伏地怒放，龙叔一面讲授操作要领，一面叮嘱徒弟们：专心很重要，要不，记不得哪朵花授过粉，哪朵花还没授。这可不像当娘的生了双胞胎，给同一个孩子洗了两遍澡，另一个没洗，也不打紧。花朵经不住二次刷扫，而没刷扫到的花，就成了光开花不结果的谎花儿。

跟着龙叔学习的大嫂就笑：龙哥，你这几年脾气柔和不少，也不见你摇着轮椅、喝醉了酒追骂孩子了，这份授粉工作，让你变了个人一样。

龙叔不好意思地笑：小姚说的，跌坏了身子，酗酒颓废，暴躁骂人，有什么用？还得振作起来，有个小手艺养活自己和家人。她还叮嘱我：每天回家，要耐心听完孩子在学校的经历，经常像扫花粉一样，柔和地撸撸孩子的头，要在心里对孩子有期待，孩子早晚会出息。因为，花就是这样变成果实的。

曹婆婆的面

曹婆婆在菜场旁开这家只有十平方米的小面馆，已经 18 年，她是安徽宁国人，与菜场上专卖西红柿和甜椒的王伯是老乡，两人都是四十八九岁时到南京来帮长子带新生儿，坐上黄山开往南京的绿皮车，挑着自己的被窝卷，忐忑不安地来到陌生城市，从此没有离开过。

王伯来了没两年，就嫌大城市家家户户家门紧闭，没有聊天的人，又闻不见泥土与菜蔬的气息，没意思，吵着要回宁国老家种菜。这可把儿子媳妇急坏了，老爹这一走，娃儿没人带，可怎么办？无奈之下，儿子替老爹在菜市场租了一个两米长的小摊位，鼓励他兑菜来卖。儿子又把老妈从老家接了来，让老爹可以换个手，有个伴。

卖菜人守摊一天，往往出门前来不及吃饭，要等到下午一两点顾客稀疏，才能吃到第一顿饭。菜贩们饿坏了，也渴坏了，一大海碗汤面，稀里哗啦吃下去，人才能从累蔫了的状态中缓过来。王伯叫了一个月外面小餐馆的面，味精多，配料少，受不了，鼓励老乡曹婆婆出来开面馆，给菜贩们一碗“壮壮实实，可以扛大半天”的面吃。起先，曹婆婆还犹豫，她虽然下面手艺得到全家人的赞许，却从来没有做过生意。王伯指点她：摊位离不了人，菜场生意多数是送面上门，所以你的小面馆，门面可以租小点；卖菜的人，到了下午五点半，就要出清陈货，准备上新货，你送面的时候留个电话，需要什么菜蔬，人家都半卖半送给你，这样降低成本，面馆肯定能赚钱。

见曹婆婆不吱声，王伯又说：你回去思量思量哦，咱们若是没自己的事可忙，光忙儿孙的事，等到孙子大了、住校了，跟你没话说了，任你从前神气得像龙王三太子，也会跟拔了筋一样没精神。

曹婆婆被说愣了，想了两天，终于在离菜场只有十米远的地方，盘下店面开了个螺蛳壳大的小面馆，水牌上只有三种面：肉丝面、鸡蛋面、猪肝面，配菜每天都换，全看曹婆婆昨日傍晚在菜贩那里买到什么落市菜。买到菜秧，下菜秧面；买到青椒，下青椒面；买到瓠子和西红柿，下瓠子西红柿面；若是买到十来把豇豆，那得等上 20 天，才能吃到口舌生津的酸豇豆面。曹婆婆手巧，酸豇豆酸萝卜自己腌，豆瓣酱自己发酵自己炒，连小块皮肚，都自己炸。顾客买了猪腿肉做绞肉，猪皮片下不要，肉贩子就送给曹婆婆，躲过她递钱过来的手，说：明儿我的面，加勺酸豇豆就成，压压这一案板的肉腥气。

曹婆婆的面，从不放味精、老抽、荤油，下得清清爽爽，面像美人的髻子一样松松挽起，一丝不乱。上面盖着一大勺浇头，热气腾腾。她店里的水牌旁边特意挂着一个小木牌，上面用毛笔字写着：烂糊面另嘱。意思是若是你点面的时候不说，面端上来一定刚刚断生，滚圆的面条咬开来，面芯子还是白的。曹婆婆有句口头禅：没有铁打的手脚和肠胃，做不了贩菜营生。她发现，菜贩子没有一碗面，是能一口气吃完的，往往划拉两口，不是要接待散客，就是要招呼附近饭店着急忙慌来补货的大客户。面稍微下软点，这一来一去就泡烂了，叫人毫无胃口。因此，汤醇，油滚，面有骨子，是曹婆婆百试百灵的口味。

面下出来，曹婆婆秒速放进一个双层篾篮，挎上，给菜贩们一一送到摊位上。菜贩们伸出皲裂的大手接过，笑道："闻见曹姐的面，才晓得饿。"曹婆婆忽起顽皮心，回道："等明儿我关了门回宁国乡下了，看你们吃什么！"菜贩们都嘻嘻发笑，知道曹婆婆嘴硬心软，18年的牵肠挂肚，她放不下他们，他们也放不下她。

这不，听说贩卖小龙虾的摊贩，忙了两个月都没赶上吃一碗龙虾面，曹婆婆得了空，立刻称了5斤小个头的青壳龙虾在处理，虾仁归虾仁，虾脑归虾脑，准备等会儿，趁那卖虾摊主穿校服的儿子回来了，就给那家人送面去。曹婆婆说：总要让那孩子知道，有人看重你爹娘这一夏的忙碌，惦记着他们。他们这会儿忙得又黑又瘦，只剩两只眼睛精光发亮，这种吃苦精神，那孩子也应该看得到吧。

绣娘的蜕变

在其他绣娘还在家门口摆摊，卖15元一只的绕针绣戒指，感叹等半天也做不成一笔生意的时候，回乡十年的树桢已经在她的直播间里，卖城里女孩最喜欢的苗绣手机套、苗绣手袋和苗绣百褶裙。

她的直播间就安设在自家高高的木楼上，在长长的雨季里，不时会有短暂的云开雾散的时候，从她家望出去，可见地无三尺平的黔东南雷山县排卡村，高高低低的苗家木楼飘起的炊烟，巴掌大的田地，以及横跨两山之间的彩虹。

树桢一个人做直播，没有打光的灯，她就用竹篾片弯成圆形，绷上刺绣用的白布，后面放上一盏小台灯。这样的两盏补光灯一左一右打开，照得树桢更加面如满月，笑容亮堂，胸前的银项圈闪闪发光。她一边绣花，一边把成品展示给直播间里的粉丝们看，还学着用手掌挡住反光，让粉丝看到苗绣中绕针与颜色渐变的细节。

树桢是苗寨里少有的读过高中的能人，二十年前，她还是语文课代表，因此，她的表达尤其出人意料，比如，她形容绣在黑色手袋上的雀鸟，起飞的姿态就像宝蓝色的折扇忽地一声打开，还沙沙抖动；她打开绣好的两只手机套，说上面的小鸟是一对儿，“你看它们依依不舍，像不像小妹送情郎，隔着山还在唱歌回望?”她还说，对城里女孩来讲，苗绣宜疏不宜密，只有她这样传统的“老美女”才把红花绿叶绣在衣领和斜襟绲边上，城里女孩都讲究一个含蓄，所以她把山茶花和长尾巴雀鸟都绣在百褶裙的一两个褶皱里，这样，当你笑吟吟站着，只露出一点点颜色，只有行走、跳舞、骑车，裙摆打开，鸟语花香才能刷地一下展露。

她还尝试像网上的头部主播一样，周末搞个一两次秒杀。周末到来之前，树桢照例会跟同村的绣娘姐妹开会，双方约定供货和收益分成。树桢说：“我也希望她们自己开直播，不要过于依赖我。我跟她们讲，山沟沟里跳涧水，游泳都得自己学。开直播有什么难的？粉丝的问题你回答不上来，唱支山歌给他们听，人家就原谅你，就被你圈粉了嘛。”

树桢是苗家留守妇女的一个典型。她也经历过长年在外打工，春节回家过年，亲生儿子只肯叫她“阿姨”的伤心事。为了能照顾孩子读书，照料双方父母，她咬牙决定留在山乡，过上与打工的丈夫聚少离多的生活。一开始，她也很迷茫，山路九曲十八弯，摘下的水果、养出的鸡鸭、千辛万苦绣成的作品，都很难运出去变现并改善生活。农村复杂的婆媳关系、与自己相当生疏的犟种儿子、比打工城市贫瘠得多的文化生活，常常令她蒙被流泪。

而改变命运的转折点，是扶贫基金会志愿者们的到来。树桢清清楚楚记得，那天，村里的妈妈们在晒场上，围着基金会的郑主任坐成一个圈，诉说自己归乡后的艰难，诉说孩子难管教、公婆难服侍、绣成的腰带难销售，诉说自己人到中年一事无成的自卑与自责。说着说着，这些姐妹，包括树桢自己都泪流满面。郑主任挨个拥抱她们，给她们做心理疏导，给她们发放纸和笔，让她们把希望过上的生活画下来，印在脑子里。

这是树桢离开学校20多年后，又一次拿起画笔。她忽然意识到，要过上有自尊、有信心、有底气的生活，怨天尤人并没有用，不妨从自己最擅长的苗绣入手，看能否找到一条自立自强的出路。

经过一年多的努力，树桢凭着自己的苗绣绝技，拥有了“唱句山歌讲道理，老老少少能服气”的地位。这天，树桢特意通过基金会，联系了县里的一位摄影师，来向树桢与绣娘姐妹们教授在户外拍摄视频和连线直播的技巧。怎样手持拍摄杆，手机才不会抖动，怎样通过空镜头传递苗乡的云雾缭绕之美，怎样通过推、拉、摇的镜头处理方式，让粉丝注意到苗绣中的点睛细节。摄影师还辅导树桢她们当模特，如何收腹挺胸、做好表情管理，如何以行云流水的手势展示苗绣的微妙色泽，如何在微笑回眸时，眼睛里的一丝荡漾刚好对上镜头，余音袅袅，韵味不俗。

在摄影师的指挥下，树桢与姐妹们一趟趟走步，并观看回放，自己寻找不足。拍摄持续了三个小时，直到雨又绵绵地下了起来。

树桢跑回家中，绣花裤脚已经全湿了。蓦然，她发现，她搞直播的工作台上，一大海碗红糖姜汤正袅袅散发着热气。树桢心头发热：嫁过来15年，婆家终于有人懂得心疼她，体贴她了。

乡村医生

观看法国电影《非你莫属》时，老葛不止一次揉脸、叹息，他真没想到，发生在法国乡村医生维纳与娜塔莉身上的故事，在他身上也一样发生着。中法两国的文化差异很大，可农民的本质却那么接近。

老葛也是一名乡村医生，驻守村卫生所已经 35 年。作为方圆十里唯一的一名全科医生，他什么都得干：自己打针配药，自己准备手术器械，自己在院中种植草药。他非常懂得那些带着一堆孙儿、六七十岁还在种地的老农民的心理——看一次胃病或感冒，就要花去几百元，这是他们绝对不能容忍的。作为乡村医生，你最好能针灸、刮痧、拔火罐、搓艾绒烧艾灸，不花什么钱就妙手回春；你也要为 60 岁以上的老病号建档，你得像一名病案管理员一样，把上百人的病历都用防水油纸包好，整整齐齐放在十几个大抽屉里。你当然可以与时俱进，把病历在电脑中归档，那样一来，搜索出 80 岁老爹的身体指标变化只要花费 30 秒，可接下来，要说服他接受你的治疗方案，说不定得花 30 分钟。信不信由你，那些变黄发脆的纸质病历，病历上着急上火的笔迹，竟能说服农民：这位医生与你是一同滚过泥潭的战友。

老葛在乡间行医，经常遇到令人哭笑不得的场景：去村民家里巡诊，需要打败看家大狗，和高头警卫一样嘎嘎乱叫包抄你的鹅；中途被一脸焦灼的大娘拉去给她的羊接生，尽管你一再强调自己不是兽医；你也需要与脾气古怪的鳏夫寡妇打交道，他们绝不轻信人，像城里老人那样听信保健品推销员的几句软话或威胁，就拿出十几万养老钱买了一屋子包治百病的药丸和床垫，这种事绝对不可能发生。他们多半眼神锐利，山根处有不好惹的横纹，腮帮上的肌肉像牛肉干一样紧张，就像活了几十年的鹰一样，谁试图从它的老巢里拖走一根树枝一片羽毛，它立刻跳出来啄你。

反正，他们都是以高度的警觉来掩饰自己的无依无靠，以高亢强硬的做派来掩饰年华老去的虚弱。作为乡村医生，你绝对不可以嘲笑他或戳穿他，你唯有与他熟到可并肩坐在门槛上喂鸡，可以喝同一钵味道古怪的炒米擂茶；你唯有跟他熟到可以抱怨自己的孩子，这倔强的乡村老汉或大妈，才会放心让你治疗他溃烂的脚杆，或者每到采茶季就要爆发的偏头疼。

既然如此辛苦繁忙，又费口舌，为何还要坚持做一名乡医？老葛笑着说了两件事，第一件事是他服务的一个村寨，有一位 85 岁的老农，老伴去世 20 年了，儿子落户深圳后，每年都来劝说老爹去深圳一同生活。无论儿子如何苦求，老爹铁板一块，就是不松口答应。最后，是老葛出马打包票，说深圳带咸盐味儿的清新空气，可以让他多活十年，老太爷终于肯起驾搬去深圳。第二件事，是今年连绵的春雨，让老葛的车陷进了村路上的大泥塘。村人不呼即来，帮他起劲推车。老葛点火猛踩油门时，后轮甩出的泥点子喷了推车人一脸。老葛正愁没带湿巾给人擦脸，其中一位花脸儿大笑，这算什么，咱这里有的是山泉水洗脸。听老葛赞美这里的杏花，他不仅从家撅了一枝开得正旺的杏花来，还带来了去年收获的一包杏干，不管老葛肯不肯要，开了车门就放在了他的车后座上。

篾匠的生计

作为篾匠，钱叔这半生，体验了赖以生存的活计由密转稀，又由稀转密的过程。

20 年之前，稻谷的收割季开始前，钱叔忙得连去理发店的工夫都没有，长长的头发像艺术家一样用女儿的皮筋草草扎在颈后。他的活计太重了，每天都有农人寻到他，蹲在他干活的竹椅前攀交情、唠嗑，非要以“饭锅上的腊肉都给你蒸过三回，久盼你这个菩萨不到”，想把他截到自己家。钱叔逗了对方一句：“我要真是菩萨，吃了你的腊肉可就破了戒，罪过的。”忽见对方神色焦灼又黯淡，终觉不忍，便伸出自己伤痕累累的手给对方看：这会儿，家家户户的箩筐、谷篼、竹簟都要修补，你放心，竹子我已砍来，篾片我已剖好，你家那晾晒谷子的竹簟，尺寸有多大我都记得，等这家修补完了，赵家花一天，李家花半天，后天下午我就能去你家了，你急个啥？天气预报说了，未来一周都是晴天。

来人终究觉得不放心，见主人家端出篾匠的饭，赶紧让老婆把自家上好的蒸腊肉也端来，亲自给篾匠夹到饭上。钱叔满足地微笑，是的，哪有比手艺受到乡亲的仰慕和肯定更意满志得的时候呢，这会儿，钱叔一天工作十几个小时，就为将新剖出的篾片，缝缀到箩筐、竹簟、谷篼的棕色老篾间。新篾与老篾互相穿插，你中有我，我中有你。历经沧桑、破绽百出的收获工具们焕然一新，并散发着新竹特有的香气。送腊肉来的人依依不舍带着空碗离去，既敬服钱叔的好胃口，更敬服他的好手艺：瞧，他手上的劲儿有多圆，竹簟的弧度编得多乖巧、多俊俏！

钱叔绝对没有想到，有一天，哪怕有好手艺在手，他也会变成没有活计可干的闲散人。不久，通往各个村落的道路都开始硬化，不知是谁想到的主意：将几十个装满稻谷的竹簟放在场院里晾晒，多麻烦！直接把稻谷摊开在宽阔的水泥路面上，摊晾省力，扫收迅速。虽然，乡干部提着红油漆到处刷标语：“禁止在公路上晒稻谷！”“修路为民，晒谷危险！”然而终究很少有人当一回事，尚有乡民咄咄逼人反问规劝的人：大路朝天，你走半边，另一半留着给我晒稻谷，哪段路是你家出资修建的？

修缮竹簟箩筐的活计越来越少了，就算不靠公路的人家，也在自家场院做了硬化，把稻谷直接摊晾在上面。钱叔的爹爹是个种田的老把式，坚持说，这种摊晾方式不对，水泥地聚热又不透气，稻谷表面的温度上升太快，封住了里面的水分，这样的稻谷轧成新米，容易生霉生虫。而竹簟是透气串风的，稻谷的水分缓缓吹散，风味将留存得更持久。但老爷子的宽心话，并不能扭转儿子的手艺没有施展余地的境况。那十年，钱叔与妻子在镇上开了一间面铺维持生计，作为篾匠，他手上硬如塑料的茧层逐渐淡去了。竹子伐下，找不到出路，被很多人家当作烧柴。钱叔唯一能接到的篾匠活计，就是六月份替贩卖蝈蝈、蛐蛐、金铃子到城里去的人，提前编好一批小篾篓子。

然而，准备下一辈子面条的钱叔，做梦也没有想到最近十年，他又开始重操旧业。在浙江，数以千计的民宿建了起来，从城里驾车前来的文青和白领们，穿着飘飘冉冉的汉服，怀抱练了许久的古筝和琵琶，带着活泼的大狗，就巴望着举目而望，四处都是细篾灯罩、藤竹躺椅、竹篾书架和光影温柔的竹草窗帘，它们被风吹日晒，被躺坐摩挲，由青绿色逐渐转化为红褐色，摸上去透骨幽凉，丝滑如玉，每一缕经纬间，都流淌着田园生活的意趣。钱叔不仅应民宿主人之邀，编织这些乡野民宿必不可少的陈设，还编织了一批精巧迷你的竹簟、花器篓子和茶席垫子，供前来休假的城里人带回去赠送亲友。最近，他更忙了，因为民宿在疫情之后重新进入旺季，头脑灵活的民宿主人为吸引客源，请钱叔去教客人竹器编织。钱叔这一辈子没有教过课，天天手拿竹篾，念念叨叨在备课，把编蝈蝈笼子的起势、拉纬线、布经线、弯曲收势的要点，编成口诀。钱婶在一旁笑说：我怎么觉得，同样是教徒弟，你就没有你师父那股子“悟不到要领，你就卷铺盖回家”的气势？

钱叔淡淡地说：只有经历过手艺不吃香的日子，才知道如今有人看重你，这满山遍野的竹子又派上用场，有多么可贵。你忘了开面馆时，咱家收起所有竹编的家什，只剩下几个捞面用的竹笊篱，也会招我叹气的日子了？

钱婶默默点头，忽而，眼中有了泪光。

千锤百炼一张纸

小曹永远记得他20年前回乡，要拜老邢为师，学做宣纸时，老邢慢吞吞饮茶，不肯答理他的那十分钟。其时，老邢带过的五批徒弟只留下四人，技艺好的远去日本，做古籍的修缮用纸去了，技艺稍逊的纷纷改行。因为中小学书法课的裁减，宣纸只能供书法家和国画家使用。销量低，出路窄，手工宣纸技艺就像昆曲一样，走到了年轻人不肯接棒的境地。邢师傅轻易不肯授徒，也是被接二连三辞行的徒弟搞伤了心，他真不觉得眼前这个穿粗布长裤的小年轻坚持得下来。

邢师傅的茶终于喝完了，鹰一样上下打量小曹，沉声说："做纸，称得上水深火热。冬春手脚都是裂口子，夏天，光脊梁上能晒出油来。你虽是泾县子弟，上一辈也不是干这行的，为何要吃这份苦？"

小曹淡淡地回："去年到南京，偶然在美术馆看到李可染先生的牧童图，我惊呆了。可染先生画牛，画牛背上童子，画风烟垂柳，只是唰唰几笔，可就这么看上去毫不费劲的几笔泼墨，连水牛皮毛下有怎样的骨架，牛蹄奋力时，牛肩上的肌肉怎样抖动，都交代得一清二楚。我突然意识到，没有好宣纸，这些水墨杰作就不会诞生，咱们泾县人，祖祖辈辈有这样的手艺，若百年之后就失传了，有多可惜？所以我就回来了，想跟着师父，水里火里都走一趟，把好技术学到手。”

这一路走来，小曹经受了千锤百炼。众所周知，青檀树皮的长纤维是宣纸的骨架，沙田稻草的短纤维是宣纸的肌肉，要保证宣纸千年不腐，这些植物纤维不仅需要经过渍灰、腌沤、蒸煮和清洗，让其中的有机质成分充析出、过滤，还需要将洗干净的稻草树皮挑到山上去晒，一天挑十趟，一担百十斤。挑到最后，小曹不得不在旁边晒得滚烫的山石上平躺一会儿，使劲抻一抻背，才有力气下山。此时他仰面望天，泾县特有的跑山云正你追我赶地经过这个晒场，天色明暗不定，风势浩荡，草料发出茁实的香气，很快变得脆松松的。小曹知道，等太阳下山，岩石吐出星星点点的夜露，草料又会被濡软。如此反复，两三个月后，黄黑色的皮料和草料发生微妙的变化，逐渐变得清、劲、韧、绵，变成一种迷人的米白色，可以挑下山去再次锤炼漂洗了。晾晒、腌沤、清洗，周而复始三次，一年的时光已经在风起云涌间走到尽头，了不起的皮料与草料终于炼成。它们粉碎后，与粘力很强的杨藤汁混合，倾入纸槽，以细竹帘打捞之，成就宣纸湿答答的雏形。

小曹原本也想学捞纸工序，他看师兄弟一南一北，两个人像推磨打太极一样一来一回，身腰手法配合得天衣无缝，如行云流水一般，不由得好奇心大发作，也想卷起袖子实践一番。谁想，邢师傅懂医理，替小曹诊过脉，说他体质偏寒湿，不宜捞纸，安排他跟着自己学晒纸。

这下，小曹逃过了水深之苦，却备尝火热之味。密闭不通风的晒纸车间，竖着铁铸的火墙，温度近 70℃，师傅们打着赤膊也汗如雨下。晒纸车间里，一年四季放着大茶桶，里面永远晾着菊花茶、麦冬茶。遵循古法手作技艺的师傅，徒手将一张张湿宣纸烘干晾晒，经过抬、靠、烘、架、润、做、鞭、点、牵、折、刷、收、叠等工序，才能变成不松不粘，又不焦不脆的宣纸。小曹记得邢师傅给他做示范：牵纸，要用右手食指点角，一气呵成牵三条线，保证湿纸完全平展，吸附在焙晒板上；晒纸时手要绷紧，用软毛刷细刷湿纸表面，保证刷路均匀，避免烘烤时松毛路、起折、起焙。小曹与邢师傅一样，每天的工作量是 1200 张纸，晒好的纸放三天，等其火燥感退尽，就可以评定等级了。

邢师傅抖动自己做的纸，亦轻抖徒弟做的纸，让小曹侧耳聆听。两张纸都泛着白色细绸特有的光亮，望去极为舒徐灵动，然而细听上去，小曹的那张纸还是发出蝉翼振动般的细声，而师傅的那张纸，真的像轻绸那样不闻声响。

小曹记得，不给现成答案是邢师傅的授徒原则，这点声响是从晒纸工序的哪个环节来的，得靠小曹自己去一点点地排查。须知，做成一张千年寿纸，需要付出的，正是这种耐烦，这种等时间的流水来检验的笃诚心意。

采茶女的四月

3月底，玲新会把公公婆婆家的床单被褥全部浆洗一遍，蚊帐提前挂好；将孩子们的春衫提前从樟木箱里拿出吹风，又替一儿一女理了发；她卤了大锅牛肉，分成小包速冻，又将买回的碱水面盘成蚊香状，晒干收起。做这些准备工作，玲新是为了替南下采茶做准备，整个四月，她都不会在家。

采茶是一门好营生，工资都是每日结账，一芽一叶的鲜叶过磅之后，茶业公司收鲜叶的人随便抄起箩中的一小把鲜叶，凑鼻下细闻，又拈起一芽鲜叶来，审视梗部有没有指甲硬掐的痕迹。接着，收鲜叶的人下巴抬一抬，旁边的财务就把现钞递过来了。对来自中原的农家媳妇来说，这笔收入，是她在大家庭中说话有底气的理由。

玲新走前，丈夫略有点不高兴，说："啥时候能不去采茶呢？这一个多月，孩子的功课也没人管，衣裳也没人洗，每次我去收晾一家人的衣裳都被村里人取笑。都说采茶季一来，谁家掌柜的地位低，就看出来了。就算我不讲究这面子，你这肩周炎从冬天犯到现在，能吃得消？”

玲新整理自己的行李，头也没抬地回答：“吃得消。你总要学会独立带孩子的，我走开这一个月，是让你有机会想一想，平常是不是太不把我的付出当回事了？我走了，这一大家子人有机会想一想的，是不是？”

玲新的丈夫脸上浮现一点惭愧之色，又追问一句：“听说到了茶园，葱姜蒜都不能吃，护手霜上工前也要洗掉，你能习惯？”玲新没头没脑地回应：“说来也怪，到了茶园，空气湿润发甜，蜜蜂来来往往，茶园边上都有花树果树，一个月不吃葱包饼，都不想念。咱家丫头成绩那么好，将来，我想让她考浙江大学。”

玲新丈夫不吱声了，连着四年外出采茶，老婆变了一个人一样，他不太明白她在江南究竟经历了些什么，为此，他连刷抖音的时候，也格外留心网友们上传的采茶视频。

玲新经历的采茶生活，当然比抖音视频上展示的更辛苦。茶园老板腾出仓库供采茶女们歇息，每支队伍都有三五十人，睡上下铺，由值班小组负责烧水做饭。做中高档绿茶的芽叶讲究带露采，中午气温特别高的时候，采回来的茶叶容易自动发酵，因此采茶女们都起早贪黑，中午反而要有一个长长的午歇。

早上五点，玲新就与同伴们睡眼惺忪地开始洗漱了，五点半，她们就戴上护袖与遮阳草帽，腰里别一个藤萝往茶园走，裤脚上不一会儿就沾满露水。

早上的芽叶品质最高，手指轻掐轻折之间，似可听见茶树的鲜甜汁液迸溅的声音。玲新双手作业，无数的芽叶像新鲜的绿色火苗一样，在对她招手，她的手指迅速变绿发乌了。有时，西边山洼里会涌出团雾，让远处山坡上的伙伴都隐匿在云雾之中；有时，天是晴朗的，东方早早堆积着玫瑰色的云彩，小组长们不停地吆喝提醒众人：要专心，要勤力，采茶是按分量计酬的，明前茶是金，雨前茶是银，五一节过后茶叶就快成烧火棍了，大家出来一趟不容易，要埋头赶采，不要神游天外。

每次，听到小组长们的吆喝时，玲新就会暗暗发笑：她和伙伴们，三四十岁甚至四五十岁，早就远离了读书生涯，这会儿怎么就像早读课上的学生，被小组长们耳提面命地管着了？没错，她就是那个时不时会走神打望的人。她知道埋头干活收入更高，她也知道清明节之后，芽叶迅速膨大，收购价也一天比一天低，然而，她怎么能忘了四处逡巡呢？江南的四月，比她老家可醉人多了，茶是嫩绿的，花是嫩粉的，没有人的野崖上都生满了开花的野杏树和木本杜鹃，翠鸟、乌鸫和戴胜在枝杈上飞来飞去，婉转啼鸣像五彩的琉璃珠，叮叮当当弹下来。孤云一朵，从山那边不疾不徐地走来，它荫蔽的茶树，颜色迅速变深了，这让唱得起劲的鸟，也迅速安静下来。玲新那么敏感，听到鸟鸣声忽然稀疏起来，就会停下手来打望这永远赏心悦目的世界，心里充满比拿到采茶工钱更丰盛的愉悦。

是的，这是她的假日，是一个负荷沉重的农家主妇最接近少女时代的片段。此时此刻，她终于有机会摆脱她是某人的妮子、某人的娘、某人的媳妇之类的角色，为自己选择一段劳累又浪漫，一力向前又单纯自由的生活。她终于有机会站在自然的核心，站在有花有鸟，有云有茶的地方，直起腰来想一想，她想要的日子原本是什么模样。这个问题，她离开高中校园20年，竟然很少有时间想起呢。

澡堂里的众生相

在扬州，孵澡堂依旧是中老年男子独有的享受之一。扬州的澡堂子普遍占地面积不大，可能就位于某栋民国青砖建筑内，进第一道门就有天井，里头种着乌桕桂花南天竹，养着成缸的金鱼，成排的消毒毛巾招展在青天下。如果不是看到小青瓦上一阵阵摇曳的热蒸汽，你会以为到了诗书宅邸。

入得澡堂子，休息区的人字形屋脊下，都高挂着元宝形的竹篾篮子。这是扬州老澡堂里的独有风景——客人的外套、毛衣、手机，还有蜜蜡手串、文房核桃等等，都归置在竹篾篮子里，伙计们用长长的晾衣叉子，将它们高高悬挂在檩子上。天天都要来报到的客人，大部分都退了休，有的还当了爷爷。你若是一个外客，这些老哥一定会向你显摆扬州人的幸福——某搓澡工的手艺之佳，抵得上半个郎中，包治腰腿痛与重感冒；某采耳手艺人的手段之妙，让"耳聋"两三个月的人，瞬间听见人家怀里的鸣虫在一个劲儿欢唱；而某服务员手脚之麻利，可以一臂膀端上三碗小馄饨，另一只手还能给人飞抛热毛巾。

这简直是电影里的传奇场景。老伯们不仅在这里谈论股票行情、学区房的房价、国际时事，还说起儿女辈懒得恋爱，懒得结婚生子的闹心事。他们一面劝人劝己，说儿孙自有儿孙福，一面却忍不住贪看那些跟着爷爷来洗澡的娃娃。都是一不小心就会闯祸的小男孩，一同泡澡的老伙伴这样感叹“为谁辛苦为谁忙”——这把年岁还要照管五六岁的皮猴儿，还有一个娃在儿媳妇的肚子里等着老两口去接手照顾呢，洗个澡都需要提心吊胆的日子，恐怕还有个七八年！可细看这一位，以烟酒嗓唱着自己小时候的儿歌哄孙子，满脸褶子里都汪着慈爱和老男孩的调皮，周围的吵嚷声就静下来了。雾气弥漫，每个人都沉浸在回忆中，也沉浸在对未来的遐想中。

无论到了人生的哪个阶段，澡堂子都是弥漫着湿漉漉亲情的地方。

在东北，经济从重工业向服务业转型的趋势，在澡堂子的更新换代上表现得愈发明显。弥漫着水蒸气与大锅炉轰隆声的职工澡堂纷纷停办，如今，到处是拔地而起的数千平方米的浴场。古罗马宫殿式、文艺复兴式、北欧森林式、星际穿越式、中土魔戒式、和风禅意式、苏南庭院式、你所有能想到的梦幻款式，新式浴场都有，而且更辉煌空灵。除了各种各样的温泉药浴池子，浴场休息区甚至建起树屋，安设秋千，搭起帐篷，浴场休息区不定期开办的讲座，从文物欣赏到金融投资，从保健养生到电影鉴赏，应有尽有。来自香港的浴客说：“原以为扶老携幼一家子齐齐整整外出享受的场景，只有广东和香港有，没想到东北的浴场里也有啊。”

一到周末，东北大家庭就集体出门洗浴，从太爷爷到重孙子一个也不能少。外面积雪未消，里面暖意酥骨，众人洗完澡，像踏青野餐一样席地而坐，打牌的也有，交谈的也有，吃橘子的也有，枕着家人的腿安静看书的也有。50年后相聚的小学同学穿上统一的浴袍，开开心心跳起广场舞；人高马大的中年儿子，即兴掏出自己的口琴来，为老父母合唱的俄罗斯民谣伴奏；老年发福、气势雄壮的老婆婆拉着儿媳妇说："谁敢欺负你，告诉妈，妈替你收拾他!"

去年过年，沈阳的一家浴场里，大年初一几乎一个人都没有，只有一位从加拿大飞回的60岁男子，因为飞机晚点错过了哥嫂家的团圆饭，干脆决定在这里洗一个新年浴，再坐大巴去老家所在的那个乡镇。他缓缓浸入热水中，忽然被"我终于回家了"的感慨刺激得潸然泪下。他说，那一刻他对20年前的移民决定深感懊悔："我没有在母亲这辈子的最后十年，陪在她身边。为了在加拿大立足，我两三年才回来一次。"热水的包围，让他想起儿时，母亲烧大柴灶为3个孩子准备洗澡水的场景："她总是一头炭灰等在外头，等着用大毛巾包住出浴后冷得大呼小叫的孩子。"那时候，母亲才30多岁，腰肢如杨柳，而他才是一个四五岁的孩子。

光阴筛下的金屑，落在池水里，亮闪闪的。他多么希望那幸福的一刻，可以逼真闪回。

误会造就编剧

编剧需要深入生活，像电影《小二黑结婚》的编剧黄若海一样，非要住在窑洞里，跟鞋底子上磕烟管的陕北老汉与婆姨们生活一段时间，才能写出那油泼辣子般的台词与剧情？那可不一定。因为，有时是基于编剧的凭空想象与误会，才会生发出那样的巧合与奇遇。

比如，有三分之一的电影或电视剧，地位悬殊的男女主人公是在超市邂逅的。超市纵横狭小的过道，创造了心不在焉的人的相撞概率，让那一面讲电话的人掉落了一地的面包和芹菜，闯祸的一方带着歉疚与安抚意味过来，帮她整理那零落一地的速冻比萨和速食罐头，顺便也检阅了她的生活现状。有意思的是，这两位貌似初见，其实是小时候的邻居，或中途失联的中学恋人，或者是脾气很臭的谈判对手。现在，她（或他）的模样让人大吃一惊：当年的缺牙萌娃变成了美女帅哥，丑陋木讷的框架眼镜换成了博士伦美瞳，且将余勇追穷寇的定制西装，换成了装饰着亮片和漫画的宽松大毛衣，后者，看上去好比老虎秒变萌猫，瞬时激起了人的保护欲和探究欲。

连那零落一地的食材，也披露了单身者的孤清——请问哪个有家有室的成年人会一口气买 7 个凤尾鱼罐头呢？于是，邂逅双方迅速进入了一见钟情阶段，他们秒回初恋时光，伸出了试探又害羞缩回的手。

可这样的场景在现实生活中是很难发生的。忙碌的精英们，连订一份水果也会让快递小哥等三次，绝对不会有工夫在犬粮货架前等待真命天子的出现。超市的常客，都是那些精神矍铄的大妈大伯，他们每天在超市门口等开门，成群结队穿着广场舞团里的红 T 恤，或者练太极的灯笼裤，有的拿着开合自如的绸扇，有的拿着丝穗飘飘的宝剑。他们戴上老花镜，仔细在超市特价宣传单上勾勾画画，就等着超市的卷帘门一打开，就蹒跚奔跑，按照心里规划好的路径，分头抢购老母鸡或进口牛腩。超市并不是人民公园相亲角，在这里容不下儿女情长，这会儿，大妈大伯们肯定放下了对 30 岁儿女婚事的无尽操心，在他们眼里，暂且只有肥鸡圆润，土豆暖黄，山药滋补，以及特价苹果的脸蛋上是否长满了昭示甜蜜的红血丝。

这真实剧情，恐怕是编剧们意想不到的吧？

与超市一样，公共图书馆也是编剧热爱的推进剧情的好地方。从《哈利波特》到《暮光之城》，从《图书管理员》到《黑侠》，书架与书架之间的窄逼过道，都是主人公们偷窥、窃听、躲藏以及发现事实真相的好地方。图书馆里神秘又诡异的气氛，书脊与书脊间露出的一线缝隙，紧张的瞳仁，压抑的喘息，出人意料的窥伺，听到晴天霹雳的消息后，主人公将要极速出击，还是快速遁去，都将引发观众的提心吊胆。电影《疾速追杀3》还奉献了有史以来图书馆里最精妙的打斗，基努·里维斯与反派杀手利用图书馆里的短梯、烫金硬皮厚书，以及猛力踢蹬就会成为街垒的书架，奉献了招招见肉的打斗。极速的拐弯与追击，手攀书架躲过对方的致命一击，左右腾挪闪过凌空飞过的砖头书本……精彩归精彩，这恐怕也是对现今的图书馆运营流程完全不熟悉的编剧，坐在书斋里写出的脑洞大开情节。

因为，不管是在中国还是欧美，早在20年前，公共图书馆就推出了扫码借阅。你递上要借阅的书单后，只能像一名在麦当劳点完餐的无聊客人一样，在图书管理员的右手边另列一队，耐心等着你的精神食粮送到你手里。读者可以进入的借阅区，只有空间轩敞的报刊阅览室，很难想象主人公互掷报纸来散发满腔怒火，或者把大开本的财经或时尚杂志当作绊脚索。

与农牧社会不同，当代编剧与作家们显然不可能指望在公共洗衣房、超市、图书馆或格子间里“深入生活”，而获得灵光一现的灵感。在生活变得千篇一律后，想象力就变得格外重要。

乡厨驾到

贵州山间，凌晨5点，乳白色云雾充盈山间小径，牵扯着行人的衣摆。老于和他手下的4名厨师及10名帮厨妇女已经顶着星星出发了，他们此次的目的地是一户娶媳妇的人家，50桌乡村宴席正等着他们去操办。婚宴将在村落中所有平展的公共场地蜿蜒展开，鼓楼、花桥、晒场，都被动员了出来，摆上村民们抬来的各式各样的餐桌，一夜过去，已经被上半夜的小雨洗得发亮。在晒场上，老于昨日就花了一天时间，亲手砌好了抬头长龙灶。这种大灶像一条躬着背的长龙一样，离灶口越远的地方越高，可以同时设七个灶头，方便蒸煮煎炸。

乡村大厨与帮厨妇女们开始紧锣密鼓地忙碌。预先用调料腌制的鱼和肉，要用松木制成的澡盆来装才够；蒸屉无法合抱，在巨大的蒸锅上垒起八九层，像冒着仙雾的通天塔；为厨师备好的蒜泥葱花都要用脸盆来装，更不要说菌菇、冬笋、木耳这样的配菜，每一样都堆得如山一样。我发现，老于像一个乐队指挥一样调动所有人的节奏——有人沉醉于舒臂抻面，细致改刀，如负责弦乐，姿态优雅；有人奋力搅拌，执着上劲，如负责管乐，不惜力道；有人乒乓切剁、叫喊帮忙，如负责打击乐，制造热烈节奏、驱赶困倦，老于不时用眼神与手势，呼唤某些人振奋精神、跟上节奏，又让另一部分人避免赶活粗糙，或一下子使猛了力、闪着了腰。总之，他要做宴席上最复杂的事：切蓑衣黄瓜、炸松鼠鳜鱼、做盘龙蒸点，又要以自己的临场经验，将这场餐厨交响乐中出现的疏漏与乱拍，都严丝密合地补齐。乡厨团队是否在方圆三五十里有影响力，全靠主顾们口口相传，所以，每一场宴席都像打擂台一样，马虎不得。

准备工作进行到一大半时，忽然，帮厨的妇女们开始交替着轻声吟唱起来。她们都是五十多岁的人了，好多人的声带都被大柴灶上的烟气熏得低沉喑哑，可这种被劳乏剥蚀过的嗓子，在别人即将办喜事的空隙中自斟自饮般唱将起来，带着大半辈子的感叹，忽然就让人感到悲欣交集。我听不太懂当地方言，问老于，她们在唱什么。老于默默地听了听说，她们在唱小鸟离巢前，母鸟的忧伤；在唱山茶结了籽终要离开枝头，打了茶油去做别人家的擂茶；在唱留在家中的大龄姑娘怎么办，花到盛放无人折；她们还在唱，所有的誓言都会随着满月离去，当新月升起时，姑娘啊你是否依旧有依傍，并感到被月光浸透的欢喜？

这些解释让人笑中带泪。别人家的姑娘出嫁，帮厨的母亲们当然跟着欢喜，与此同时，忧愁也缓缓地升上来，浸透了她们的眼睛。大山深处，女人的命运她们已经经历过一遍，深知其味，她们也是舍不得别人家的姑娘走同样的路啊。

上午 10 点半，老于终于用刀背敲打着案板，终止了这场自发的吟唱。老于说，这家人的新媳妇是在英国上的大学，办完婚宴就要回广州上班。“你们这是瞎操的什么心啊。”

哦，这倒是新情况，山里的打工小伙在广州的外贸企业做到部门经理，在工作中认识了帮公司做审计的姑娘。姑娘自己提出要回到苗寨办婚宴，“想见识一下花桥对歌，鼓楼祭拜，还有晒场上的篝火舞会”。这个提议一出，新郎的奶奶高兴极了。三天前，老人就在老宅中燃起火塘，准备孙媳妇的到来。她还把最大的议事堂屋腾出来让老于他们备餐、烧茶、休息。老人再三交代：“不要怕屋子存了烟火气。屋子要靠团聚的烟火气反复燎烧，才会坚实。空关个十年，铁定朽塌。”老于证实了老人家的说法：屋子有人住，有火塘，有炊烟，上升的烟气将瓦楞间的草籽虫卵都熏死了，年复一年，遮风挡雨的小瓦才不会被芒草与灌木的根系顶碎，这些肩负着家族凝聚力的老宅才不会漏雨朽坏。

而他率领这个乡厨小团队，在乡村的红白喜事上出现，也不过是像苗家的火塘一样，在为这些开枝散叶、逐渐伸展到远方的家族成员，找到回家的动力。他们就如同细石子中的灰浆一般，将有可能变成一盘散沙的大家族，重新凝聚起来，让远去的人与坚守的人，彼此的牵挂变得如此稳固。

拉坯师傅老冯

景德镇的拉坯师傅老冯，一年前的秋天刚对阵过来自日本的陶艺大师。因为双方都是拉坯技术的国宝级传人，这场交流带着浓郁的打擂台的气氛。日本陶艺大师在致辞时，谦逊中带着一丝隐而不露的傲慢。他声称，远在唐宋时期，日本是跟从中国师傅学习陶瓷艺术，而明清以后，徒弟的匠艺如此杰出，中国师傅是否及得上，可就很难说了。

中方领队神色紧张地瞅瞅老冯，见老冯的瞳仁并没有因为忐忑不安倏然缩小，反而愈见其大而幽深，立刻放下一半心。

老冯说："跟日本师傅握手的时候，就感觉我的赢面很大。因为日本师傅的手掌肌理没有我细柔，手虽然练成了屈握的形状，但手指的关节依旧没有练得柔若无骨。"

说时迟那时快，双方都换上了拉坯工作服。十分钟不到，冯师傅已经拉出了宋元明清四个代表时期的素坯。仿佛太极高手一样，他始终凝神贯注，随着脚下踩踏的节奏，与双手顺畅的推送抚摸，手上的器物就像在一股流动的真气中逐渐显型。最终成型时，花瓶从他手中小心地一托而起，离开转盘，那器皿上流淌的线条，兀自在随着惯性缓缓游动，仿佛活的生命一样。又过了两秒钟，器型上所有的线条与韵味才有了收梢，渐次安定下来，犹如弓弦离开了提琴，弹拨的手离开了琵琶，余音袅袅。

在冯师傅手下，元代的瓶子，瓶颈拉得很长，有一股顾盼生姿的秀逸之气；明代的花器，简洁敦厚的器型可看到“大道至简”的美，它看上去一无所饰，也还没有来得及经过真火的锤炼，但竟然已经具备了“空瓶无一物，梅香悄然至”的韵味。

拉完了坯，冯师傅全身上下没有一个泥点子，呼吸比打擂拉坯之前还要匀和。日本师傅见了深深鞠躬，自叹弗如。

成功不是一蹴而就的。老冯 8 岁那年，一面上学，一面跟着景德镇技艺最好的拉坯师傅学艺。师父交给的第一项任务，就是让徒弟脱去鞋袜，洗三遍脚，来把拉坯所需要的“不（读 dun）子”踩炼到细腻纯熟为止。“不子”就是一种四四方方的泥巴块儿，已经过严格的淘洗、过滤、稠化、陈腐等过程，制作陶瓷的泥巴已经半熟了，少年徒弟的踩炼只是使它更紧密、成熟，生发出如巧克力一般的丝滑光辉。

每一块晾得半干的“不子”，需要喷上房檐下收集并过滤的雨水，脚跟向外，脚趾向内，反复环形踩踏。一开始，“不子”踩上去是凉的、生硬的、没有熨心贴肺的软和感，最终，“不子”在千踩万炼中产生灵动的粘性与拉伸力，并状如一朵巨大的泥巴花朵。

“不子”踩了两年，师父才开始教拉坯。当年的小冯并不算天赋出众，师父看了他的拉坯，经常这样评价他：“孩子，你脾气太刚，就算你有意识地去压抑急躁的性子，手上的动作也会使冲了。就算作出的器型有硬朗的棱线，你的手型也要柔和，连你的呼吸也要放柔。”

师父的建议是练太极。先在平地上练，练熟了，再在梅花桩上练。当年的小冯一面练，一面心里犯嘀咕：“师父是不是已经对我失望?”景德镇的拉坯师傅都是含蓄又骄傲的工匠，谁的徒弟带得出色，也从不夸徒弟拉坯技术好，只会夸徒弟手型长得好，茶沏得好。小冯 17 岁之前从没被师父这样夸赞过，他隐隐有些沮丧。

然而，师父依旧在耐心等待。就连厂里派技术精湛的师傅去故宫，替那些国宝复制展览品，师父也力排众议带上他。昔日的小冯终于有机会贴近了去看，那些国宝的胎骨究竟是什么样子的。在故宫的那些天，他没留心杏果落地，没留心树叶因秋霜而变色，没留心熙攘的游人与孤傲行走的猫，他只看到了各个朝代上陶瓷的胎骨，沉厚敦实的，细挑空灵的，翩然绽放的，矜持收腰的……无数的旋转线条在他脑中盘旋流动，松的和紧的，快的与慢的，收拢的与撒开的，轻灵飘逸与端庄持重的，这些线条，以及相应的手势，盘旋在他脑中，吃饭时有，洗脸时有，行走时有，做梦时有。

有人担心地去问小冯的师父：你徒弟这是魔怔了?

师父做了一个“噤声”的手势，淡淡地说：不魔怔，没法开悟啊。

忽有一日，小冯可以娴熟又笃定地拉坯了。他几乎是一夜之间成长了起来，连从没上手的器型也做得形神兼备，一通百通。一上手工拉坯的转盘，器型的丝滑光泽与旋律已经在他心头流淌起来。他知道哪里是百转千回的低音区，哪里是高亢明亮的高音区。他成了一个人的乐队，心中的旋律喷薄而出，一气呵成。

一个拉坯师傅的充盈自信，就这样练成了。

嗓音与琴音

周末，看梅派弟子胡文阁的访谈，深有感触。胡文阁年轻时，梅葆玖先生向他亲传梅派男旦在唱腔、念白、姿态上清雅端庄、灵动深情的特质。每天，师徒俩对着一面墙那么大的镜子练功，一招一式，一颦一笑，一字一句，梅先生都为胡文阁点到精髓。

《贵妃醉酒》为何能成为梅派的代表性剧目，感动一代又一代的戏迷？原因可能有两个：第一，演贵妃的是男子，他演女人不会照搬原生态的生活体验，而是必须通过观察、提炼、去芜存菁，所以，贵妃的美更为凝练与耐人寻味；第二，梅派有“高开低走”的传统，也就是说，琴师的起调要高，在戏院殿堂之中，先织就富丽堂皇的音乐背景，接着，演员的调门却起得低得多，而且，在整个演唱的过程中，自始至终保持着回环往复、清丽悠远、醇厚深切的唱腔。演员的肉嗓始终与琴音有呼应，却并不与琴音紧贴着走，更不与琴音“试比高”。听众能感觉到它们之间，隔着渴盼与心意酝酿的千年月光，隔着似有若无的花香与酒香，隔着一人独走的亭台楼阁，隔着知音难觅的淡淡惆怅……吟唱贵妃的心事，男旦为何比女旦更有优势？因为声带结构天生不同，男人的低音区比女性更为深厚宽广，这样一来，经过训练，好的男旦与琴音隔着花墙、池水与万千心事，他抒发情感的能力就比多数女旦强。

梅葆玖先生给胡文阁留下的话是：嗓音，哪能被琴音带走，就像油画肖像，主体部分的人物，哪能与大面积的光影背景趋同。越是“浇得人心中沸腾，扰得人心中吹雪”的情感，越要提醒自己，别拔高嗓门，唱到声音的顶部都没有余裕；咱把嗓门降下来，把酸甜苦辣的气息都缓缓送到听众的耳畔，将心头的一波三折都处理得淡而有味，那么，这个晚上，贵妃才没有白醉这一场酒。

第五辑

缘深缘浅

何时诗又成为必需品

50岁，老何在派出所临时休息的折叠床上写出了他今生的第一首诗。诗写在一个廉价的工作笔记本上，老何以他写惯报案笔录的粗壮笔迹写道：

铁锅终于变薄了
20年的颠炒刮铲
火焰包抄炙烤，让它底部
有了无数飞舞的红星星
洞穿了铁幕般的黑暗。

很像一名派出所副所长的诗，也有一点像家庭主夫的诗。老何默读自己的短诗，抓抓脑门上变稀的头发，有点难为情地笑了。当年在警官学校苦练拳击、徒手攀爬和射击时，老何满心想着要成为刑侦尖兵，处置突发事件的英雄，哪里能想到，28年后，自己竟成为脾性温厚的中年人，每天要与肚腩与体重做斗争，在日渐流程化的工作中，忙中偷闲写起诗来。

老何记得自己最该写诗的年纪在做什么。1992年，老何方才在派出所工作一年，就似乎已经看到了自己职业生涯的尾声：带着壮志未酬的遗憾与三餐不定造成的胃病，从这间充满了家长里短的小办公室退休。没错，1992年的基层干警，工资低，值班时间长，还一天到晚干着如今属于社工的活。城市争创爱国卫生先进的阶段，所有的片警也跟居委会大妈一样，上街扫地，教育那些乱丢垃圾的人。作为一个23岁的毛头小伙子，当年的小何觉得自己像武侠小说中的高手，被迫当扫地僧一样。那股子憋屈劲儿，一直绞扭着他的五脏六腑。

于是，他一直想南下深圳闯荡。不仅他一个人有这种想法，他的一些高中同学，都处在激荡身心、臧否人物的青春时节。当时，邓小平刚刚发表南方谈话，不少人都想下海经商或另谋出路。老何记得当时想干一番事业的好友们，天天在他家聚谈，争论各种有关前途的设想。几个月间喝掉了两个饼干筒里满满的茶叶。聚谈也曾经给当时的小何带来一个机会：有同学问，何超越，我舅舅的表叔家在深圳新开了公司，需要保安，你愿意去吗？

老何倒是动过南下的心思，因为听说深圳的工资是这边的5倍，但无奈父母不乐意，老何当时的女友也说，我可不跟你到深圳去。你若是警察不当要当保安，我们就分手。

老何深爱女友，遂作罢。后来两人结婚生子，诗与远方就成了老何的一个梦。有时，老何值夜班，在派出所的折叠床上醒来，还是会隐隐听见南方的海涛声，以及一只海鸥在鸣叫。他留神谛听，那声音一下子就没了，只听见外面风吹树梢和汽车疾驰的声响。

老何有过辗转反侧的痛苦吗？可能有过，但也只是一瞬间的事。他的那点青春忧郁，和“走上另一条路是不是会更好”的疑问，迅速就被接踵而来的工作淹没了。与老伴吵嘴的大爷，来报警，让民警帮忙找他离家 6 小时未归的老伴；“90 后”报警，要求帮忙解救抽排油烟机管道里，3 只不知何时钻进去的小奶猫；楼下的住户报警，说楼上有传销组织；房东报警，说漂漂亮亮的租户把他的房子搞成了垃圾场……老何整天就是处理这些琐碎，一晃 28 年飞逝，在深圳海滩上逐浪的梦越来越远了，那个喝掉两饼干筒茶叶的盛夏越来越远了。老何因为与同事端掉辖区内的贩毒团伙一个，荣立三等功一次。坚持为孤儿助学十年，荣获嘉奖一次。若不出意外，未来，他将带着这些荣誉在基层派出所退休。

旁人看来，他妻贤子乖，工作顺利，家庭美满，简直是被幸运之神点了额头的小人物。只有老何自己知道，自己内心的一角，还空着。

直到老何在网上参加“睡前读诗小组”，打卡读诗超过 400 天。直到他在网友的鼓励下买了聂鲁达的诗集，安娜·阿赫玛托娃的诗集，叶芝的诗集，他忽然觉得仿佛有一滴夜露，滚上了自己干燥的心田，留下一丝润泽的幽凉。

诗让他放松了紧张的肌肉，拓展并敏锐了他迟钝的感觉，帮他对抗年华流逝的感伤。诗让他在繁忙的工作之后，忽然感受到孤独、静谧与安宁的幸福。他被那些文字的明喻和暗喻所迷倒，那么快速地逼近了自己干净、矫健的青春时代，仿佛一天也没有远离。

他记起雷·布雷德伯里的比喻：诗就像用棉纸折叠的花朵，展开后的面积非常大。是的，现在，每天换上警服时，老何都对自己说，幸好还有诗来陪伴，我感受的疆域，从未缩小。

挽手踩藕去

1

7 月 15 日，暑假将临，巢湖的养藕基地，莲花盛开，一部分莲花已经开残，花瓣由茁实的粉红变成了半透明的粉紫色。正在凋谢的花朵中央，露出了娇嫩的莲蓬。种藕人知道，在水下，细嫩的藕带已悄然膨大，第一批新藕正在成形。

这一天，巢湖沿岸的种藕大户老程迎来了一位特殊的客人：镇上留守儿童看护中心的叶老师。叶老师来访的目的，是想让老程同意，在这个周末允许她所在的看护中心的孩子，与其父母，一块儿到老程的藕塘里帮助起藕。

老程算是叶老师的远亲，听了这诉求也未免踌躇。此时，新生的藕，质地像脆梨一样细嫩无渣，倘若下水后随意踢踏，藕会“咔嚓”一声粉碎；此时，下塘起藕是一桩技术活，只能用脚趾头去慢慢摸索，若是摸到泥浆深处的藕节，一定要凝神静气，埋下身子，像挖雷一样把尚不及成人胳膊粗的新藕完整取出。7月的新藕价格昂贵，入口化为一股琼浆，自带隐约的莲花香，故名“花香藕”。听说要接待的是一群活泼好动的小学生，老程一直磕着烟斗，不作声。

叶老师有点着急，就从手机上调出孩子们与打工父母的通话视频给老程看。留守儿童看护中心的儿童都经历了长期与父母分离的痛苦。一位7岁的女孩，在视频中一直扭着头，不愿与她已经三个月没有回来的妈妈对话。她最伤心的事，不仅是妈妈忘了给她过生日，更因为上次她觉察到妈妈又有出门打工的迹象，为了怕一觉醒来妈妈已经离开，特意让妈妈陪着睡，并准备了一个铃铛，用棉绳把母亲与自己的手腕牢牢拴在一起，谁知，等她醒来，铃铛端端正正放在枕边，妈妈已经走了。女孩为此沉默了整整两天。叶老师说：不怕孩子哭闹，就怕孩子沉默。瞧见没有，他们受伤的小眼神，这种孤独感，本不是这个年岁的孩子应该有的。组织这个活动，就是为了让留守儿童与他们的父母有接触的机会，有弥补罅隙的时机。

老程有些不解地问：打工爹娘好容易回来一趟，陪儿女参加集体活动，不是应该去城里的儿童乐园或充气城堡么？叶老师，你非要他们挽起裤脚，跟孩子们下水搞出一身的泥点子，这劳动就能让孩子们跟爹娘亲近起来？

叶老师只是微笑，说实在的，她也没有多少把握。自从4年前她向镇里申请开办这个留守儿童看护中心，同时看护十七八个从5岁到14岁的留守儿童开始，她就承当了老师、保姆、家长、心理辅导员的角色。让孩子们衣食无忧是容易的，辅导功课也是容易的，难的是改变农村留守儿童孤僻、敏感、脆弱、易怒的性格缺陷。这种性格缺陷，是孩子长期与父母分离，缺乏与父母挽手同行、尽情嬉闹、畅快大笑的体验造成的，也是缺乏与父母身体发肤的接触引发的。

曾当过20年小学教师的叶老师朦胧地意识到，生活上的关照、学业上的辅导、安全感的生发，自己可以给予孩子们，但有一样，是自己给予不了的，那就是血脉亲情，就是一家人在一起体验从未做过的事，那种特别的情趣。叶老师看过一部电影，名字叫《彩虹照耀》，其中的一句台词让她印象深刻：对孩子而言，世界上所有的疯狂乐园加在一起，可能都不及与妈妈一起踩踏过的水塘，一起玩过的沙坑。

而夏日藕塘，被太阳蒸晒过，被雨水浇灌过，布满了温热的泥水，该是比沙坑更有意思，更能让孩子与父母忘我玩耍的地方吧。

2

老程被说服了，叶老师没有想到的是，更难说服的，是孩子们的父母。外出打工的父母会把这额外的回乡任务，换算成经济上的损失，比如，在苏州下面的乡镇整烫羊毛衫的妈妈，会把路费换算成“我要多整烫80件羊毛衫”，把两天的误工费换算成“少了120件羊毛衫的整烫收入”。

叶老师不得不一次又一次地打电话，妈妈不行找爸爸，爸爸不行找姑姑。反正，她再三讲明返乡陪伴孩子的重要性：“知道为什么很多孩子到了初中阶段，怎么也戒不了网瘾吗？因为亲情不可指望，游戏里的角色，就跟他建立了难舍难分的关系。”

“给孩子买新玩具、新书包，是不能把他的心拉近的。你总不希望吃尽辛苦，养出一个事事与你作对的叛逆娃儿吧！”

“我给您读一段孩子的日记吧，‘今天放学时，我看到了湖上的拖船，拖船是向长江的方向行走的，它一定会去南京，我的爸妈都在那里打工。不知为什么，我在湖岸上追着拖船走了很久，一直到太阳落山。拖船会到爸妈所在的城市去，而我一个人留在这里。我心里塞满了难过，酸酸的，胀胀的，晚饭都吃不下去。’”

读完这段日记，电话那头的家长也哽咽了，抽着鼻子说：“我回来，我回来。”

好说歹说，18个孩子的家长，才有7人按时归来。起藕那天，叶老师托老程从其他种藕人那里借到足够的高筒雨靴、防水皮裤，敦促大家换上。欢乐场面，忽然出现：有的孩子换上大人的小号雨靴，双脚分得很开，像脚踏两只小舢板；有的孩子拎起防水皮裤的裤腰，居然系到了腋下。起藕场面也十分喜兴：家长与孩子像工兵一样挽手下水，小心翼翼在温热的泥水中挪动着，忽然，他们被淤泥中的藕节绊住了。巢湖水乡生长的这群父母，小时候都有过下水起藕的经历，只见他直起腰来，仔细观察莲叶分布的参差高度，跟孩子耳语几句，孩子再探下身去，很容易就依据莲藕的走向，小心翼翼从泥水中刨出藕来。

摸到藕的孩子兴奋地高举长藕欢呼，瞬间被淋了一脸的泥点子；家长慌忙抬手去给孩子擦拭，却恰恰抹了孩子一脸的泥手印；孩子惊呼“有蛇”，朝家长背后躲去，家长却顺手揪出了一条滑溜的黄鳝；孩子望见无数的红蜻蜓在藕塘上低飞，捉蜻蜓时失脚滑倒，家长飞奔过去捞人，自己也跌进泥水，索性与孩子哈哈大笑，一起洗了一个泥浆浴。

最后，众人齐心协力，在塘水中推动放满泥藕的腰盆，奋力使其靠岸。同样沾了一身泥点子的叶老师欣慰地看到，那些一开始都扭着身子不想搭理父母的孩子，也专心一意地加入了这劳作的节拍。伴随着“一二一，走起……”的呼喝，他们的肩胛与父母的肩胛一起使力，一家人的表情，连腮帮子上肌肉的抖动，都一模一样。

3

一个腰盆装着百十斤藕，四只腰盆先后靠岸，老程已经用长长的皮管接来清水，供大家冲洗。裹着厚厚泥泞的新藕，很快就洗出了白嫩水灵的模样，刚生成新藕淀粉尚未大量聚集，是半透明的乳白色，藕尖微翘，发娇媚的乳黄色，发育中的藕这样漂亮，令所有的人惊讶不已。洗完了藕，家长与孩子们意犹未尽，于是，在岸边，一场庆贺久别重逢的泼水节开始了。家长与孩子折取岸边的杨柳枝叶，蘸水撩泼对方，并用水管、小脸盆互相泼水取乐，一个个从头到脚都变得湿淋淋的。孩子们迅速洗出了打绺的头发，白里透红的脸蛋，和干干净净忽闪忽闪的眼睫毛。父母揪过自家孩子，帮他们清洗耳朵背后的油垢，而小孩也闭目享受这难得的温馨时刻。叶老师看到，那些没有盼回父母的孩子，脸上的笑容像黄昏时的花一样迅速收敛了，他们有意侧过脸，望向别处。

还没等叶老师想好如何安慰这些孩子。家长们已经开始收拾这些“别人家的小孩”了——帮他们清洗每一个嵌满泥的指甲缝，帮他们擦干并梳理打绺的头发，弯下腰去，搓洗他们结了垢的脚后跟。叶老师看到，那孩子紧抿嘴唇，带着又想哭又想笑的表情抬头望天。

远处，莲香浮动，更多茁实的莲藕正在水下默默生长，只要假以时日，它们就能积蓄清甜与粉糯。

音乐相伴，阴云就将消散

6 月 18 日，11 岁的李天福在日历上做了标记，他已经整整 82 天没有见到父母了。这个日渐沉重的数字让这个佤族小孩清亮的眸子里浮现阴云：离期末考试不远了，离着妈妈承诺要回来给他辅导功课，要做酸辣鱼给他吃的日子不远了，然而，小天福明白，妈妈的承诺有可能又会落空。在省城做装修工的父母，很有可能又被主顾的生意绊住脚，只能与他在视频上相见。

李天福感应到，对放在老家，跟着爷爷奶奶生活的两个儿子，妈妈是愧疚的，愧疚导致了她在视频里百般讨好的腔调，也导致她那么容易对天福的淡漠和顶嘴落下泪来。她不止一次对爷爷奶奶说，孩子大了就不贴心了，天福远不如 6 岁的天赐乖。小儿子只要给他几根棒棒糖，给他一截子刨掉皮的甘蔗，他就会跟爹娘黏糊起来，没心没肺地露出缺了门牙的笑脸。

妈妈在视频里边抹泪边说：儿子大了，真不晓得他需要些啥，球鞋、新外套、新书包、手机，都给他买了。留在家里陪他，是不可能的，家里就那几亩甘蔗地，收上一吨去尽头尾的上好紫皮甘蔗，卖给熬糖厂才能挣450块钱。这点钱怎能供给一家人的吃穿用度？奶奶的手机开着外放，天福听到了妈妈的哽咽声：哪个妈妈不想陪着儿子？这孩子，怎么就不懂这一点？

听到妈妈的声音，天福从喉头到鼻腔都哽住了，他不想被人瞄到他的一泡热泪，就仰着脖子把眼泪憋回去。他这一抬头，就看到房梁上，最后一刀坚硬腊肉已经被雨季濡软，滴下有些变味的油来。他已经有八十多天没有吃过腊肉了，上次吃腊肉还是父母专程回家收甘蔗的时候。天福清楚地记得，那天全家出动，去甘蔗地里砍收甘蔗。爸爸和叔叔挥动弯刀砍伐，像金戈铁马的大将，爷爷奶奶负责剁去甘蔗的头尾，妈妈一面捆扎甘蔗，一面顽皮地用甘蔗叶梢挠着小儿子的背。接着，她挑选最粗壮的甘蔗，削给孩子们吃。甘蔗地里响彻天赐与堂弟们的笑闹声。天福帮忙扛甘蔗，表面波澜不惊，但他的全副感官都打开了——甘蔗倒伏的声响，汁水飞溅的甜蜜，热辣温暖的阳光，以及妈妈弯下身子，用草帽给每个孩子扇风的温柔，以及全家人在甘蔗地里分享饭团的快意。天福知道，这短暂的、浓缩的几日相聚过去之后，他又将是一个孤独敏感、落落寡欢的乡村少年，没有人懂得他的怅然若失，他将一个人在远离父母的地方，默默长大。

与天福一样情感细腻的留守儿童，在云南省沧源佤族自治县，还有很多。佤族是一个能歌善舞、对音乐有着独到领悟力的民族。在小小的县城，甚至还活跃着十几支乐队，盛夏，乐队会开启属于自己的露天音乐节。鉴于相当一部分留守儿童都在作文中写下过自己的音乐梦想，这一天，公益组织派出音乐陪伴计划的志愿者，向天福和小伙伴们赠送了手鼓、摇铃和25把尤克里里。

天福生平第一次拥有了自己的乐器——尤克里里的外形犹如一把迷你吉他，有4根弦，也是左手按弦右手弹拨，可以边弹边唱，抒发自己的瞬间感悟。前来教孩子们弹奏尤克里里的刘老师，是一名“90后”，小时候也是留守儿童，他席地而坐，坦率地告诉孩子们：缺少父母的关爱，让我变成了口吃、讷言的小孩，但是后来，很幸运，我得到了一把吉他，慢慢学会了它。我发现，讲不出来的东西，我可以唱出来，心头就畅快很多。

刘老师还说：音乐就像甘蔗炼出来的粗红糖，有沙沙的颗粒感，甜中有涩，涩中微苦，回味无穷。有了它的陪伴，你一个人的时候也不觉得孤单，高兴的时候、难过的时候、委屈的时候，你都可以编些歌词，边弹边唱。爸爸妈妈都不在身边，也许，他们一年只能见你一个月，你有可能，有很重的心事，但只要你弹起尤克里里，你就能不由自主唱起来，感受快乐。这改变，很微小，却能让大家感受到，生命中的每一天，都有阳光普照的一刻。

这个阳光明媚的上午，天福在大樟树下，与小伙伴们围成一个圈，跟着刘老师练习指法，学会了尤克里里的简单弹奏法。他还尝试有节奏地打鼓、摇动金属手铃。在清朗明快的音乐声中，他忽然记起上次父亲回来砍甘蔗时，特意砍了山上的藤条，弯曲成圆圈，替儿子们在院墙一角钉上了一个简易篮筐，他还买了篮球给天福。只是，当时天福生着爸妈又将远离的气，一次也没有用过那个篮筐。现在，在他随意弹拨之时，他发现，有几句关于篮球、关于分别、关于父亲的歌词正在成形，与之相配的旋律，也自然而然流淌出来。

他可以捕捉它们，下次弹给归来的父母听。他几乎可以想象到他们眼中如释重负的泪和笑。

携手相伴

8年过去了，老程到现在还记得老伴杨清因急性青光眼失明的那一天，摸索到他的手，跟他说过的话：你要保重好自己啊，这么重的担子要你一个人挑了。你挑不动要离开，我绝对不会怪你。

老程反握她的手，责怪道：这都是说些什么话呢，这是老天爷相信我，肯定我有本事来帮你。快40年的夫妻了，你还信不过我？杨清脸上浮现淡淡的笑容，就像迅捷掠过的乌云缝隙里，漏下的一线阳光，来得快，去得也快。她的下一个话题是老程没有想到的：老年大学又要开学了，我彻底看不见，还有什么课程是我可报的？推拿针灸，我两年前已经学过了。

有那么两三分钟，老程无言以对。老伴55岁退休，上老年大学已有6年，这6年，她学习了很多服务家人的技艺，烹饪课，编织课，花艺课，推拿针灸，甚至，学了可以辅导孙女的英语课和视频拍摄剪辑课，她从不选择那些让自己过得光彩夺目、舒展高调的课程，比如舞蹈、形体塑造、声乐、器乐和摄影，她就是一个付出型的人格。

现在，这些机会皆错过了，老程意识到老伴心中肯定是有遗憾的，忽然感到一阵锥心的痛。

老程想了想说：你就报一个诗词鉴赏课吧，老师会讲一讲唐诗宋词，讲授诗人词人的创作背景，有很多故事可听。背诵可以锻炼记忆力，眼睛看不见，记忆力很重要。再说了，我看到医学杂志上有研究论文说，吟诵诗词，可以调适心率和呼吸，让人愉悦平静，对身体也好。掌握了诗词格律，兴之所至，赋诗一首，也是挺愉快的事，对吗？

杨清点头：重学《长恨歌》《琵琶行》，还可以纠正孙女背诵的错漏。只是，看不到诗词是怎么写的，咋办？

老程淡淡地说：不会写，也不要紧，会吟，会唱，也行。好多古诗词，是有曲谱的。

一开始，老程是寸步不离地陪读。他牵着杨清出门，上公交，上电梯，到教室，替她打开录音笔，一见老伴在桌上摸索着寻找保温杯，就赶紧把杯子拧开递到她手里。一见老伴皱眉，他便小声解释给她听，到了提问环节，老伴怕站起来引人瞩目，他就代她举手提问。

一学期的课程快结束时，教诗词的仲老师特意将老程叫到一旁，背着杨清对他说：下学期，你报个别的课吧，时间与你家老杨一致就行。要知道，你像个婴儿一样呵护她，她的能力就会慢慢退化。人都是需要逼一逼的。

老程觉得有道理，就与杨清商议，自己在同一时间报了个书法班。

他退休前是建筑师，20年前，手写在图纸上的各种标识就被后辈同事称赞有童子功，现在，他进入了篆书、楷书、行草的天地，忽觉为老伴忧心操劳积累的闷浊之气为之一清。他悬腕而动，原先佝偻的背挺直了，谦卑忐忑之色一扫而空。在这充满了墨汁气味的两个小时内，他不是承包家务的丈夫，不是悬心病人的家属，不是为未来暗暗忧心的七旬老人，他就是一个对写字如此有兴致的学生。他甚至能体察到，这辈子难以言表的欣喜与哀伤，在飞墨流动的笔画间，在笔触没有勾连的虚空间，流淌出来。他就这样陷入了沉醉中，被抚慰，被治愈，被召唤，忘了窗外的鸟鸣，也忘了下课的铃声。

常常是猛地惊醒，才知道课堂里的人已经走了大半。他匆忙将桌上的书法用品整理好，用毛毡一卷，赶紧到教诗词的课堂里去找老伴。杨清见到他，第一句话就说："你别着急啊，我已经摸着你留下的拉绳，去过厕所了。"老程忽然松了口气——自从他也开始上书法课，从诗词教室到厕所的走廊边沿，他系在防跌扶手上的拉绳就起了作用。拉绳上每隔一段打个结，有些结告诉老伴要转弯了，有些结告诉她，还有一米，就要推门。

他们不慌不忙，携手离开。他们走过老年大学的宽绰走廊，时不时驻足聆听，前前后后、高高低低的教室里，传来欢脱的舞曲，传来练唱的声腔，传来器乐的合奏。那些听不见的部分，老程解释给杨清听，譬如，走廊墙上悬挂的学员作品，又换了一批。有的抄了苏轼、辛弃疾的词，有的画了新开的紫藤花，花苞还有一半没有绽放，藤叶间忽然起了微风。

说到这里，老程脱口而出：这个周末，趁着没课，咱们去玄武湖看紫藤花吧。他突然噎住了，连说对不起。杨清笑笑说：看不见，可以闻呀，你不觉得紫藤花有一点点淡淡的豆香？去看吧，我陪着你。也许，下个学期，你还可以报一个国画班，学着画紫藤，还有喜鹊。

困城之外，还你欠下的这份情

前日，看到我的武汉女友莉君发朋友圈，才知道她因为武汉封城，此次已经在娘家湖北天门的一个小山村里，过了整整 50 天。这是她成家立业以来，第一次与寡居的母亲相守那么长时间。不仅相聚时光抵得上以前 10 年春节的总和，更反省了彼此的相处模式。

我由此听到一段因疫情而变得浓郁起来的母女情。

莉君与母亲都是能干且脾气犟的湖北人，秉承的人生哲学是：我的地盘我作主。因此，往年春节，莉君回娘家过年，待上 5 天，是她忍受的极限。她 40 来岁的人了，工作与婚姻都经历过大风大浪，拿现在的时髦话说，也算是御姐一枚，可一回娘家，她一定会被 60 多岁的老母亲当 14 岁的小姑娘管着。

早上睡个懒觉，挨管；晚上 11 点钟还在刷剧，挨骂；怕胖，少吃一口肉菜，要管，说是富富态态才吉利；做瑜伽伸展得像一只软腰猫，要管，说是万一闪了腰，村医那里可只有几封土膏药，拍个 X 光片还要上镇医院。最让莉君受不了的是，母亲对她各种小情小调的调侃，比如，泡菜坛子里插菜花，你还不如干脆腌菜苔呢。莉君气得回嘴道：那我把花插在哪儿？我去年带回的花瓶，被你一声不响送给了舅舅家的二侄子！

母亲羞愧了两分钟，忽然又变得理直气壮：老舅家的二侄子结婚，你都借口工作忙，只打了微信红包回来，我送个花瓶，是替你圆个理儿。莉君这样总结她俩的关系：我俩属刺猬的，离着远，想得慌；挨得近，刺得慌。

1 月 23 日，莉君才回天门娘家两天，平地一声雷，武汉封城了。见女儿一脸的震惊和恍惚，母亲脱口说道："这下可好，你可不得不多陪妈一阵子了，可走不脱了！"莉君略有点不快地说：留在这儿干吗？留在这儿跟你吵架呀？话一出口，她就有点后悔：父亲已经故去多年，母亲从村小退休后，独自在山中过活，家里空旷而冷清，盼着儿女们春节回来多陪陪自己，也是人之常情。况且，自己回老家忍受着网络不稳定，洗澡没浴霸的不便，难道母亲就没有不便吗？按母亲的话说，两个儿子一个女儿，加上媳妇孙辈，光是坐下来吃饭，就是整整一桌酒席。武汉一封城，儿女们都回不去，光是张罗那么多吃食，和儿孙要用的文具、电池、拖鞋睡衣，就够母亲忙的了。

莉君的心，被愧悔揪扯了一把。依照她的脾气，也不可能说什么软话，尽可能帮衬母亲，维持这一大家子的正常运转，就成了莉君给自己分派的主要任务。

每天，她帮母亲将一百多斤腊肉咸火腿扛出去晾晒。母亲欣慰地说："幸亏今年没嫌土猪肉贵，依旧腌了那么多肉，不然这会儿村镇都封了，可上哪儿去买肉。"莉君听得惭愧，往年，回武汉前母亲要往自己的车后备厢里装满米油、腊肉，自己的内心戏可全是嫌弃。

每天，她还帮母亲侍弄小菜园。每年，母亲四处张罗菜种粪肥的时候，她都要取笑她思维清奇，说没事干还要往武汉儿女家快递蔬菜，快递一公斤十块钱，比青菜价钱贵两倍多，当真是不会算账啊。母亲却总是说，劳动不休，筋骨不锈。再说，你爸走了，去菜园还能听听鸟唱，晒晒太阳，解个寂寞，你们年轻人不懂的。这一回，菜园终于派上大用场，一大家子的新鲜蔬菜全靠这菜园子里的出产了。莉君与母亲收菜锄地，忽然见菜园里的一株野茶树生出新芽，她那么多天焦虑憋闷的心情，忽然也透入了一股清气。她猛然理解母亲不想闲在屋里，非要出门劳作的心态了。

每天，母亲上灶炒菜，做馒头发糕，莉君就蹲在灶口帮她烧火。母亲说火软一些，她就挑松柴火，只放枯枝败叶；母亲说火硬一些，她就燃起硬柴，将火烧得旺旺的。她如今仿佛回到了 14 岁，唯母命是从，她忽然觉得这也挺好的，自己脱去了成年人的生硬铠甲，母亲脱去了老迈垂暮的卑微，母女俩诉说往事，抛梗接梗，对上了只有她俩知道的暗号。炒完一大家子的菜，母亲自言自语：真是怪哉，以前一个人吃饭，在电磁炉上炒两个菜，就腰酸腿疼；如今一烧大柴灶，这八大碗菜做下来，倒也不觉得小腿沉重，这是咋回事？莉君笑道：“老妈，灶口暖和，比电磁小太阳还管用。要不，猫一过十岁，为何就喜欢煨着灶口？”母亲望了她一眼，说了平生第一句软话：“闺女，等你也要靠煨灶驱寒，你就回妈这儿。妈这儿别的没有，大灶柴火管够。”

莉君眼眶子发涩。令她眼眶发涩的还有最近的一件小事：十天前，母亲上山拾柴归来，挑出了一小截软木，严正警告众人，尤其是莉君两个弟弟家的皮猴儿，不准动她的木头。谁都不知道她要用这一小截软木干吗，十天后，莉君得到了意外的礼物——母亲手雕的木雕青蛙。只见青蛙踞坐在荷叶中央的筋脉上，蓄势待发，准备腾跃而去。母亲说：我总惦记着欠闺女一份情。你小时候，干活有你的，玩具没你的。你小时候要过一个发条青蛙，我和你爹都没有满足你。37年过去了，你难得回来那么久，这只青蛙该给你了。

莉君接过青蛙，看到母亲的牵挂和叮嘱，仿佛在木雕的每一线光影中流转。

父亲的课堂

十年后，他还记得中考结束那年，父亲从部队回家探亲时，进得家门第三天，就嫌弃他的惫懒、柔弱、优柔寡断与吃饭慢，决定带他去骑行川藏线。

身为军人，父亲说干就干，立刻买了一辆新的山地车、折叠式帐篷、迷你压力锅，还有冲锋衣什么的，马上带他进行适应性训练，每天骑行 50 公里。

当时，他对父亲这般不容分说地干预他的生活很不满，中考好不容易结束了，不是应该躺在沙发上紧握游戏手柄么？一个时常在儿子的生活中缺席的男人，凭啥对他的性情与吃饭速度指手画脚？他好几天幻想着自己在父亲面前爆发并摔门而去，然而，不知为什么，一到父亲那张黑红的国字脸面前，他就像新兵见到连长，满腹的委屈与愤懑都咽了回去。

母亲看着不忍，在厨房里小声争辩，说儿子还没有完全发育好，他身体瘦高，穿着冲锋衣顶风上坡时，像一只翼装大鸟，“你就不担心他路上生病吗?”

父亲淡淡地说：“我唯一的儿子，我有数。听着，我不想他长大后经不起磋磨，这会害了未来的媳妇。”

母亲不响了，只是给父亲的行囊中硬塞了十几条巧克力，和 6 管防晒霜。

十年以后，那场砥砺风雨和暴晒的骑行中，父子间起过什么争执，他已经忘了。他记得的，是父亲满是老茧的大手，一手死死地摁住他的脑瓜，一手帮他涂防晒霜的场景；是父亲把方便面底下卧着的茶叶蛋，硬塞到他碗里的场景；是高原上的冰雹雨降临时，父亲不容分说把唯一的不锈钢脸盆顶在他头上的场景；是父亲站在高坡上，朝坡下倒卧不起的他怒目而视的场景……是的，他是怎么撑下来的，这 318 国道上炼狱般的 25 天？可能，支撑他的，是父亲不经意间流露出的些许轻蔑与失望吧，父亲跟沿途的修车铺老板、小饭馆伙计、小旅馆老板表达了同一个意思：这小子，百无一用是书生，老刘家的精神气，到他这一辈，恐怕要断根。我这一趟拉他出来，就是想练一练他的精神气。

他一直不服父亲给他贴的标签：书生怎么就百无一用了？老刘家的精神气，为什么由你说了算，而不是由我说了算？等着吧，总有一天，我的筋骨会结实，我的目光会锐利，我会修山地车，会在强风中搭帐篷，会看北斗七星寻找方向，会在旷野上点燃篝火，我将会比你更耐压、更有眼光。我等着，等你老了，看你会不会像今天这样自以为是、刚愎自用。

为此，他在骑行的后半截目光如炬，沉默是金，连父亲给他挑破脚上的水泡，并给膝头敷上膏药时，他都咬着牙一声不吭。他看到，父亲脸上深不见底的威严裂开了口子，一丝战栗掠过他的腮帮肌肉。就在他在心里举拳怒吼“不要你心疼”时，那条口子已经合拢，父亲掉头而去，丝毫不带感情地说：“熄灯睡觉，明天6点半开始骑行，要躲过下午三点以后的雷暴。”

他最终和他沧桑满面的自行车，一同见到了布达拉宫。仰望那耸立在高天薄云之下的神圣殿堂，一尘不染的白色楼宇中簇拥着肃穆的深红楼宇，只一瞬间，他的眼泪就流了一脸。他意识到，他的少年时代提前结束了，而这一切，都是拜父亲所赐，他不知道应该感激他，还是怨恨他。

十年后，他成为一名博士生，在大学的高分子实验室里，师兄弟们一面做着对比实验，一面聊起“父亲的课堂”。他发现，大部分都市男生都在成长的某一刻，受到父亲毫不留情的敲打。

有人被要求在天寒地冻的天气里观鸟，写观鸟日记，画清楚每只鸟脖颈上的毛和尾翼上的渐层变色，分辨这些鸟极为相似的鸟叫，直到在树梢与崖壁上发现它们不同的筑巢地。

有人被要求自己组装家具，父亲指导他看说明书，刚装好书柜的外框架，就把冲击钻、膨胀螺丝和工具箱一股脑儿交给了他，父亲就出门长跑去了。他打电话给叔叔、舅舅，所有的人都深表为难，因为，谁也不能阻挡一个男人“不是把儿子培养成国王，就得培养成匠人”的决心。

有人被要求冬泳，哆哆嗦嗦不敢下水，就被父亲所在的“老男人冬泳队”鼓掌群嘲；而为着耐寒训练，他还被父亲强押着，用一大把雪猛搓四肢，直到皮肤下面的血火辣辣地热起来。

有人被要求一个人坐27个小时的绿皮车去大学报到，带着两个 28 英寸的大箱子和一捆被子，父亲在火车只停靠两分钟的车站上，把自己的遮阳帽往儿子头上一扣，就掉头而去。

还有人在假期被要求，每隔一天值一次夜班，独自陪护病重的爷爷，在深夜，每过一个小时，就要起床探看吸氧面罩后面的爷爷是否有任何异样，是否需要喝水或咳痰。他必须，学会为吊着水的爷爷穿脱衣服、擦拭身体、按摩翻身，查看有没有褥疮等意外的发生。父亲教给他护理手法，教给他与护士和值班医生打交道的方式，教给他直面生死的勇气。

可能，相比母亲那种柔软包容的管教方式，父亲的教育都是有点硌人的，可男生成年后，回过头来看，这种严厉的课堂，却是为他们结结实实补了一次钙，让他们从精神上到身体上，都强健起来。

和家人照相

作为一个被长久寄养在乡下外婆家的小孩，“70后”，她第一次拍生活照是在十岁那年，刚从家乡小学转学到省城的父母身边。那一年，父母结束了在集体宿舍与别人合用厨房的日子，有了自家的第一台海鸥照相机。父亲热衷于给母亲拍照，也许，这是孤高又清贫的知识分子夫妇唯一的一点世俗癖好——她记得每到风和日丽的星期天，母亲总躲在公园的厕所里换装。她带着三套衣裳五顶帽子，各种各样的发箍与发绳，还有丝绸宫扇等道具，在其他游客的白眼中，不慌不忙地换衣服。而她小心替母亲提着裙摆，一面羞愧得恨不能有个地缝钻进去。是的，那是20世纪80年代初，像母亲这种用剃刀削细了眉毛，要当摄影女主角的女人还不多。母亲绾起头发、打足发蜡，以扇子和阳伞拗起造型，走到哪儿都引发围观。作为跟班小孩，她简直替父亲感到不值：他那么聪明、可以终审建筑师们的图纸，当这种摄影师竟然还不脸红？

她记得自己终于在拍摄快结束时发了火。原因是父亲太沉迷于为母亲拍照，竟然忘了替女儿也拍几张。她一直在默数照相机里的胶卷用到何处。32，33，34，谁都知道一卷胶卷通常只能拍出 36 张，有时能拍出三十七八张那是运气，行话叫“偷片”。她终于拍到了最后 3 张照片。母亲为她执意不肯摆造型气歪了脸，而她也不是省油的灯，在照片上一律怒气冲冲地皱着眉、不友好地盯视镜头。归家时，母亲一路都在埋怨她，她终于泪如雨下地吼道：“合该一卷胶卷都给你一个人拍了，才过瘾吗?”

母亲愣住了，父亲也愣住了。作为女儿，她在二三十年之后才会理解母亲：母亲在外地工作，长期与父亲过着两人世界。没怎么带过小孩的人，内心深处就是一个娇滴滴又唯我独尊的少女，她当年的拍照情结，与 21 世纪爱玩 Cosplay 年轻女子有何分别？她只不过比较晚熟，母性在她体内还没有生根发芽罢了。

但是父亲很内疚。隔了一个礼拜，他对母亲说，他星期天要带女儿加班。谁曾料想，父亲只是带她到郊区的山上闲走野餐，太阳快落山的时候，父亲建议去照相馆里拍照。她困惑地皱眉——学校没让拍证件照啊？父亲笑了，说，“来，为咱们摆脱了你妈的这一天，留个纪念”。

她记得那个傍晚，记得照相馆的老师傅反复摆弄她的刘海，让她侧转 5 度、10 度、15 度。老师傅对父亲夸赞：“你的小黑皮女儿真有气质。”父亲满足地笑纳了。她得到了充沛的被宠爱感，心田上无数龟裂的干纹，在清甜之水的浇灌下愈合。

她拍了 5 张照片，拍到最后，她自己都能感觉到，十岁女孩身上因寄养生成的拘谨之色，已经消失。她面颊酡红，神态娇憨，动作雀跃。最后，在老师傅的鼓动下，父亲也拍了一张。那年他 45

岁，两鬓已有少许雪亮的发茬。

暗暗地，她与父亲和解了。与母亲的和解要晚得多。照相事件令早慧的她，洞悉了家庭生活中无数微疼的擦痕。儿女如何在心中暗暗地评价父母，恩爱夫妻间也有的不满，她都知道。她天生敏感，而在向父亲学习摄影的过程中，她逐渐学会怎样去握紧敏感这把刀，既不让它伤到，又能分解出这个世界的些微真相。

长大后，她成为新闻记者与非虚构领域的作家。她为自己笔下的人物群体拍照。3 年前，在一次面对面的访谈中，她萌生了一个新的想法：要替那些与自家父亲一样老的乡村老人，一辈子没有认真照过相的老人，每人拍一张照片。她熬过了许多怀疑她是骗子的时辰，一次次去贵州、广西、云南的山间送冲印好的照片。等着她的老人家越来越多，他们穿着最好的衣裳、修了胡子理好了发，或者戴着陪嫁银镯子。她趁势提出了一个新要求：要替您的家人也拍一张。

老人脸上有复杂的笑：他们有的是照片，年轻人都有拍照很好的手机。而且，这种正式的照片，将会在我的葬礼上用。

她坚持：我不是想拍全家福。您找一个儿孙来拍吧，找一个总是与你闹别扭的孩子，总是对你讲话很冲的孩子。

有些老人果然找来了一脸别扭的孩子，19 岁就骑摩托跌瘸腿的小儿子，从来舍不得给公婆吃肉却每天念叨老人偏心的大儿媳，满脸青春痘不服管教的孙子。免费冲印的照片或许有吸引力，而这些乡村里的儿孙辈，也不明白面前的这个傻女子为何要干这事。

她现在不需要他们理解。或许，在这些老人都过世后，在未来某一刻，闻到拍照晒场上的谷香，望见吓唬鸟雀的稻草人，这些粗心的人，灵魂上会裂开一道口子，他们会意识到，那个去了的人度过了怎样勤勉又卑微的一生，而托了一个外乡女子的福，他们竟然与老人共同度过了在晒场上拍照的一刻钟。这一刻钟，他们没有争吵，没有戾气，没有心里噼啪作响的小算盘，在秋日暖阳下，他们放松全身的线条，做了一回家人。

晋升为精神伴侣

蒲慧万万没有想到，送别了儿子，她和老公是在大学体育馆中相邻的两张草席上，倏然体会到相依为命的忐忑与惆怅的。他们自千里之外兴冲冲赶来，愣没想到这所名校附近的宾馆，早在一个月前，就被送子上学的家长抢订一空。因此，当他们各自拖着 20 多公斤的大行李箱，上下地铁台阶一身热汗地来到大学，安置完儿子，发现自己要么连夜赶往 10 公里外住宿，要么只能去学校后勤部领一张草席，在硕大无朋的体育馆里凑合一晚。

为了第二天早上还能见儿子一面，他们选择了后者。在两三百张草席组成的壮观阵容中，蒲慧与老公感受到了一丝安慰。原来，有这么多同龄人也将在结婚 20 年之后，面临“我只有你，你只有我”的空巢期。生活的倾覆与变迁，令两人心中感慨万千，这是生活在大城市的他们，头一回不顾体面地席地而卧。两人不由得隔着草席之间的空隙握了握手。这一握，带点自嘲，带点安慰，更带点“以后要把日子过好，让儿子放心”的激励意味。

回到家中，生活的惯性一时还没有停下来。老公外出应酬依旧频繁，少了儿子这个吃饭的壮劳力，炖一只蹄膀，蒲慧要吃五天，炖一只母鸡要吃六七天。为了预防做好的菜变得不新鲜，她后来都养成习惯——做完荤菜就立刻速冻一部分。金秋十月，家中忽然来了老公的大学同学，连老公都以为，留客吃饭会令蒲慧很慌，谁想，蒲慧立刻从冰箱冷冻柜里拿出了干切牛肉，卤鸭爪，糖醋排骨，梅菜扣肉，栗子炖鸡等七八个菜。上笼复蒸，色香俱全。客人听说了这些菜的来历，耸然动容，由衷地对蒲慧老公说：咱都到了重新回炉，学做夫妻的时候。你呀，太粗心，不妨将那些无关紧要的应酬推掉，多回家陪陪嫂夫人。

隔了好久，两人终于找到了充实感十足的休闲方式——去图书馆当朗读志愿者，帮图书馆把名著与热门的小说、诗歌录制成音频，供那些开车在路上，或视力不佳的读者使用。

蒲慧的一位闺蜜，是图书馆读者联络部的主任，正为先前的一批大学生志愿者陆续毕业离开发愁。要知道，在她雄心勃勃的计划中，声音图书室里，音频素材的总规模应该达到现在的 20 倍以上。而新招募的朗读者，都是蒲慧儿子这种年纪的孩子，声音浅亮单纯，难以演绎那些有内涵、有寓意的名篇。

蒲慧就带着老公一起去试读。谁想，专家组对两口子的声音非常肯定，蒲慧是沉着又温暖的女中音，音色像琥珀一样迷人，毫无杂质和毛刺；老公居然是难得一见的男低音，宽厚性感，笃定安然，音质“有肉头”，听着极其舒适受用。

专家组立刻依照两人的音色，给他们分派任务。都是文学作品与科普著作的精彩片断，每段读起来费时 8 分钟到 20 分钟不等，有的还要配上似有若无的背景音乐。

自从承担了这项志愿工作，两个人再也不觉着儿子离开后，生活变得空虚茫然、没着没落了。他们恢复了读书时在大学广播站里共事的热诚，每天都要大量阅读与名篇相关的创作背景，了解作家的性格禀赋，探讨作品的内涵。研究这些特定的段落，是振奋精神、提高音量来演绎更恰当，还是压低嗓门，以慵懒迷人的声线来朗读，更能深入人心。

两人忽然成了书迷，和音乐迷。为了寻找恰如其分的背景音乐，蒲慧甚至为家里添置了德国唱机和黑胶唱片，老公特意去网上自学了音乐剪辑。为了寻找恰如其分的发声方法，两人把二三十年前的广播剧都找出来听，寻找表达情绪的声调与气息运用方式。而为了表述作品主人公的激烈情绪后，依旧能维持气息上的从容稳定，两人开始健身，并爱上了徒步登山。每周都要去紫金山，从山脚到头陀岭走一个来回的运动量，让两人不约而同地练出了古铜色的小腿，上面的肌肉走向都一模一样。

他们终于变成了志同道合的伴侣，稍稍一对眼神，就知道对方想说什么，想做什么。她不再是科普盲，一见到量子力学的比喻就昏昏欲睡；他也不再是诗歌盲，一见到古灵精怪、纷繁多样的意象，就有抵触情绪。他的理性与她的感性，在音频作品中完美融合，让他们终于感受到情感的密切交融，与智力的惊喜对等。很意外吧，他们这辈子，居然还能从柴米夫妻，晋升为精神伴侣。

这件事，令放假归来的儿子都怀有小嫉妒。儿子是这么说的：自从老妈和老爸成了朗读界的神仙眷侣，我可惨了，临时回家连吃冰箱速冻剩菜也成了奢望。这件事情很要紧么？儿子才抱怨完，就见老妈给他递上了烹饪课的上课通知单，而老爸在一旁露出了同谋的微笑。

与父同消无尽夏

今天的父亲，如何与半大不小的儿子消磨闷热的夏日时光？有一位送外卖的朋友有过观察：中午或者晚上，如若收到数额超出一家三口食量的订单，而下单的人又标注“饿晕了，尽快”，那多数是父子俩单独在家。敲门递餐，房间里尽是泡面味儿和零食袋子，而响彻云霄的游戏背景音乐，证实了如今的父子消夏手段的单一——只有两副游戏手柄可以陪伴他们。

十年前或者二十年前，父子消夏的滋味，又是怎样的？

朋友肖说，他当年，一定会跟父亲去水库游泳。父亲瘦弱，是当地的一名裁缝。而在乡村，只有天气彻底凉下来，靠近婚嫁旺季和新年的时候，才是裁缝活计的旺季。于是，整个夏天，父亲与肖，一同泡在老家的水库里。肖记得，当年几乎所有的爹娘都在田野里忙碌，为了家中半大小子的安全，家长都禁止孩子下水，其监督方式就是出门前，用裁衣画线用粉块，在孩子小腿上划一道白线，回家若见白线没了，就是一顿胖揍。

因此，绝大部分半大小子就只能在岸上干晒干熬。肖感觉到，他们望向水中的自己，目光中满是羡慕嫉妒恨。肖就对父亲嗫嚅：“明天，咱不来水库消暑了吧……”

父亲像一条大鱼一样漂浮在水面上，停了一会儿才说：“你一个人玩水是寂寞啊，明天，把你的小伙伴都叫上吧。”

于是，从第二天开始，肖的裁缝父亲，就负责在游泳之后，搓热孩子们的腿，把被水泡肿的痕迹都搓掉，然后，把人家父母临行前划好的白线再补上。当然，只有自己也做了父亲之后，肖才明白当裁缝的老爸当时是自愿担下多大的责任——他再也没法放空头脑去游泳，而是要经常爬上堤岸去瞭望，挨个清点那些色彩鲜艳的泳帽还在不在。对了，那些土泳帽也是肖的父亲连夜用零头布缝出来的。

而朋友李生长在太湖边上，他老家那地方是有名的桃乡，出产可以把桃皮整张撕下的、肉质如玉的水蜜桃。夏天最热的时光，正是桃子采收季，因此李家的晚饭提前到霞光未落的 18 点，一到 20 点，父亲若发现李和弟妹还在竹床上打闹，没有安静入睡，就用蒲扇在他的小腿上警告般猛拍一下。

摘桃子需要深夜两点半起床，这样才能确保数百斤桃子在清晨 6 点装车运往市场。因此李和父亲的消夏方式，就是在凌晨的桃园里移动竹梯，攀高就下，沾一身刺痒的桃毛，小心翼翼传递桃子。要出尽几身汗，才能把这段煎熬的时光挨过去？肖只记得桃林里的蝉鸣像灼热的雨一样滴下来，而摘到桃林中间的灌溉水井那儿，父亲会安排大家稍歇。他拉起垂吊在井水中冰镇的饮料，分给大家。众人都是大麦茶，只有父亲，是一壶散装啤酒。那啤酒，是母亲给一家之主准备的犒劳。

有一晚，李有情绪。那天他收到了小伙伴从杭州旅行寄回的明信片，这让他心头起了波澜。为什么别人家就没有这束缚人的、该死的桃园？为什么别人家的父亲，就不会在孩子酣睡正香的时候，吹哨子让他起床干活？肖虽然没胆量去找父亲追问此事，但他的无名愤懑都写在脸上。而那日凌晨，李家所有的摘桃人，在水井边小歇的时候，父亲默默递过了他的酒壶。李惊住了。父亲再次用酒壶轻触儿子的臂膀，示意那是给他的。李灌了一大口散啤，浓烈的麦芽香令他猝不及防地咳呛起来。至今，李仍记得那一刻，父亲如长兄、如同谋般的微笑。李醍醐灌顶般地意识到，从喝下这口酒开始，命运的犁头已经交与了他，在父亲眼中，他成人了。

他应该当得起这份期待才是。

庄 13 岁的时候，父亲的身体已经很不好。他得了一种严重的血液病，叫“再生性障碍贫血”，简单地说，就是骨髓病变，身体无法产生足够的血细胞。夏天是父亲身体状况的低潮期，他不时要住院输血，嘴唇和手都是苍白的。庄一直隐隐有所担心，担心父亲也许等不到自己成年。而父亲似乎看出了他的担心，住院时也经常让母亲带回自己临摹的《多宝塔》碑帖来，留话说：安心读书，不必忧心，写得动《多宝塔》，说明我依旧有力气关照你。

7 月底，庄从夏令营归来，去医院看望父亲，说起第一次在远郊见到零星萤火虫的激动，父亲淡淡回应说，我知道一个地方，晚上 7 点半，会有成百上千的萤火虫涌出，像做梦一样。我跟医生请一晚上的假，带你去看吧。

庄与父亲，就坐公交车去了东郊，在中山陵音乐台到灵谷寺之间漫步。父亲血虚气短，走得很慢，幸而这天傍晚下过雷阵雨，萤火虫出没的时间也晚了。庄惊讶地看到，无数飞舞的萤火虫在湿地草丛间款款涌出，循着某种微妙的节奏聚集、起舞、追逐，成就了诗意浪漫的、忽明忽暗的光流，萤绿色的光流。它们好像是平行时空的精灵，来向庄展示生命的奇迹，牵挂的永恒。

两年后，庄的父亲病逝。不过，直至今日，只要能在夏天看到一两只孤独起舞的萤火虫，庄就会怡然微笑——他意识到在广阔的时空里，父亲的注视还在。他只不过是在某一年的夏天，化作万千萤火虫，流散飞远而已。而往后的每个夏天，他都将如约归来，在早已成年的儿子身侧，驻留片刻，默默发光。